W0339953

Los idus de marzo

THORNTON WILDER

LOS IDUS DE MARZO

Traducción de María Martínez Sierra

Prólogo de Jacinto Antón

CÍRCULO DE LECTORES

Los idus de marzo: César saldrá

Jacinto Antón

«Caesar shall forth» «César saldrá.» En esa escueta afirmación del propio Julio, esa corta frase de la tragedia de Shakespeare, se concentra todo el dramatismo de la pieza teatral, y también –el gran William era un buen lector de Plutarco– gran parte del carácter del personaje. César, pese a todas las advertencias, divinas y humanas, saldrá de casa, a la hora quinta, y se encaminará al pórtico de Pompeyo, donde estaba convocado el Senado. Son los idus de marzo; horribles signos de la naturaleza se han adjuntado a las pesadillas de Calpurnia, la mujer de César, y los ecos de la conspiración criminal para eliminar al dictador resuenan como truenos en los foros y las conciencias. Unas aves carroñeras persiguieron a un pájaro reyezuelo hasta la curia y allí lo despedazaron. César se soñó a sí mismo estrechando la mano de Júpiter. Una leona abortó en la calle. Hubo resplandores y fuegos en el cielo y las víctimas de los sacrificios carecían de corazón. «Cuídate de los idus de marzo», cuenta Suetonio que le dijo a César el arúspice Espurnia. «Un agorero le anunció aguardarle un gran peligro en el día del mes de marzo –el 15– que los romanos llamaban los idus», escribe Plutarco. *«Beware the ides of March»*, repite por dos veces el adivino que interpela a César por la calle en el primer acto de la tragedia shakesperiana. Pero llegarán los idus, y César saldrá. ¿Por demostrar

que no teme a nada ni a nadie? (*«Cowards die many times before their deaths; the valiant never taste of death but once»*, «Los cobardes mueren muchas veces; los valientes sólo una» –*Julius Caesar,* acto II, escena II–). ¿Porque está harto de la vida? ¿Porque, endiosado, cree que el destino le protege? ¿Porque sufre una enfermedad incurable y prefiere acabar bajo los puñales de los conspiradores antes que en una lenta agonía en la cama? Quién sabe. El caso es que César saldrá. Y los asesinos, los historiadores, los novelistas y los poetas tendrán su magnicidio.

Julio César: su nombre provoca un destello de emoción en nuestro espíritu; acaso nos acelera un instante el pulso. Pero ¿qué recordamos en realidad de él?: alguna imagen de Hollywood (véase al respecto ese utilísimo y ameno compendio del cine *de romanos* que es *El peplum, la antigüedad en el cine*, de Rafael De España –editorial Glénant–), una frase –*«Tu quoque Brute»*–, una línea de *De bello gallico*, el perfil de un busto de mármol, unas bromas de Indro Montanelli, una viñeta de Asterix… «Oh, poderoso César, tan bajo yaces», podemos deplorar con Marco Antonio, visto el panorama. «¿Han sido todas tus conquistas, glorias, triunfos, esperanzas, reducidos a tan pequeña medida?»

Otros césares ocupan hoy más espacio en nuestra memoria, sin duda injustamente: el tartamudo y micófilo Claudio, que tuvo la suerte de encender la imaginación del mejor Robert Graves entre los olivos que se precipitan al mar desde las laderas de Deià; el sensible Adriano, unido para siempre a la no menos sensible Yourcenar; el apóstata Juliano con el que se identificó el provocador Gore Vidal; el demoniacamente imprevisible Calígula, convertido por Camus en, como diría Conrad, uno de los nuestros; el omnipresente Nerón, encarnado en Peter Ustinov y reivindicado por Pierre Grimal; quizás hasta el dorado Heliogábalo, que sedujo a Artaud con sus extraños oropeles mentales.

Uno de los grandes logros de la fascinante novela de Thornton Wilder *Los idus de marzo*, es precisamente que nos incita a volver al personaje de Julio César, el césar seminal, y a retornarlo a su pedestal en nuestros recuerdos. De nuevo con el fiel Antonio podemos exclamar: *«Here was a Caesar!, when comes such another?»*, «¡Aquí está el que fue César!, ¿cuándo habrá otro como él?».

En *Los idus de marzo*, novela sobre los últimos meses de César, no aparecen, paradójicamente, los idus de marzo sino sólo como epílogo y en forma de un muy breve extracto de *Las vidas de los doce Césares*, de Suetonio: concretamente los cinco párrafos en que se explica el asesinato, el forcejeo con Casca, que le propina, hundiéndole la daga por debajo de la garganta *(«infra iugulum»)*, el primer golpe –serán en total, enumera el historiador, 23 puñaladas, entre ellas, la que más dolió, la de Bruto *(«Et tu Brute»)*–. Ante la imposibilidad de defenderse de los conspiradores que le atacan por todas partes en un remolino vertiginoso y destelleante de acero, César se envuelve la cabeza en la túnica, informa Suetonio, «recogiendo al mismo tiempo los pliegues con la mano izquierda alrededor de los pies para que la parte inferior de su cuerpo quedase decorosamente cubierta en su caída» *(«quo honestius caderet etiam inferiore corporis parte velata»)*. Un detalle conmovedor en el que la verdad parece atravesar, relampagueante como las dagas, cualquier decoración de la historia: agonizando, convertido en un guiñapo de dolor, sajado hasta lo indecible, mientras su sangre asperja la estatua de Pompeyo y forma arroyos carmesí en el suelo de mármol de la curia, César siente pudor. El mundo antiguo se derrumba, los dioses apartan su rostro conmovidos, la Historia se detiene, pero César no será un cadáver indecoroso. Un hombre, sin duda, grande.

La novela de Thornton Wilder, publicada en 1948, abarca desde el verano del 45 antes de Cristo hasta la fecha fatídica del 15 de marzo, los idus, del año siguiente, el 44 a. de C. Lo primero que llama la atención es que no se trata de una narración al uso, sino de un conjunto de cartas, unas más breves, otras más largas, con diferentes autores y destinatarios, que se van sucediendo y que componen una especie de *collage* del que ha de emerger el sentido de la historia. Recuerdo que cuando leí la obra por primera vez, en 1982, en la edición de Alianza, me sentí algo desconcertado ante la propuesta epistolar: estamos demasiado acostumbrados a los planteamientos convencionales a la hora de enfrentarnos a una novela histórica. Pero enseguida entra uno en el juego de Wilder y resulta muy estimulante que le traten como a un lector inteligente, capaz de ordenar las piezas que se le ofrecen y de reconstruir los acontecimientos a través de las voces corales que se reflejan en las cartas. En este procedimiento de presentar un abanico de testimonios, misivas y diarios del propio César, de otros personajes históricos (o no), textos apócrifos, documentos oficiales, versos e incluso grafitis, el autor hace gala, indudablemente, de su habilidad de dramaturgo.

Unas palabras sobre Thornton Wilder: nacido en Madison (Wisconsin, Estados Unidos) en 1897 y fallecido en 1975, novelista, autor de teatro, creció en China –donde su padre era cónsul–, se licenció en Yale, estudió arqueología en Roma, se doctoró en francés por Princeton y ejerció la cátedra de poesía en Harvard. Un hombre, como se ve, cosmopolita y de profunda y exquisita cultura, aspectos ambos que destacan en su creación. Wilder escribió bestsellers como *El puente de San Luis Rey* (historia también coral sobre las cinco víctimas del derrumbe de un puente en el Perú del siglo XVIII), su novela más popular, adaptada para el cine y televisión y por la que ganó el premio Pulitzer; y eficaces piezas de teatro, como *Nuestra ciudad*, con la que también logró un Pulitzer y que fue llevada a la gran pantalla por Sam Wood. Otra comedia suya, *The Matchmaker* se convirtió en un musical de enorme éxito en Broadway y Gene Kelly lo filmó con Barbra Streissand de protagonista; les sonará el título: *Hello, Dolly!* (1968). Se ha señalado que en general todas las obras de Wilder tratan sobre la existencia humana abordada desde una perspectiva de filosofía idealista. Se le ha criticado ese idealismo y también su «esnobismo» literario: ya se sabe que es difícil que a uno le traten bien si tiene éxito.

De *Los idus de marzo* –no me resisto a recomendarles la lectura del elogioso comentario sobre la novela que hace Carlos García Gual en ese libro imprescindible para todo amante de la novela histórica que es *La antigüedad novelada* (Anagrama)–, el propio Thornton Wilder hace unas advertencias previas: No pretende ser una reconstrucción histórica, sino una ficción, una conjetura, sobre personajes y hechos del período final de la República romana. El autor señala que se ha tomado licencias cronológicas, incluso resucitando a gente que ya estaba muerta al transcurrir los acontecimientos que se relatan. Esto último, que puede sonar alarmante, sólo ha de preocupar, y poco, a los especialistas: a los mortales comunes nos trae al pairo que Wilder conceda un puñado de años más de vida a Publio Clodio Púlquer –es cierto que no se los merece, menudo tipo–. Tampoco nos importa que atrase diecisiete años la profanación de los ritos de la Buena Diosa o que se invente documentación oficial. Curiosamente, las cosas menos verosímiles, que parecen totalmente creación del novelista, fruto de su más febril imaginación, son rigurosamente históricas: es cierto (lo cuenta Suetonio) que le regaló a Servilia, la madre de Bruto –su asesino y del que se ha dicho que era su hijo–, una perla impresionante valorada en la astronómica cantidad de seis millones de sestercios.

Se abre *Los idus de marzo* con una nota oficial del maestro del colegio de augures dirigida a César –a la sazón pontífice máximo– en la que le da el parte de los resultados de los sacrificios del día: un ganso con hernia en el diafragma –mal asunto–, una paloma en condiciones deplorables por dentro –ay, ay–, vuelos de aves algo perturbadores (incertidumbre de un águila al aproximarse a la ciudad); no se ha oído ningún trueno en doce días. Seguidamente, una anotación oficial de César, que transparenta su fastidio, en el sentido de que no hacen falta tantos auspicios y de que, simplemente, habría que escoger dos o tres favorables y otros tantos desfavorables para utilizarlos en el Senado; Julio aprovecha para advertir que a los sacerdotes que participen con él en las ceremonias y cometan algún error se les mandará a servir en los nuevos templos de África y Bretaña, o sea, bien lejos, con climas duros. El tercer texto es un fragmento del diario epistolar del mismo César a su apreciado corresponsal Lucio Mamilio Turrino, supuesto conmilitón del general durante la guerra de las Galias mutilado espantosamente por los belgas y que vive retirado en Capri. César le escribe, como reflexionando en voz alta, sobre la opinión que le merecen los augurios: «superstición e insensatez». «Los generales nos vemos obligados a escrutar el cielo con los ojos de una gallina», deplora, y recuerda, divertido, el episodio en que él y el legado Asinio Polión intoxicaron a los pollos sagrados –asunto de gran actualidad, por cierto– para que presentaran auspicios favorables a las legiones que posibilitaran entrar en batalla (entraron y la ganaron, claro). El inicio, con esos tres textos, es muy iluminador de lo que vamos a encontrar en la obra: material muy variado, humor, Historia por supuesto, y en el centro de todo ello un

César humanista, visionario, sorprendentemente moderno, que respeta sólo aparentemente la tradición pero que aspira a cambiar las cosas, a clausurar, por ejemplo, todos los templos, a «restituir los pájaros al mundo de los pájaros» –qué bella frase– y «los dioses al de los recuerdos infantiles». Un César al fin, a la altura de los novelescos Adriano, Claudio, Juliano. Un César digno de su retrato histórico. Un César en la cúspide de su poder, que ha aplastado a enemigos tan impresionantes como el magno Pompeyo, un César que ha extendido las fronteras de Roma, que ha reformado el calendario y que se sosiega con la lectura de Lucrecio mientras sueña con un mundo diferente y se interroga sobre el hombre, los dioses, la libertad, el amor, el destino y la muerte. Sí, realmente un César muy atractivo. Hasta feminista. ¿Real? Bueno, bueno, no olvidemos que estamos en una novela…

Los idus de marzo está dedicado a Lauro de Bosis, poeta romano patriota que luchó contra Mussolini, nos informa el propio Thornton Wilder, «y cuyo aeroplano, perseguido por los del Duce, se hundió en el mar Tirreno». En la novela, significativamente, tenemos un dictador –César, proclamado a perpetuidad como tal en el 45 a. de C.–, y tenemos un poeta, Catulo, nada menos, que se opone a ese dictador, con actitudes y poemas. La antítesis parece servida. Pero, pese a lo que parece indicar la dedicatoria, Wilder no está interesado en presentar un conflicto entre libertad y tiranía. De hecho ningún personaje sale mejor parado de la novela, como ha quedado claro ya, que el propio dictador (Catulo, por ejemplo, pese a su maravillosa poesía, aparece como un ingenuo y su dependencia de su amada Clodia raya lo patético). Resulta imposible imaginarse a Mussolini acompañando a un poeta opositor en su lecho de muerte, prestándole su médico personal, recitándole como postrera consolación los versos de *Edipo en*

Colona de Sófocles y colocándole piadosamente con sus propias manos, una vez fallecido, las preceptivas monedas sobre los párpados: todo eso lo hace César con Catulo. Thornton Wilder se lo inventa, por supuesto (no todo: es cierto que Julio perdonó al poeta por los versos en que le deshonraba a propósito de haber favorecido el enriquecimiento del prefecto Mamurra en la Galia), pero es conmovedor. Y coherente con su retrato del protagonista.

César, Catulo... Clodia Púlquer es otro de los personajes principales de este drama epistolar. La vamos conociendo por las cartas que entrecruzan otros: Cicerón le explica a un amigo que versos de una «desenfrenada obscenidad» sobre la joven aparecen en las paredes de todos los baños y retretes de la ciudad... «Desenfrenada obscenidad», vaya, el término estremece si uno recuerda que en los grafitis romanos figuran frases como, con perdón, «Chúpamelo, Metelo» (leyenda acreditada por los más distinguidos epigrafistas en la colección de inscripciones murales pompeyanas). El propio César ofrece, en la novela, datos sobre Clodia en una carta muy interesante sobre el papel de las mujeres de la aristocracia en la sociedad de Roma. Julia Marcia, viuda del gran Mario y tía de César, añade informaciones, y la patricia Sempronia Metela, difamaciones: ¿envenenó Clodia a su marido? ¿Tiene relaciones ilícitas con su hermano, Publio Clodio Púlquer? Es indudable que tiene amigos de los bajos fondos, incluso, ¡horror!, gladiadores, bebe con ellos, baila con ellos... ¿Es prudente que se la siga manteniendo en el selecto club de las mujeres que participan en las ceremonias de la Buena Diosa? En todo caso, por pendón que sea Clodia, su hermano la supera con creces: hasta sedujo a una virgen vestal, todo un récord, y lo veremos ligarse a la mujer de César, Pompeya –César la repudiará–, y, por ella, introducirse en las ceremonias de la Buena Diosa –suprema infamia, sacrilegio–, disfrazado de mujer. Uno de los mensajes más reveladores de la personalidad de Clodio es el que, en la novela, le envía a su hermana por respuesta a una misiva: el mensajero ha sido adiestrado para lanzar una blasfemia ante la destinataria. Como se ve la antigüedad clásica revive verdaderamente en las páginas de *Los idus de marzo*...

La polifonía va creciendo a medida que avanzamos en la novela: sentado, mientras lee, uno casi puede oír las voces; les otorga un timbre, un propósito, y distribuye sus simpatías entre los distintos personajes. La inmensa mayoría son históricos (Clodia y Clodio, por supuesto, con todos sus vicios); otros parece que no, pero hay que ir con cuidado: incluso la doncella de Pompeya, Abra, existió de verdad. Durante la lectura, abrimos misivas, como si rasgáramos los sellos y nos sumergimos ávidos en las opiniones, los secretos y las vidas de otros: seres de un templo lejano pero que nos resultan impresionantemente cercanos. Descubrimos el amor de Clodia por César y el horrible secreto de ella que ambos comparten. Asistimos a los conflictos matrimoniales del dictador, tan banales. Esas peleas de hogar, que rozan el culebrón («mi marido no me atiende en la cama; se limita a leer filosofía presocrática», se queja a una amiga Pompeya), se mezclan con consideraciones de alta política, con los bellísimos versos de Catulo –*«Odi et amo. Quare id faciam, fortasse requiris. /Nescio, sed fieri sentio et excrucior»* («Odio y amo. Quizá preguntes cómo es esto posible./No lo sé. Pero así lo siento. Y es mi cruz»)–, o con apuntes del gran historiador Cornelio Nepote, que, por ejemplo, recoge, divertido, el juicio de Cicerón sobre el libro de César acerca de la guerra de las Galias: «La verdad puede sobrevivir a la mentira, pero no a esta verosimilitud asfixiante» (Thornton Wilder, fino intelectual, ya lo hemos dicho)...

En resumen, que la lectura de *Los idus de marzo*, lo verán, es un pasatiempo delicioso. Y apasionante. Si luego, al acabarla, se quedan con ganas de César, lo que auguro que sucederá, yo les recomiendo que corran a Plutarco y, sobre todo, a Suetonio, para practicar el divertido juego de averiguar qué es verdad y qué es inventado en la novela. En Suetonio encontrarán cosas tan interesantes como que César casi se mata en un triunfo al rompérsele el eje de su carro, que perdonó el pago de alquiler de un año a todo el pueblo de Roma, que se perdió antes de llegar al Rubicón y que, a la vista de los trucos sucios con que consiguió vencer a los galos, algunos senadores, en nombre del *fair play,* llegaron a proponer que fuera entregado a los enemigos (cosa, apunta el historiador, conforme a los usos romanos).

Y subraya también Suetonio que César se depilaba, lo que para los romanos era signo de afeminamiento: hay que recordar –Thornton Wilder pasa de puntillas sobre el tema– que al gran Julio se le reprochó haber tenido una *relación impropia*, por usar el lenguaje de hoy, con Nicomedes IV Filopator, rey de Bitinia, que usó a César, de joven, como «mozo de placer» (en el lenguaje de ayer). El asunto fue muy comentado en la antigüedad. De todas formas, esas y otras relaciones masculinas no impedían a César, por lo visto, ser un gran seductor de mujeres («mujer de todos los maridos, marido de todas las mujeres», le recriminó en un discurso Curión padre). «Romanos, vigilad a vuestras mujeres: os traemos al adúltero calvo; en la Galia te gastaste en putas el oro que aquí tomaste prestado», le cantaban sus veteranos durante la ceremonia de triunfo sobre los galos, según recoge Suetonio. En cambio era parco en el vino, y Marco Catón dijo de él, con evidente sorna, que fue el único hombre que se dedicó a subvertir el Estado sin darse a la bebida. Wilder prefiere mostrar un César más allá del asunto de los placeres, más sentimental que sensual. Es cierto que se trata del último César, un hombre ya maduro y seguramente de vuelta de todo.

¿De todo? Bueno, bueno: ahí está Cleopatra. La reina de Egipto hace su irrupción fulgurante en la novela en el Libro Segundo. Vaya personaje. «Era una muchacha notable. A los veinte años ya conocía la capacidad de carga de cada uno de los muelles principales del Nilo –escribe César en *Los idus de marzo*–. «Debe de haberse convertido en una mujer aún más notable. Conversaremos... Y la conversación volverá a ser con ella un placer.» Veremos que el placer no se derivará sólo de la dialéctica: César atravesará un último momento de locura juvenil («pellizco a la diosa y la diosa chilla»). E incluso llegará a probar remedios de magia egipcia para su calvicie –es cierto que le atormentaba la falta de pelo y que por eso agradeció que le dejaran llevar corona de laurel–, lo que le producirá una notable irritación del cuero cabelludo; nadie se atreverá a comentarle al dictador el ridículo enrojecimiento, excepto una mujer de la limpieza. «Pienso seriamente en hacerla senadora», bromea César en la novela. Y de nuevo el lector piensa que si César no fue así es que la Historia no tiene corazón.

Cleopatra, pues, llega a Roma y son muy divertidas las misivas en que la reina trata de saltarse a la torera todas las normas de la República para aparecer de la manera más esplendorosa posible (como monarca y mujer) en la capital del mundo; al final le gana la partida a César, aunque éste consigue que no enseñe excesivamente el busto: ¿cómo no pensar en la cinematográfica entrada triunfal de la Cleopatra de Elizabet Taylor (Mankiewicz, 1963), con esfinge dorada incluida? Las consideraciones epistolares de César sobre la reina del Nilo constituyen una de las bazas más jugosas de *Los idus de marzo*. Pese a todos los encantos, apunta Julio, Cleopatra –«Mme. Cocodrilo», la denomina con cariño– no deja de ser «embustera, intrigante, y una asesina sin escrúpulos», lo que se ajusta mucho al verdadero perfil histórico. En sus cartas, la reina pide calefacción, una solicitud que añade verosimilitud y cercanía al relato, como las aportan también los distintos comentarios de la sociedad romana sobre la reina (impagable el de Cicerón, que se queja en una carta a su hermano de que la reina le haya regalado un gato de esmeraldas, teniendo tantos manuscritos la Biblioteca de Alejandría...).

Todo este aspecto amable no oculta en la novela un lado muy amargo –Cleopatra tendrá un primer asunto con Marco Antonio, triunviro reflejado, por cierto, muy negativamente: borracho y peleón, y ni siquiera escribe–, y una dimensión trágica. Por no hablar del eco más siniestro de la dictadura evidenciado en los informes del jefe de la policía («hemos empezado la tortura de los sospechosos»). No es un juego galante lo que se libra en Roma en el crepúsculo de la República, y en el entrecruzar de algunas cartas y en la proliferación de anónimos y octavillas conspiradoras resuena como un *leit motiv* el chirriante canto de los afiladores de puñales. En cuanto a Bruto, tan bien tratado en general por sus contemporáneos y por la posteridad, no sale bien parado en cambio en *Los idus de marzo* (y no es un juego de palabras). Resulta profundamente antipático. Y una cosa le coloca sobre todo a años luz de César: carece del más mínimo sentido del humor.

«Si yo no fuera César, sería el asesino de César», reflexiona en una carta ya en la etapa final del libro el protagonista, mientras el círculo de los tiranicidas se cierra y los rumores le acusan de querer trasladar la capital hacia el este, de preparar una campaña contra la India –la última contra los partos– y, sobre todo, de querer reinstaurar la monarquía. «La ciudad retiene el aliento», apunta Cornelio Nepote. «César acaba de salir», escribe Calpurnia en la última carta.

Corran, corran en pos de César.

Los idus de marzo

Esta obra está dedicada
a dos amigos:

LAURO DE BOSIS,

poeta romano, que perdió la vida
organizando una resistencia
contra el poder absoluto de Mussolini,
y cuyo aeroplano, perseguido por los del Duce,
se hundió en el mar tirreno,
y

EDWARD SHELDON,

que aunque inmóvil y ciego
durante más de veinte años,
fue dispensador de sabiduría,
valor y alegría
para mucha gente.

Das Schaudern ist der Menschheit bestes Teil;
Wie auch die Welt ihm das Gefühl verteure…
GOETHE; *Fausto,* parte II.

El estremecimiento del temor reverencial es la más alta facultad [humana,
aunque este mundo esté constantemente alterando sus valores…

GLOSA: Del reconocer el hombre, mediante el temor y la reverencia, que existe un algo incognoscible, proviene todo lo mejor en las exploraciones de su mente, aun cuando tal reconocimiento a menudo se descarría en superstición, esclavitud y exagerado confiar.

Preámbulo

La reconstrucción histórica no es uno de los principales propósitos de esta obra. Puede considerarse como una fantasía sobre ciertos acontecimientos y personas de los últimos días de la República romana.

La principal libertad que como autor me permito es la de trasladar un acontecimiento que tuvo lugar el año 62 a. de C. –la profanación de los Misterios de la Buena Diosa por Clodia Púlquer y su hermano– a la celebración de los mismos ritos diecisiete años más tarde, el 11 de diciembre del año 45 a. de C.

En el año 45 sin duda muchos de mis personajes habrían muerto hacía ya tiempo: Clodio, asesinado por unos matones en un camino rural; Catulo, aunque sólo tenemos la palabra de san Jerónimo para pensar que murió a la edad de treinta años; Catón el Joven, unos pocos meses antes en aquel mismo año, en África, resistiendo al poder absoluto de César; la tía de César, viuda del gran Mario, fallecida antes del año 62. Por otra parte, en el año 45, la segunda mujer de César, Pompeya, había sido reemplazada por la tercera, Calpurnia.

Cierto número de los elementos de esta obra que podrían parecer inventados por mí son en realidad históricos: Cleopatra llegó a Roma el año 46, y César la instaló en su villa, al otro lado del río; permaneció allí hasta que él fue asesinado, y entonces huyendo, volvió a su país.

Casi todos los historiadores que han investigado en profundidad la vida privada de César han sopesado y generalmente rechazado la posibilidad de que Junio Marco Bruto fuese hijo de César. El regalo que hizo César a Servilia de una perla de valor sin precedentes es histórico. Las cartas en cadena de los conspiradores, dirigidas contra César, me las han sugerido los acontecimientos de nuestro tiempo. Las hizo circular en Italia contra el régimen fascista Lauro de Bosis, siguiendo –se dice– el consejo de Bernard Shaw.

Llamo la atención del lector sobre la forma en que se presentan los materiales de esta obra:

Dentro de cada uno de los cuatro libros, los documentos se dan en orden aproximadamente cronológico. Los del libro primero se refieren a septiembre del año 45 a. de C. El libro segundo, que contiene material relacionado con las indagaciones de César acerca de la naturaleza del amor, se inicia antes y cubre los meses de septiembre y octubre. El libro tercero, que trata principalmente de religión, empieza aún antes y se desarrolla a lo largo del otoño, y concluye con las ceremonias de la Buena Diosa en diciembre. El libro cuarto, que resume todos los aspectos de la investigación de César, particularmente los que plantean la posibilidad de que él mismo estuviera representando el papel de instrumento del «destino», empieza con el primer documento del volumen y finaliza con su asesinato.

Todos los documentos que figuran en esta obra son fruto de la imaginación de su autor, a excepción de los poemas de Catulo y la cita final, tomada de *Vidas de los Césares*, de Suetonio.

Las fuentes referentes a Cicerón son copiosas; las que tratan de Cleopatra escasean, y muchas son las que informan sobre César, pero a menudo resultan enigmáticas y desvirtuadas por su intencionalidad política. Este libro es una reconstrucción hipotética, debido a la desigualdad de esas mismas fuentes.

THORNTON WILDER

LIBRO PRIMERO

I. EL MAESTRO DEL COLEGIO DE AUGURES A CAYO JULIO CÉSAR, SUPREMO PONTÍFICE Y DICTADOR DEL PUEBLO ROMANO.

Copias para el sacerdote de Júpiter Capitolino, etc.; para la señora presidenta del colegio de las Vírgenes Vestales, etc., etc.

1 de septiembre, año 45 antes de Cristo

Al reverendísimo supremo pontífice:

Sexto informe de esta fecha.

Lecturas del sacrificio del mediodía:

Un ganso: máculas en el corazón y el hígado; hernia del diafragma.

Segundo ganso y un gallo: nada digno de mención.

Un pichón: en preocupante estado; riñón desplazado, hígado hinchado y de color amarillo; piedrecilla de cuarzo en el buche. Se ha ordenado un estudio más detallado.

Segundo pichón: nada digno de mención.

Observación de vuelos: un águila desde tres millas al norte del monte Soracte hasta el límite de visión sobre Tívoli. El ave mostró una cierta incertidumbre en la dirección al acercarse a la ciudad.

Truenos: no se ha oído trueno alguno desde el que se observó hace doce días.

Salud y larga vida para el supremo pontífice.

I-A. NOTA DE CÉSAR, CONFIDENCIAL, PARA SU SECRETARIO ECLESIÁSTICO.

Ítem I. Informar al maestro del colegio de Augures de que no es necesario que me envíen de diez a quince informes como éste al día. Bastará con un informe sumario de las observaciones del día anterior.

Ítem II. Elegir de entre los informes de los últimos cuatro días tres auspicios especialmente favorables y tres desfavorables. Podría necesitarlos hoy en el Senado.

Ítem III. Redactar y distribuir un comunicado con el siguiente efecto:

Con el establecimiento del nuevo calendario, la conmemoración de la fundación de la ciudad el día decimoséptimo de cada mes se elevará a la categoría de rito de la más alta importancia cívica.

El supremo pontífice, si se encuentra residiendo en la ciudad, estará presente en cada una de las ceremonias.

Se observará el ritual completo con las siguientes adiciones y correcciones:

Estarán presentes doscientos soldados que pronunciarán la invocación a Marte como acostumbra a hacerse en los puestos militares.

La adoración de Rea estará a cargo de las Vírgenes Vestales. La presidenta del colegio será personalmente responsable de la asistencia, la excelencia de la ejecución y el decoro de las participantes. Se corregirán inmediatamente los abusos que han ido introduciéndose en el ritual; las celebrantes permanecerán invisibles hasta la procesión final, y no se recurrirá en modo alguno a la moda mixolidia.

El testamento de Rómulo se dirigirá hacia los asientos reservados para la aristocracia.

Los sacerdotes que alternen los responsos con el supremo pontífice deberán hacerlo al pie de la letra. A los que fallen en cualquier detalle se les adiestrará durante treinta días y se les destinará a servir en los nuevos templos de África y Bretaña.

I-B. DIARIO-CARTA DE CÉSAR A LUCIO MAMILIO TURRINO, EN LA ISLA DE CAPRI.

Para una descripción de este diario-carta, véase el comienzo del documento III.

968. [Acerca de los ritos religiosos.]

Incluyo en el paquete de esta semana media docena de los innumerables informes que, en cuanto supremo pontífice, recibo de los augures, arúspices, vigilantes del cielo y cuidadores de los pollos.

Incluyo asimismo las disposiciones que he dictado para la conmemoración mensual de la fundación de la ciudad.

¿Qué se le va a hacer?

He heredado esta carga de superstición e insensatez. Gobierno a innumerables hombres, pero debo reconocer que estoy gobernado por aves y truenos.

Todo ello obstruye con frecuencia la obra del Estado: cierra las puertas del Senado y de los tribunales durante días y aun semanas enteras. Emplea a varios miles de personas. Todo el que tiene algo que ver con todo ello, incluso el supremo pontífice, lo manipula en interés propio.

Una tarde, en el valle del Rin, los augures de nuestro cuartel general me prohibieron entablar batalla contra el enemigo. Al parecer, nuestros pollos sagrados comían con desgana. Las señoras gallinas cruzaban las patas al andar; inspeccionaban con frecuencia el cielo y miraban por encima del hombro, con muy buen motivo. También yo me había desanimado al entrar en el valle y observar que se trataba de un lugar frecuentado por las águilas. Nosotros, los generales, nos vemos reducidos a escrutar el cielo con ojos de pollo. Accedí a aguardar un día, aunque una de mis pocas ventajas consistía en mi capacidad de tomar por sorpresa al enemigo, y temía encontrarme con el mismo impedimento por la mañana. Pero al atardecer, Asinio Polión y yo dimos un paseo por los bosques y recogimos una docena de gusanos; los picamos en pedazos menuditos con nuestros cuchillos y los esparcimos por el corral que hacía las veces de comedero sagrado. A la mañana siguiente todo el ejército esperaba ansioso para conocer la voluntad de los dioses. Sacaron a comer a los fatídicos pollos. Al principio, miraron al cielo lanzando aquel piar de alarma que basta para detener a diez mil hombres, pero luego repararon en la comida que se les ofrecía. ¡Por Hércules, los ojos se les salían de las órbitas! Lanzaron gritos de encantada glotonería; volaron a comer, y me permitieron ganar la batalla de Colonia.

Sin embargo, tales observancias rituales sobre todo atacan y socavan el verdadero espíritu vital en la mente de los hombres. Proporcionan a vuestros romanos, desde los barrenderos a los cónsules, un vago sentimiento de confianza donde no hay que confiar, y al mismo tiempo les infunden un temor penetrante, un temor que ni despierta a la acción ni suscita el ingenio, sino que paraliza. Descargan a los hombres del peso que supone la incesante obligación de ir creando momento tras momento su propia Roma. Llegan a nosotros sancionados por el uso de nuestros antepasados y respirando la seguridad de nuestra infancia; favorecen la pasividad y animan la incompetencia.

Puedo habérmelas con los otros enemigos del orden: con la irreflexiva importunidad y la violencia de Clodio; con los gruñones descontentos de Cicerón y Bruto, nacidos de la envidia y alimentados con el sutil teorizar de los viejos textos griegos; con los crímenes y la codicia de mis procónsules y funcionarios. Pero ¿qué puedo hacer contra la apatía, encantada de poderse envolver en la capa de la piedad, que me dice que a Roma la salvarán los dioses que constantemente velan por ella o que se resigna al hecho de que Roma se arruinará porque los dioses son maléficos?

No soy dado a obsesionarme pero a veces me sorprendo obsesionado dándole vueltas a este asunto.

¿Qué se le va a hacer?

A veces, a medianoche, intento figurarme qué sucedería si yo aboliese todo esto; si, en cuanto dictador y supremo pontífice, aboliese toda la observación de los días fastos y nefastos, de las entrañas y los vuelos de las aves, del trueno y del rayo; si cerrase todos los templos excepto los de Júpiter Capitolino.

¿Y qué ocurre con Júpiter?

Volveré a hablarte de esto.

Prepara pensamientos para guiarme.

La noche siguiente.

[La carta continúa en griego.]

Vuelve a ser medianoche, querido amigo mío. Estoy sentado ante mi ventana, deseoso de que se abriera sobre la ciudad dormida y no sobre los jardines trasteverinos de los ricos. Las mariposillas danzan en torno a mi lámpara. El río refleja apenas la difusa luz de las estrellas. En la orilla opuesta, algunos ciudadanos borrachos discuten en una taberna, y de cuando en cuando me llega flotando en el aire mi nombre. He dejado a mi mujer dormida, y he intentado aquietar mis pensamientos leyendo a Lucrecio.

La posición que ocupo hace que cada día me sienta más presionado. Me doy más y más cuenta de la autoridad que me confiere, de la firmeza con que me emplaza.

Pero ¿qué me dice? ¿Qué exige de mí?

He pacificado el mundo; he hecho extensivos los beneficios del derecho romano a innumerables hombres y mujeres; enfrentado a una gran oposición, les estoy otorgando también los derechos de la ciudadanía; he reformado el calendario, y nuestros días están regulados por una práctica adaptación de los movimientos del sol y de la luna. Estoy tomando medidas para que el mundo llegue a estar alimentado con ecuanimidad; mis leyes y mis flotas ajustarán la intermitencia de las cosechas y los excedentes a las necesidades públicas. El mes próximo se suprimirá la tortura en el código penal.

Pero todo eso no es suficiente. Tales medidas han sido meramente la obra de un general y de un administrador. En ellas soy para el mundo lo que un alcalde es para una aldea. Ahora, es preciso hacer otra obra, pero ¿cuál? Siento como si ahora, y sólo ahora, estuviese preparado para *empezar.* La canción que está en los labios de todos me llama padre.

Por primera vez en mi vida pública, estoy inseguro. Mis acciones hasta aquí se han ceñido a un principio al que bien puedo llamar superstición: nunca improviso. No inicio acción alguna a fin de que me instruyan sus resultados. En el arte de la guerra y en las operaciones de la política, no hago nada sin una intención extremadamente precisa. Si surge un obstáculo, creo con rapidez un plan nuevo que me permite determinar claramente cada una de sus posibles consecuencias. Desde el momento en que vi que Pompeyo dejaba una pequeña parte de cada empresa a la *casualidad*, supe que yo iba a ser el dueño del mundo.

Los proyectos que ahora acuden a mí, sin embargo, llevan en sí elementos sobre los cuales no estoy seguro de estar seguro. Para llevarlos a efecto, necesito que en mi entendimiento estén claros cuáles son los objetivos en la vida del hombre corriente y cuáles las aptitudes del ser humano.

El hombre, ¿qué es? ¿Qué sabemos de él? Sus dioses, su libertad, su raciocinio, su amor, su destino, su muerte..., ¿qué significan? ¿Recuerdas cuando éramos unos muchachos, en Atenas, y más tarde ante nuestras tiendas de campaña en la Galia? Acostumbrábamos a dar infinitas vueltas a todas estas cosas. Yo, filosofando, vuelvo a ser un adolescente. Como dice Platón, el peligroso seductor: los mejores filósofos del mundo son chiquillos con barbas recién nacidas en el mentón; vuelvo a ser muchacho.

Y ya ves lo que he hecho entretanto con ese asunto de la religión del Estado. La he apuntalado restableciendo la conmemoración mensual de la fundación de la ciudad.

Quizá lo haya hecho para escrutar qué últimos vestigios de semejante piedad puedo descubrir dentro de mí mismo. También me enorgullece saber que de todos los romanos soy el más erudito en la antigua sabiduría religiosa, como lo fue, antes que yo, mi madre. Confieso que mientras estoy declamando sobre las rudas colectas y moviéndome en el complicado ritual, me embarga una auténtica emoción; pero esa emoción no tiene nada que ver con el mundo sobrenatural: estoy recordando cuando, a los diecinueve años, como sacerdote de Júpiter, subí al Capitolio con Cornelia a mi lado, llevando ella bajo el ceñidor a nuestra Julia, que aún no había nacido. ¿Qué momento me ha ofrecido la vida desde entonces capaz de igualar aquél?

¡Silencio! Se está relevando la guardia delante de mi puerta. Los centinelas han entrechocado sus espadas y han intercambiado la contraseña. Esta noche la contraseña es CÉSAR VELA.

II. DE LA SEÑORA CLODIA PÚLQUER, DESDE SU VILLA EN BAÍA, EN LA BAHÍA DE NÁPOLES, AL MAYORDOMO DE SU CASA EN ROMA.

3 de septiembre, año 45 a. de C.

Mi hermano y yo damos una comida el último día del mes. Si se produce algún error esta vez, te reemplazaré y te pondré en venta.

Se han enviado invitaciones al dictador, y a su mujer y a su tía, a Cicerón, a Asinio Polión y a Cayo Valerio Catulo. Toda la comida se llevará al modo antiguo, es decir, las mujeres no estarán presentes hasta la segunda parte de la comida y no se reclinarán.

Si el dictador acepta esta invitación, se observará el protocolo más estricto. Empieza ya a adiestrar a los criados: la recepción ante la puerta, el acarreo de la silla, el recorrido de la casa, la despedida. Arréglatelas para alquilar doce trompeteros. Informa a los sacerdotes de nuestro templo de que deben celebrar la ceremonia indicada para la recepción del supremo pontífice.

No sólo tú, sino también mi hermano, probaréis los platos del dictador en su presencia, como se hacía antaño.

El menú dependerá de las nuevas enmiendas a las leyes suntuarias. Si se han promulgado ya el día de la comida, sólo se servirá un entrante para todos los comensales. Será el estofado de marisco egipcio que el dictador te describió una vez. Yo no sé nada de ese plato; ve inmediatamente a ver a su cocinero y entérate de cómo se prepara. En cuanto consigas la receta, hazla al menos tres veces, para asegurarte de que salga perfecta la noche de la comida.

Si las nuevas leyes no se han proclamado, ofreceremos variedad de platos. El dictador, mi hermano y yo tomaremos el estofado. Cicerón, cordero asado a la griega. La mujer del dictador, la cabeza de carnero con manzanas asadas, que tanto elogió. ¿Le enviaste la receta, tal como te pidió? Si es así, cambia ligeramente la preparación; te sugiero que añadas tres o cuatro melocotones empapados en licor de Albania. A la señora Julia Marcia y a Valerio Catulo les propondrás que elijan lo que más les guste de entre estos platos. Asinio Polión probablemente no comerá nada, como de costumbre, pero ten preparada leche caliente de cabra y avena de Lombardía. Dejo el asunto de los vinos completamente en tus manos; procura observar las leyes al respecto.

Estoy haciendo que arrastren veinte o treinta docenas de ostras con redes bajo el agua hasta Ostia. Pueden traer algunas de ellas a Roma el mismo día de la comida.

Ve de inmediato en busca de Eros, el mimo griego, y contrátale para la velada. A buen seguro esgrimirá los inconvenientes habituales; puedes hacer hincapié en la calidad de mis invitados. Cuando hayas cerrado el trato, puedes decirle que, además del precio acostumbrado, le daré el espejo de Cleopatra. Dile que deseo que él y su compañía representen *Afrodita y Hefaistos* y *La procesión de Osiris*, de Herondas. Deseo que él solo declame el *Ciclo de la tejedora de guirnaldas*, de Safo.

Mañana saldré de Nápoles. Me detendré una semana con la familia de Quinto Léntulo Espinter, en Capua. Allí espero recibir una carta tuya en la que me explicarás en qué se ocupa mi hermano. Puedes esperarme en Roma hacia el día diez.

Deseo que me informes sobre el asunto de borrar todo lo que se escribe acerca de nuestra familia en lugares públicos. Quiero que esto se haga concienzudamente.

[Lo que Clodia quiere decir en este pasaje se ilustra mejor con un párrafo de una de las cartas de Cicerón y con algunos grafitos seleccionados.]

II-A. CICERÓN, EN ROMA, A ATTICO, EN GRECIA.

Escrito en la primavera del mismo año.

Con la sola excepción del dueño de todos nosotros, Clodia ha llegado a ser la persona que más comentarios suscita en Roma. En las paredes y en los pavimentos de todos los baños y urinarios de Roma se garabatean acerca de ella versos de una desenfrenada obscenidad. Según dicen, hay una extensa sátira dedicada a ella en la sala de enfriamiento de los baños de Pompeya; diecisiete poetas han puesto ya sus manos en ella, y recibe adiciones a diario. Me dicen que en buena medida giran en torno al hecho de que es viuda, hija, nieta, sobrina y biznieta de cónsules y que su antecesor Appio fue quien estableció el camino por el cual ella anda ahora en pos de una camaradería consoladora, cuando no remuneradora.

Al parecer, la dama sabe de tales tributos. Ha contratado a tres hombres para que los borren subrepticiamente. Pero es demasiado trabajo, y no pueden dar abasto con él.

Nuestro Dómine [César] no necesita contratar obreros para borrar la calumnia. También para él hay versos groseros; mas por cada calumniador dispone de tres defensores. Sus veteranos se han rearmado con esponjas.

La poesía se ha convertido en calentura en nuestra ciudad. Me dicen que los versos de ese recién llegado Catulo –versos también dirigidos a Clodia, aunque de diferente estilo– andan igualmente escritos por nuestros edificios públicos. Los vendedores de empanadas sirios se los han aprendido de memoria. ¿Qué me dice de esto? Bajo el poder absoluto de un hombre, nos arrebatan nuestras ocupaciones o les hacen perder su sabor. Ya no somos ciudadanos sino esclavos, y la poesía no es más que el recurso de una ociosidad forzada.

II-B. GRAFITOS GARRAPATEADOS POR LOS MUROS Y PAVIMENTOS DE ROMA.

Clodio Púlquer en el Senado dice a Cicerón:
«Mi hermana no cedería; no me daría ni un pie».
«¡Oh! –dice Cicerón–, creíamos que era más generosa.
Creíamos que te había dado hasta más arriba de la rodilla.»

Sus antepasados tendieron la Vía Appia; César
levantó a esta Appia y la tendió por otra vía.
¡Oh, oh, oh!

La Chica de los Tres Reales es millonaria, pero codiciosa,
[y nunca está ociosa.
¡Con qué orgullo cuenta sus cincuenta monedas al
[amanecer!
Todos los meses, César conmemora la fundación de la ciudad.
A todas horas, la disolución de la República.

La siguiente canción popular, con variantes, se veía garabateada en lugares públicos en el mundo entero.

El mundo es de Roma, y los dioses se lo dieron a César;
César es el descendiente de los dioses, y es un Dios.
Él, que nunca perdió una batalla, es el padre de todo soldado.
Ha plantado el talón de su pie sobre la boca del rico,
mas, es amigo del pobre y le ofrece consuelo.
En esto conocéis que los dioses aman a Roma:
se la han dado a César, su descendiente, que es también un
[Dios.

Los siguientes versos de Catulo parece que fueron adoptados de inmediato por el público en general; en menos de un año, habían llegado a las partes más remotas de la República como aforismo proverbial anónimo.

Los soles se ponen y pueden volver a salir;
mas una vez que nuestra breve luz se ha puesto,
la noche es eterna y hay que dominarla.

III. DIARIO-CARTA DE CÉSAR A LUCIO MAMILIO TURRINO, EN LA ISLA DE CAPRI.

[Probablemente desde el 20 de agosto al 4 de septiembre.]

Este diario-carta se mantuvo desde que el destinatario fue capturado y mutilado por los belgas en el año 51 a. de C. hasta la muerte del dictador. Sus anotaciones ofrecen gran variedad de formas; algunas están escritas en cartas y documentos desechados; algunas se escribieron apresuradamente; otras, con gran cuidado. Algunas fueron dictadas y han sido escritas por un secretario. Aunque se han numerado en serie, muy pocas de ellas llevan fecha.

958. [Sobre la posible etimología de tres palabras anticuadas en el testamento de Rómulo.]

959-963. [Sobre ciertas orientaciones y consecuencias de la política corriente.]

964. [Manifiesta la mala opinión que le merecen el uso de artificios métricos en los discursos de Cicerón.]

965-967. [Sobre política.]

968. [Sobre la religión romana. Esta anotación ya ha aparecido en este volumen como sección I-B.]

969. [Sobre Clodia Púlquer y su educación.] Clodia y su hermano nos han invitado a cenar. Creo haberte comentado suficientemente en mis cartas la situación de esa pareja, pero, al igual que el resto de Roma, me veo de nuevo dándole vueltas a la cuestión.

Ya no me siento lleno de compasión cuando me encuentro con una de las innumerables personas que arrastran tras de sí una vida colmada de fracasos. Y menos aún procuro encontrar disculpas para ellos cuando veo que ellos ya las han encontrado por sí mismos, cuando los veo entronizados en su propio entendimiento, disculpados, perdonados, y lanzando invectivas contra el misterioso destino que les ha agraviado, y exhibiéndose como auténticas víctimas. Así es Clodia.

Éste no es el papel que representa ante sus numerosas relaciones; para ellas finge ser la más feliz de las mujeres. Pero es el papel que interpreta ante sí misma y ante mí, porque creo ser la única persona que está enterada de cierta circunstancia de la cual fue acaso víctima y en la cual lleva veinticinco años basando sus pretensiones de no haber dejado de ser una víctima día tras día.

Podría encontrarse otra disculpa para ella y para esas otras mujeres de su generación cuyos desórdenes, lo mismo que los de ella, atraen la atención pública. Nacieron en grandes casas con riqueza y privilegios y las criaron en esa atmósfera de nobles sentimientos y moralización incesante que ahora llamamos «el clásico estilo romano». Las madres de esas muchachas eran en muchos de los casos grandes mujeres, pero habían desarrollado una serie de cualidades que no pudieron transmitir. El amor maternal, el orgullo de la familia y la riqueza se habían combinado para hacerlas hipócritas, y criaron a sus hijas en un mundo protegido de suaves mentiras y evasivas. Las hijas –las más inteligentes– fueron dándose cuenta de ello a medida que crecían; sintieron que les habían mentido, y se lanzaron con presteza a demostrar públicamente que se habían liberado de la hipocresía. La prisión del cuerpo es amarga; la prisión de la mente es peor. Los pensamientos y los actos de aquellos que despiertan al hecho de haber sido engañados son dolorosos para ellos y peligrosos para los demás. Clodia fue la más inteligente, del mismo modo que su comportamiento es ahora el más escandaloso. Todas aquellas muchachas experimentaron o simularon una pasión por dejarse ver en malas compañías, y la ostentación de la ordinariez se ha convertido en un factor político que debo tener en cuenta. El mundo plebeyo es mejorable en sí mismo, pero ¿qué puedo hacer con una aristocracia plebeya?

Hasta las mujeres jóvenes cuya conducta es intachable –como la hermana de Clodia, como mi mujer– manifiestan el resentimiento de quien cobra conciencia de haber sido engañado. Las criaron para pensar que las virtudes domésticas eran evidentes por sí mismas y universales; les habían negado el conocimiento que más atrae a una mente joven: que la corona de la vida está en el ejercicio de la libre elección.

En su conducta veo reflejarse también algo de lo que con frecuencia –acaso demasiada– he discutido contigo: el hecho de que el uso y la misma estructura de nuestro lenguaje exhiben e inculcan la creencia de que, en presencia de la vida, somos pasivos y estamos atados, comprometidos, y desamparados. Nuestro lenguaje nos dice que al nacer *se nos dan* tales y cuales cualidades. Lo que equivale a decir que hay un Gran Donante que concedió a Clodia belleza, salud, riqueza, alta cuna y conspicua inteligencia, mientras que a otra le dio esclavitud, enfermedad y estupidez. A menudo ha oído decir que estaba dotada de belleza (¿quién la dotó?) y que sobre otra pesaba la maldición de una lengua afilada... ¿Es que Dios maldice? Incluso si asumimos la existencia de un Dios que, como Homero dice, escancia de sus urnas los buenos y los malos dones, me asombra ver a gentes piadosas que insultan a su Dios negándose a ver, que tal como va el mundo, hay un campo de circunstancias que no está conmensurado con la providencia de Dios, y que debe haber sido voluntad de Dios que así sea.

Pero, volviendo a nuestra Clodia, las Clodias nunca creen haber recibido suficiente; están envenenadas por el resentimiento contra ese avaro Donante que sólo les ha proporcionado hermosura, salud, riqueza, cuna e inteligencia, pero que retiene un millón de dones como por ejemplo, la felicidad perfecta en cada instante de cada día. No hay rapacidad que pueda equipararse a la de los privilegiados que sienten que sus ventajas les han sido otorgadas por cierta Inteligencia, ni amargura semejante a la de los desdichados que se sienten conscientemente dejados al margen.

Oh, amigo, amigo mío, ¿qué mejor cosa podría hacer por Roma que restituir las aves al mundo de las aves, restituir el trueno a los fenómenos de la atmósfera y restituir los dioses a los recuerdos de la infancia?

No necesito decirte que no asistiré a la comida de Clodia.

IV. LA SEÑORA JULIA MARCIA, VIUDA DEL GRAN MARIO, DESDE SU QUINTA EN LAS COLINAS ALBANAS, A SU SOBRINO CAYO JULIO CÉSAR, EN ROMA.

4 de septiembre

Clodio Púlquer y su hermana me invitan a comer el último día del mes. Me dicen, querido muchacho, que tú estarás allí. Tenía intención de no regresar hasta diciembre, momento en que tendré que asumir de nuevo mis obligaciones en relación con los Misterios [de la Buena Diosa]. Naturalmente, no se me ocurriría pensar en ir a esa casa sin tener la seguridad de que tú y tu querida mujer estaréis también allí. ¿Quieres enviarme con este mensajero una nota diciendo si realmente vais a estar presentes o no?

Debo confesar que siento bastante curiosidad por ver –después de todos estos años de vida rústica– cómo vive la sociedad del Palatino. Las cartas escandalizadas que recibo de Sempronia Metella, de Servilia y Emilia Cimber y de Fulvia Manso no me sirven de mucho. Están tan preocupados por llamar la atención sobre su propia virtud que no consigo hacerme una idea de si la vida diaria en la cima del mundo es brillante o trivial.

Además, tengo otro motivo para ver a Clodia Púlquer. Es posible que tarde o temprano me vea obligada a mantener una conversación muy seria con ella... por su madre y su abuela, amigas queridas de mi juventud y de mi madurez. ¿Adivinas a qué me refiero? [Como se verá, César no comprendió esta insinuación. Su tía formaba parte del consejo de gobierno de los Misterios de la Buena Diosa. Si la propuesta tenía como efecto que se excluyera a Clodia de participar en los misterios, la decisión correspondía principalmente al comité laico y no a las representantes del colegio de las Vírgenes Vestales. La responsabilidad final recaería en todo caso, sobre Julio César en cuanto supremo pontífice.]

Nosotros, inocentes campesinos, estamos preparados para obedecer estrictamente tus leyes contra el lujo. Nuestras pequeñas comunidades te aman y agradecen a los dioses a diario que seas el guía de nuestro gran Estado. En mi casa de labor hay seis de tus veteranos. La diligencia, alegría y lealtad que me demuestran son, bien lo sé, el reflejo de la devoción que te profesan. Procuro no decepcionarlos.

Mis recuerdos a Pompeya.

[Segunda carta en el mismo paquete.]

Querido sobrino, vuelvo a escribirte la mañana siguiente.

Perdona el atrevimiento de robar así el tiempo al amo del mundo, pero ¿puedo hacerte una segunda pregunta para que la contestes por medio de este mensajero?

¿Vive aún Lucio Mamilio Turrino? ¿Puede recibir cartas? ¿Puedes darme una dirección a la que escribirle?

He formulado estas preguntas a varios de mis amigos, pero nadie parece poder contestarlas con certeza. Sabemos que fue herido gravemente luchando junto a ti en la Galia. Algunos dicen que vive recluido por completo en la región de los lagos, en Creta o en Sicilia. Otros, que ha muerto hace ya bastantes años.

La otra noche tuve un sueño –sabrás perdonar a una vieja– en el cual me parecía estar junto al estanque en nuestra villa de Tarento, con el querido tunante de mi marido. Dos muchachos estaban nadando en el estanque..., tú y Lucio. Cuando salisteis del agua, mi marido os puso las manos sobre el hombro, me miró a los ojos muy profundamente y dijo sonriendo: «Vástagos de nuestra vieja encina romana».

¡Qué a menudo veníais ambos a nuestra casa! ¡Y cómo comíais! ¿Recuerdas cómo te centelleaban los ojos cuando, a tus doce años, declamabas para mí pasajes de Homero? Y después tú y Lucio fuisteis juntos a estudiar a Grecia, y me escribías largas cartas sobre filosofía y poesía. Y Lucio, que no tenía madre, escribía a la tuya.

¡Ay, el pasado! ¡El pasado, Cayo!

Desperté del sueño llorando, llorando por aquellas presencias perdidas, mi marido, tu madre, el padre y la madre de Clodia, y por Lucio.

¡Ay, querido, te estoy haciendo perder el tiempo!

Dos respuestas: la comida de Clodia y las señas de Lucio, si vive.

IV-A. RESPUESTA DE CÉSAR A JULIA MARCIA, A VUELTA DE CORREO.

Los primeros dos párrafos han sido manuscritos por un secretario.

No tengo intención, querida tía, de ir a la comida de Clodia. Si creyera que a ti realmente te interesa, desde luego me sentiría obligado a acompañarte. Sin embargo, Pompeya y yo te animamos a que vengas a pasar la velada con nosotros. Puede que Clodia haya tenido la desfachatez de invitar a Cicerón y que él haya tenido la flaqueza de aceptar; si es así, lo robaré de su fiesta y te lo ofreceré a ti. Creo que te agradará volver a verle; está aún más ingenioso que de costumbre y te contará cuanto quieras saber acerca de la sociedad del Palatino. Además, no te tomes la molestia de abrir tu casa; el pabellón de nuestro jardín está a tu disposición y Al-Nara estará encantada de servirte. Mientras estés en el pabellón, querida señora mía, ordenaré que durante la ronda nocturna los centinelas se abstengan de chocar las espadas; intercambiarán las contraseñas en apenas un murmullo.

Ya tendrás tiempo de ver a Clodia cuando vengas a la ciudad para las ceremonias. Al contemplar a Clodia, apenas siento una gota en el corazón de esa compasión que Epicuro nos prescribe sentir hacia los que yerran. Espero que mantendrás con ella esas charlas serias de que me hablas, y espero también me enseñes el modo de llegar a sentir por ella un poco de simpatía. No me resulta agradable albergar tal aridez de sentimientos hacia alguien a quien estuve unido por tan amplia variedad de asociaciones.

[Desde aquí, César continúa escribiéndola de su puño y letra.]

Hablas del pasado.

No permito que mis pensamientos se detengan mucho tiempo en él. Todo en él, todo, me parece de una belleza que ya jamás volveré a ver. Aquellas presencias, ¿cómo puedo pensar en ellas? Al recuerdo de un murmullo, de unos ojos, la pluma se me cae de la mano, la encuesta que me ocupa se convierte en piedra. Roma y sus asuntos se convierten en tarea de oficinista, árida y tediosa, con la que voy llenando la vida hasta que la muerte me libre de ellos. ¿Soy extraño por ello? No lo sé. ¿Pueden otros hombres entretejer el goce pasado con sus pensamientos presentes y sus planes para el porvenir? Quizá lo consigan sólo los poetas; únicamente ellos emplean todo lo que son en cada momento de su obra.

Creo que uno de ellos ha surgido entre nosotros para reemplazar a nuestro Lucrecio. Te adjunto un pliego de sus versos. Quiero que me digas qué te parecen. Este dominio del mundo que a mí me atribuyes es más digno de administrar desde que he visto tales ejemplos de lo que puede hacerse con nuestra lengua latina. No incluyo los versos que se refieren a mí; este Catulo es tan elocuente en el odio como en el amor.

En Roma te espera un regalo..., aunque mi contribución a él me robará algo de esa entrega a mis obligaciones presentes que, como ya he dicho, sigue a toda ojeada que lanzo sobre el pasado. [En la conmemoración mensual de la fundación de la ciudad, César introdujo un saludo hecho por Roma al espíritu del marido de Julia, Mario.]

En cuanto a tu segunda pregunta, querida tía, no estoy en situación de responderla.

Saludos de Pompeya. Los dos esperamos tu llegada con mucha alegría.

V. LA SEÑORA SEMPRONIA METELLA, EN ROMA, A LA SEÑORA JULIA MARCIA, EN SU HACIENDA DE LAS COLINAS ALBANAS.

6 de septiembre

No puedo decirte cuán feliz me ha hecho, queridísima Julia, enterarme de que vas a venir a la ciudad. No te molestes en abrir tu casa. Tienes que quedarte conmigo. Zosima, que adora el suelo que pisas, te servirá. Yo puedo arreglármelas muy bien con Rhodope, que está revelando ser un tesoro.

Y ahora, ponte cómoda, querida, pues temo que ésta va a ser una charla muy larga.

Para empezar, escucha el consejo de una vieja amiga: no vayas a casa de esa mujer. Puede una pasarse años enteros diciendo que no hace caso de habladurías, que los que están ausentes no pueden defenderse de la calumnia, etcétera; mas, después de todo, ¿acaso dar pie a tanta habladuría no es una ofensa en sí misma? Personalmente, no creo que ella envenenara a su marido, o que haya tenido relaciones impropias con sus hermanos; pero hay miles de personas que sí lo creen. Mi nieto me dice que se cantan canciones alusivas a ella en todas las guarniciones y tabernas, y que hay versos sobre ella escritos en las paredes de todos los baños. La llaman con un nombre que no me atrevo a escribir aquí.

En realidad, lo peor que se sabe de ella es la influencia que tiene sobre todo el grupo del Palatino. Ella fue la que empezó con la moda de vestirse como una del pueblo llano y mezclarse con los más bajos elementos de la ciudad. Hace sus amistades en las tabernas de gladiadores, y bebe con ellos toda la noche, y danza para ellos, y lo demás lo dejo a tu imaginación. Organiza meriendas en el campo, y se va a las tabernas extramuros para confraternizar con pastores y soldados. Éstos son *hechos.* Todo el mundo puede darse cuenta de las consecuencias; una de ellas es su efecto sobre el lenguaje. Lo que se lleva ahora es hablar la jerga de la plebe, y no hay duda alguna de que ella y sólo ella es la responsable. Su posición en la sociedad, su nacimiento, su riqueza, su hermosura y –porque esto hay que confesarlo– su fascinación y su inteligencia han llevado a la alta sociedad a hundirse en el fango.

Pero al final se ha asustado. Y te ha invitado a comer, precisamente porque está asustada.

Ahora escucha: se está tramando algo muy serio, algo que acabará cayéndote sobre los hombros y que te obligará a tomar una decisión.

[En los párrafos siguientes, se emplean unas cuantas expresiones sustitutivas: la Ojos de Vaca *(en griego) es Clodia;* el Jabato *es su hermano, Clodio Púlquer;* la Codorniz *(mote que le adjudicaron las damas mucho antes de su matrimonio) es Pompeya, mujer de César;* la Tesalia *(forma breve de la Bruja de Tesalia) es Servilia, la madre de Marco Junio Bruto;* la Clase de Tapicería *equivale tanto a los Misterios de la Buena Diosa como al comité que dirigía su celebración.* El Hacedor del Tiempo *es, desde luego, César.]*

Aunque esa mujer esté bastante abandonada, no soy partidaria de que se la excluya de *ciertas reuniones.* Pero no cabe duda de que va a proponerse su expulsión. Ella y la Codorniz asistieron a la última reunión del Consejo Ejecutivo que tuvo lugar precisamente antes que ella se marchase a Baía. Pidieron a la presidencia –la Tesalia estaba sentada en tu silla– que las dispensase y se marcharon pronto; y un instante después de que hubiera salido se formaron grupos por toda la sala para hablar de ella. Emilia Cimber dijo que si la Ojos de Vaca se le acercaba durante la Clase de Tapicería, la abofetearía. Fulvia Manso dijo que ella no la abofetearía durante los ritos, pero que se marcharía de inmediato y elevaría una queja al supremo pontífice. Y la Tesalia, que en cuanto presidencia no habría debido manifestar ninguna opinión, dijo que lo primero que se debía hacer era someter el asunto a ti y a la presidenta del colegio de las Vírgenes Vestales. *Su* tono indignado, debo decírtelo, me resultó ligeramente cómico, porque todas sabemos que no siempre ha sido tan irreprochable como ahora pretende serlo.

¡De modo que ahí lo tienes! No creo que ni tú ni tu sobrino consintierais jamás en que se la expulsara, pero ¡qué idea! ¡Y qué escándalo! ¿Sabes lo que te digo? Pues que no creo que ni siquiera las más viejas de esas mujeres se den cuenta ya de lo que es *un escándalo.* La otra noche, de repente, me di cuenta de que yo misma no recuerdo más que tres expulsiones y las tres mujeres no tardaron en quitarse la vida.

Y, sin embargo, por otra parte es horrible pensar que en la Clase de Tapicería, que es la cosa más bonita, sagrada y maravillosa, pueda estar implicada una mujer como la Ojos de Vaca. Julia, nunca he olvidado lo que tu gran marido dijo al respecto: «Esas veinte horas durante las cuales nuestras mujeres están reunidas son como una columna que sostiene a Roma».

Es para todos un gran enigma cómo consiente el Hacedor del Tiempo (no le llamo así por falta de respeto, bien lo sabes, querida) que la Codorniz tenga tanto trato con ella. A todas nos sorprende. Porque el tratar con la Ojos de Vaca conlleva inevitablemente tratar con el Jabato, y ninguna mujer de principios podría desear tratar con el Jabato.

Mas cambiemos de asunto.

Ayer fui agasajada de forma excepcional, y tengo que explicártelo. Tuve el honor de que *él* me llevara a un lado para hablar conmigo a solas.

Por supuesto, fui con toda Roma a visitar a Catón el día en que se conmemoraba a su gran antepasado. Miles de personas llenaban las calles que rodean la casa, trompeteros, flautistas, sacerdotes. Dentro de la casa se había instalado la silla del dictador y, por supuesto, todo el mundo aguardaba su llegada con expectación. Por fin llegó. ¡Y ya sabes lo impredecible que puede ser! Como dice mi sobrino, es ceremonioso cuando se espera que sea natural, y natural cuando se espera que sea ceremonioso. Atravesó el Foro andando y subió la colina sin séquito alguno, como si estuviera dando un paseo flanqueado por Marco Antonio y Octavio. Sufro por él, porque eso es en verdad peligroso; pero es una de las cosas por las que el pueblo le adora; es al estilo de la Roma de antaño, y tienes que haber oído las aclamaciones desde tu quinta.

Entró en la casa, inclinándose y sonriendo, y se acercó inmediatamente a Catón y a su familia. Se podía oír andar a una hormiga. No necesito decirte que tu sobrino es la perfección misma. Oímos lo que dijo palabra por palabra. Primero, gravedad y deferencia; hasta Catón sollozaba y lo escuchaba con la cabeza muy baja. Luego, César continuó hablando en un tono cada vez más informal; se dirigió a la familia, y habló primero con familiaridad y luego decididamente *en broma* hasta que todos los presentes en la sala comenzaron a reír.

Catón respondió bien, pero muy brevemente. Todas las angustiosas diferencias políticas parecen haberse olvidado. César aceptó uno de los pasteles que se estaban sirviendo y empezó a hablar con los concurrentes que le rodeaban. Se negó a sentarse en la silla del dictador, pero lo hace todo de modo tan encantador que no pareció ser desprecio a la casa. Y entonces, querida, me vio de lejos; le pidió un asiento a un criado y se sentó a mi lado. Puedes figurarte en qué estado me puse.

¿Ha olvidado nunca un hecho o un nombre? Recordaba haber pasado días enteros con nosotros en Anzio hace veinte años; recordaba a todos mis parientes y a los invitados. Con extrema delicadeza, me puso en guardia acerca de las actividades políticas de mi sobrino (pero, querida mía, ¿qué puedo hacer yo al respecto?). Luego empezó a pedirme mi opinión sobre la conmemoración mensual de la fundación de la ciudad. Al parecer, había reparado en mi presencia..., figúrate, ¡a media milla de distancia mientras se desplazaba de un lado a otro siguiendo el complicado ritual! Se interesó por qué detalles me parecían más impresionantes, cuáles demasiado largos o demasiado oscuros para el pueblo. Luego habló de la religión en sí, de los auspicios, de los días fastos y nefastos.

Querida, es el hombre más encantador del mundo, pero también..., no tengo más remedio que decirlo..., ¿no te parece que *da miedo*? Escucha con tan absoluta atención la menor cosa que una está luchando por decir... Y esos grandes ojos, tan seductores, pero tan aterradores... que parecen decir: «Somos las dos únicas personas sinceras que hay aquí; decimos lo que pensamos realmente; decimos la verdad». Espero no haberme comportado como una gallina espantada, pero me habría gustado que alguien me hubiese prevenido de que el supremo pontífice iba a preguntarme cómo, qué, dónde y cuándo pienso acerca de la religión, porque, en realidad, eso fue lo que hizo. Por fin, se despidió y pudimos volver a casa. Y yo me fui derechita a la cama.

Te lo pregunto en un susurro, Julia: ¿qué debe de sentirse siendo su mujer?

Me preguntaste por Lucio Mamilio Turrino.

Como te sucedió a ti, de pronto me di cuenta de que no sabía nada de él. Creía que había muerto o que se había recobrado lo bastante para ser destinado a algún emplazamiento militar en alguna de las partes remotas de la República. Buscando información al respecto, me ha parecido que lo mejor que podía hacer era preguntar a alguno de nuestros más antiguos sirvientes. Forman una especie de sociedad secreta; lo saben todo de nosotros, y están orgullosos de saberlo. Así es que consulté a nuestro viejo liberto Rufo Tela, que me relató con bastante fiabilidad los hechos que ahora paso a referirte:

En la segunda batalla con los belgas, aquella vez en que estuvieron a punto de apoderarse de César, Lucio Turrino cayó en manos del enemigo. Llevaba desaparecido treinta horas cuando César se dio cuenta de que no estaba con él. Entonces, querida, tu sobrino lanzó un regimiento contra el campamento enemigo. El regimiento fue aniquilado casi por completo, pero recobró a Turrino, que se hallaba *en lamentable estado.* A fin de obtener información, el enemigo le había ido amputando miembros y privándole de sus sentidos. Le habían cortado un brazo y una pierna, tal vez algo más; le habían sacado los ojos y cortado las orejas, y estuvieron a punto de romperle los tímpanos. César hizo que le prestasen todos los cuidados posibles, y desde entonces Lucio Turrino ha estado rodeado por propia voluntad, del mayor secreto posible. Al parecer, Rufo se ha enterado de que vive en una hermosa villa en Capri, rodeada por completo de una muralla. Claro que es aún muy rico y tiene varios secretarios, asistentes, y todo lo demás.

¿No es una historia que desgarra el corazón? ¡Hasta qué punto puede la vida ser aterradora! Le recuerdo tan bien..., tan bien plantado, rico, listo, claramente destinado a los más altos cargos del Estado, ¡y tan encantador! Estuvo a punto de casarse con mi Aurumculeya, pero su padre y el resto de los Mamilios eran demasiado conservadores para mi gusto, por no hablar de mi marido. Parece que aún le interesan la política, la historia y la literatura. Tiene un agente, aquí en Roma, que le hace llegar todas las noticias, libros y chismes, pero nadie sabe quién es ese agente. Parece desear que le olvide todo el mundo excepto unos pocos amigos íntimos. Por supuesto, pregunté a Rufo que quiénes van a verle. Rufo dice que no recibe casi a nadie, y que una vez al año, en primavera, el dictador lo visita durante unos días, pero al parecer no habla nunca a nadie de tales visitas.

Rufo, que es oro puro, me pidió que no repitiese nada de esto a nadie más que a ti. Es un viejo africano muy notable, y parece respetar en cierta medida el deseo del inválido de ser olvidado. Cumplo su deseo y sé que tú obrarás de igual modo. Estoy horrorizada por lo extenso de esta carta.

Ven lo más pronto que puedas.

VI. CLODIA, EN CAPUA, A SU HERMANO PUBLIO CLODIO PÚLQUER, EN ROMA.

8 de septiembre

Desde la villa de Quinto Léntulo Espinter y su mujer, Casia.

Mentecato:

S. T. E. Q. V. M. E. [Clodia emplea irónicamente una fórmula epistolar de aquellos días que significa: «Si tú y tu ejército estáis bien de salud, está bien»; cambiando dos letras quiere decir: «Si tú y tu gentuza estáis bien, está mal».]

Otra vez desplumado. [La policía secreta de César había vuelto a enterarse del contenido de una carta de las que se escribían mutuamente. Hermano y hermana, sin embargo, se las arreglaban para que los mensajeros llevaran en un escondite superficial las cartas inocuas como pantalla para las verdaderas, que iban mucho mejor escondidas.]

Tu carta era un auténtico disparate. Dices: «No vivirán eternamente». ¿Cómo lo sabes? Nadie, ni él ni tú ni ningún otro sabe cuánto tiempo ha de vivir. Deberías hacer tus planes como si fuera a morir mañana o a vivir treinta años más. Sólo los niños, los oradores políticos y los poetas hablan del porvenir como si fuera algo que pudiera conocerse; afortunadamente para nosotros, no lo conocemos en absoluto. Dices: «Ha habido convulsiones todas las semanas». [Los ataques epilépticos de César.] Te digo que no estás en lo cierto, y ya sabes cuál es mi fuente de información. [La doncella de la mujer de César, Abra, le había sido recomendada por Clodia, y ésta le pagaba para que la tuviese informada de cuanto sucedía en casa de César.] Dices: «Bajo este cíclope no hay nada que podamos hacer». Escucha, ya no eres un chiquillo. Tienes cuarenta años. ¿Cuándo vas a aprender a edificar sobre lo que tienes y a emplear cada día en consolidar tu posición en lugar de esperar un golpe de suerte? ¿Por qué nunca has llegado a ser más que tribuno? *Porque tus planes empiezan siempre con el mes que viene.* Siempre intentas salvar el abismo entre hoy y el mes que viene empleando la violencia y tus cuadrillas de matones. El Mascarón de Proa [en griego; se trata de César] gobierna el mundo, y continuaré haciéndolo, sea por un día, sea por treinta años. No tendrás carrera ni serás nada si no aceptas este hecho y trabajas con él y en torno a él. Y te lo digo solemnemente: cualquier intento de trabajar *en contra* conduciría a tu propia destrucción.

Tienes que recuperar su favor. No le dejes olvidar que una vez le fuiste de gran ayuda. Sé que lo odias; eso no tiene importancia. El odio y el amor no tienen nada que ver con nada, y él lo sabe de sobra. ¿Qué habría ganado él si hubiese *odiado* a Pompeyo?

Vigílale, Mentecato. Podrías aprender mucho.

Conoces su punto flaco: esa indiferencia, ese estar ausente que la gente llama «magnanimidad». Apostaría a que en realidad le gustas, porque le agrada cuanto es espontáneo y sin complicaciones, y porque ha olvidado posiblemente que eras un idiota que siempre estaba generando problemas. Y apostaría a que estaba secretamente encantado de que tuvieras a Cicerón temblando como un ratón desde hacía veinte años.

Obsérvale. Podrías empezar por imitar su diligencia. Creo lo que me dicen que escribe setenta cartas y documentos al día. Caen a diario sobre Italia como nieve..., ¿qué estoy diciendo?..., caen sobre el mundo entero desde Bretaña al Líbano. Incluso en el Senado o en los banquetes lleva un secretario tras de sí; en el segundo mismo en que se le ocurre una idea se vuelve y la dicta en un murmullo. Un instante está diciendo a un pueblecillo en Bélgica que puede cambiar el nombre que lleva por el suyo y les envía una flauta para la banda municipal, y al instante siguiente se le ocurre un modo de armonizar las leyes judías referentes a la dote con los usos romanos. Regaló una clepsidra a una ciudad de Argelia y escribió una carta fascinadora al «estilo árabe». Trabaja, Publio, trabaja.

Y recuerda: este año nos sometemos.

Todo lo que te pido es un año.

Voy a ser la mujer más conservadora de Roma. Para el verano próximo quiero ser adoradora honoraria de Vesta y directora de los misterios de la Buena Diosa.

Tú puedes conseguir una provincia.

De ahora en adelante, escribiremos nuestro nombre, Claudio. Nuestro abuelo se hizo con unos cuantos votos adoptando su forma plebeya. Una pesadez.

Nuestra comida es un fracaso. El Mascarón de Proa y la Lentejita [también en griego; es la mujer de César] no han aceptado la invitación. Hécuba no ha contestado. Cuando lo sepa, Cicerón probablemente enviará una negativa en el último momento. Asinio Polión asistirá, y yo me las arreglaré para llenar la mesa.

En cuanto a Catulo, quiero que te portes amablemente con él. Poco a poco, me voy librando de ese problema. Déjame hacerlo a mi manera. Nunca lo creerías. ¡Qué cosas pasan! Tengo tan elevada opinión de mí misma como cualquier otra mujer, pero nunca he pretendido ser todas las diosas amasadas en una, y menos Penélope. No le temo a nada, Publio, excepto a esos espeluznantes epigramas. Mira los que ha lanzado sobre César. Todo el mundo anda repitiéndolos, y permanecen sobre él como cicatrices. No quiero sufrir nada semejante, de modo que déjame arreglármelas a mi modo.

¿Comprendes que nuestra comida es un fracaso? Mételo bien en la cabeza. No vendrá nadie a nuestra casa a no ser tu Mostachos Verdes y la freza de Catilina. A pesar de lo cual, somos quienes somos. Nuestra familia tendió los pavimentos de esta ciudad, y no consentiré que nadie lo olvide.

Una cosa más, Mentecato.

La Lentejita no es para ti. Lo prohíbo. Bórratelo de la mente. Lo prohíbo. Aquí es donde tú y yo hemos cometido siempre nuestros mayores errores. Piensa en lo que te estoy diciendo. [Clodia alude a la seducción por su hermano de una virgen vestal; y acaso a su propia persecución indecente ante los tribunales de justicia del brillante Celio, un ex amante suyo al que acusaba de haberle robado unas joyas. Cicerón lo defendió con éxito en un discurso que escudriñó las vidas de ambos hermanos ridiculizándolos y poniéndolos en evidencia ante los ojos de todo el populacho romano.]

De modo que no dejes de repetírtelo: respetable durante un año.

Yo, tu Ojos de Vaca, te adoro. Hazme llegar tus pensamientos sobre esto a vuelta de correo. Estaré aquí cuatro o cinco días, aunque cuando llegué esta tarde y miré a Quinto y a Casia me dieron ganas de echar a correr hacia el norte. Agitaré su autocomplacencia, no temas. Vero y Mela están conmigo. Catulo se reunirá aquí conmigo pasado mañana.

Envíame respuesta con este mismo mensajero.

VI-A. CLODIO A CLODIA.

Como respuesta, Clodio hizo ensayar cuidadosamente al mensajero para que lanzase una blasfemia.

VII. CLODIA, EN CAPUA, A LA MUJER DE CÉSAR, EN ROMA.

8 de septiembre

Cariño:

Tu marido es un gran hombre, pero también un hombre muy brusco. Me ha hecho llegar una brevísima nota para anunciarme que no puede venir a mi comida. Sé que tú puedes persuadirle de que venga. No te desalientes si se niega a las primeras tres o cuatro veces.

Vendrá Asinio Polión, y también ese poeta nuevo, Cayo Valerio Catulo. Recuerda al dictador que facilité todos los pedacitos que tenía de los versos de ese joven y no me ha devuelto los originales ni me ha enviado copia de ellos.

Me preguntas, cariño, qué pienso del culto de Isis y Osiris. Te lo contaré todo cuando te vea. Desde luego, es muy hermoso para la vista, pero en realidad no tiene ni pies ni cabeza. Es para sirvientas y porteadores. Lamento haber empezado a llevar allí a gentes de nuestra clase. Baía es tan aburrida que asistir a los cultos egipcios no era más que una de esas cosas que se hacen por pasar el rato. Yo, no molestaría a tu marido para que te permitiese ir a verlo. Con tu insistencia no lograrías más que importunarlo y acabaríais disgustándoos los dos.

Tengo un regalo para ti. En Sorrento encontré el más maravilloso de los tejedores. Hace una gasa tan leve que puedes soplar hasta el techo varas y varas de ella, y luego hacerte vieja esperando a que caiga otra vez al suelo. Y no está hecha con agallas de peces como las prendas brillantes que llevan las bailarinas. Tú y yo la llevaremos en mi comida, nos vestiremos como hermanas gemelas... He hecho un dibujo y Mopsa puede empezar a trabajar en cuanto yo llegue a la ciudad.

Envíame una palabra de respuesta con este mensajero.

Y arrastra a ese hombre huraño a mi comida.

Te beso en el rabillo de cada uno de tus lindos ojos. ¡Gemelas! ¡Aunque tú eres mucho más joven que yo!

VII-A. LA MUJER DE CÉSAR A CLODIA, A VUELTA DE CORREO.

Ratoncita querida:

No puedo esperar a verte. Soy desgraciada. No puedo seguir viviendo así. Tienes que aconsejarme. Dice que no podemos ir a tu comida. Todo cuanto le pido me lo niega. No puedo ir a Baía. No puedo ir al teatro. No puedo ir al templo de Isis y Osiris.

Necesito hablar largo y tendido contigo. ¿Cómo podría conseguir un poco más de libertad? Todas las mañanas nos peleamos, y todas las noches me pide perdón; pero nunca hago el menor progreso, y nunca consigo lo que quiero.

Por supuesto, le quiero mucho, muchísimo, porque es mi marido; pero ¡ay, querida!, me gustaría sacarle un poco de placer a la vida de cuando en cuando. Lloro tanto que me he puesto muy fea y vas a aborrecerme.

Por supuesto, seguiré pidiéndole que vayamos a tu comida, pero ¡ay!, le conozco. Lo de la gasa me parece maravilloso. Date prisa.

VIII. DIARIO-CARTA DE CÉSAR A LUCIO MAMILIO TURRINO.

Probablemente entre el 4 y el 20 de septiembre

970. [Sobre las leyes de primogenitura y un pasaje de Heródoto.]

971. [Sobre la poesía de Catulo.] Muchas gracias por las seis comedias de Menandro. Aún no me ha sido posible leerlas. Las he mandado copiar y dentro de poco te devolveré los originales y algunos comentarios de mi cosecha.

En verdad, debes de tener una biblioteca muy nutrida. ¿Hay algunos huecos que pueda ayudarte a llenar? Estoy hurgando en el mundo entero en busca de un ejemplar en buen estado de la *Lycurgeia* de Esquilo. Me llevó seis años poder echar mano a *Los banqueteadores* y a *Los babilonios* de Aristófanes que te envié la primavera pasada. La última, como notaste, es una copia muy deteriorada; algunos empleados de la aduana de Alejandría la habían cubierto con inventarios de cargamentos.

Incluyo en este paquete unos cuantos pliegos de poemas. Las obras maestras antiguas desaparecen; otras nuevas, bajo Apolo, vienen a ocupar su lugar. Éstas son de un joven, Cayo Valerio Catulo, hijo de un antiguo conocido mío que vive cerca de Verona. En el camino hacia el norte [50] pasé la noche en su casa, y recuerdo a los hijos y a la hija. ¡De hecho, recuerdo que el hermano del poeta, ya fallecido, me causó una aún mejor impresión!

Te asombrará saber que la mujer a quien van dirigidos los poemas bajo el nombre de Lesbia no es otra que Clodia Púlquer, a la cual tú y yo escribimos poemas en otros tiempos. ¡Clodia Púlquer! ¿Por qué extraño encadenamiento de significaciones ha podido resultar que esta mujer, que ha perdido todo sentido inteligible de sí misma y que sólo vive para marcar el caos de su alma sobre cuanto la rodea, pueda vivir ahora en la mente de un poeta como objeto de adoración y arranque de él canciones tan radiantes? Te digo con toda seriedad que una de las cosas que más envidio en este mundo es el don del que mana la gran poesía. A los grandes poetas les atribuyo el poder de mirar fijamente la vida entera y armonizar lo que está dentro de ellos con lo que está fuera. Este Catulo bien puede pertenecer a ese grupo. ¿Estarán sujetos esos seres soberanos a las decepciones de la humanidad más baja? Lo que ahora me perturba no es el odio que me profesa, sino el amor que siente por Clodia. No puedo creer que se dirija sólo a su hermosura, y que la belleza del cuerpo baste a suscitar tales triunfos en la ordenación del lenguaje y del pensamiento. ¿Es tal vez capaz de ver en ella excelencias que permanecen ocultas para nosotros? ¿O acaso ve la grandeza que indudablemente existía dentro de ella antes de hundirse en la ruina moral que hoy despierta hilaridad y rechazo en toda la ciudad?

Entiendo que estas preguntas tienen mucho que ver con las primeras que uno suele hacerle a la vida misma.

Continuaré ahondando en ellas y te comunicaré mis hallazgos.

972. [Sobre política y nombramientos.]

973. [Referente a ciertas reformas introducidas en los Misterios de la Buena Diosa. Véase el documento XLII-B.]

974. [Sobre unos cuantos barriles de vino griego que César envía como regalo.]

975. [Sobre la petición de Cleopatra acerca de que se le permita, cuando esté en Roma, asistir a los Misterios de la Buena Diosa. Véase el documento XLIII-A.]

976. [Recomendación de un criado.]

977. [Sobre la enemistad que sienten hacia él Catón, Bruto y Catulo.] Estuve en casa de Catón el día en que se conmemoraban los servicios de su gran antepasado.

Como ya te he comentado en alguna otra ocasión, escribirte ejerce sobre mí un efecto extraño; al hacerlo medito sobre cuestiones que de otro modo no tomaría en consideración. Los pensamientos que acuden a mi pluma en este instante, y que he estado a punto de desestimar, son los que siguen:

De los cuatro hombres a quienes más respeto en Roma, tres me miran con enemistad mortal. Me refiero a Marco Junio Bruto, a Catón y a Catulo. Es muy probable que Cicerón se sintiera muy feliz perdiéndome de vista. De todo esto no me cabe la menor duda; me llegan muchas cartas que no se han escrito para que yo las lea.

Estoy acostumbrado a que me odien. Ya en mi temprana juventud descubrí que no necesito la opinión de otros hombres, ni aun de los mejores, para confirmarme en mis acciones. Creo que sólo existe una soledad mayor que la del comandante militar y la del jefe de Estado, y no es sino la del poeta..., porque ¿quién puede aconsejarle en esa ininterrumpida sucesión elecciones que es un poema? Es en este sentido que la responsabilidad es la libertad;

cuantas más decisiones se ve uno obligado a tomar solo, más cuenta se da de su libertad de elección. Sostengo que sólo puede afirmarse que somos conscientes de nuestro entendimiento cuando nos hallamos bajo el peso de la responsabilidad, y que el mayor peligro que podría sobrevenirle a la mía sería que reflejara un esfuerzo por mi parte a fin de lograr la aprobación de cualquier otro, aunque fuese un Bruto o un Catón. Tengo que llegar a mis decisiones como si no estuvieran sujetas al comentario de los demás, o como si nadie estuviera observando.

Y, sin embargo, soy un político; tengo que representar la comedia de la extrema deferencia hacia la opinión de los demás. Un político es alguien que pretende estar sujeto al apetito universal de estimación ajena; pero no puede pretenderlo a menos que esté libre de él. Tal es la hipocresía básica de los políticos, y el triunfo final del líder deviene junto con el temor reverencial que se despierta en los hombres cuando sospechan, aunque nunca lo sepan con certeza, que a su líder le trae sin cuidado su aprobación: indiferente e hipócrita. «¡Cómo! –se dicen–. ¿Cómo? ¿Es posible que este hombre no albergue ese nido de víboras que todos llevamos dentro y que es a la vez nuestra tortura y nuestro deleite..., esa sed de alabanza, la necesidad de autojustificación, la afirmación de sí mismo, la crueldad, la envidia?» Mis días y mis noches se gastaron entre el silbar de esas serpientes. En un tiempo las oía en las mismas entrañas. Cómo llegué a obligarlas a callarse, no lo sé, aunque la respuesta a esa pregunta, como podría formularse a un Sócrates, supera en interés a todas las demás preguntas.

No creo que el odio que por mí sienten Marco Bruto, Catón y ese poeta tenga su origen en tales nidos de víboras. Es por sus ideas, que me odian, y por sus puntos de vista sobre el gobierno y la libertad. Aunque pudiera ponerlos en mi lugar y mostrarles el mundo extendido como sólo puede uno verlo desde aquí; aunque pudiera abrirme el cráneo y mostrarles la experiencia de mi existencia, tantos cientos de veces más cerca de los hombres y del gobierno que lo ha estado la suya; aunque pudiese leer con ellos línea tras línea los textos de los filósofos a los cuales se aferran, y la historia de los países de los cuales sacan sus ejemplos; ¡aun entonces no podría esperar que se desvaneciera la sombra de sus miradas! El primero y el último maestro de la vida es vivir y entregarse sin reservas y arriesgadamente al vivir; Aristóteles y Platón tienen mucho que decir a los hombres que saben esto; pero a los que se han obligado a actuar con cautela y se han enquistado en un sistema de ideas, los mismos maestros los inducen a error. Bruto y Catón repiten: «¡Libertad, libertad!», y viven para imponer a los demás una libertad que no se han concedido a sí mismos..., hombres austeros, hombres sin alegría, que gritan a quienes les rodean: «¡Sed alegres como lo somos nosotros; sed libres como lo somos nosotros!».

Catón no es educable. A Bruto le he enviado a la Galia Cisalpina como gobernador, para que aprenda. Octavio está a mi lado, viendo todo el tráfico del Estado; pronto le haré salir a la arena.

Pero ¿por qué ha de odiarme Catulo? ¿Pueden los poetas engendrar indignaciones con sentimientos adquiridos en los viejos libros de texto? ¿Son los grandes poetas estúpidos en todo cuanto no es poesía? ¿Pueden formar sus opiniones en las conversaciones de una mesa de juego o en los baños públicos?

Confieso, estimado amigo, que me asombra una flaqueza que siento despertarse en mí, una flaqueza delirante: ser comprendido por un hombre como Catulo, ser celebrado por su mano en versos que tardarían en olvidarse.

978. [Sobre un principio de la banca.]

979. [Sobre algunas actividades de conspiradores en Italia, que promueven la idea de asesinarlo. Véase nuestro LXI.]

980. ¿Recuerdas el lugar al que Escébola *Cabeza Roja*, nos pidió que fuéramos de caza con él, el verano en que volvimos de Grecia? La segunda cosecha de trigo se presenta allí muy bien. [Se trata de una indicación financiera, oblicuamente formulada para no poner sobre aviso a sus varios secretarios.]

981. [Sobre la pobreza de adjetivos que distinguen el color en la lengua griega.]

982. [Sobre una posible abolición de todas las observancias religiosas.] Anoche, mi noble amigo, hice algo que no había hecho desde hacía muchos años: escribí un edicto, lo volví a leer y lo hice pedazos. Me consentí una incertidumbre.

Estos últimos días he estado recibiendo absurdos informes sin precedentes de los desentrañadores de aves y los escuchadores de truenos. Por si era poco, los tribunales y el Senado han estado cerrados dos días porque un águila dejó caer algo no muy limpio en uno de sus vuelos sobre el Capitolio. Empecé a perder la paciencia. Me negué a dirigir el ritual de propiciación, a hacer la pantomima de la amedrentada autohumillación. Mi mujer e incluso mis criados me miraban de reojo. Cicerón se dignó aconsejarme que cumpliese con las expectativas de la superstición popular.

Anoche me senté y escribí el edicto que abolía el colegio de Augures y declaraba que en adelante no existirían días que debieran considerarse nefastos. Lo escribí dando a mi pueblo las razones de tal acción. ¿Cuándo he sido más feliz? ¿Qué placeres son mayores que los de la honradez? Escribía y las constelaciones se deslizaban frente a mi ventana. Dispersé el colegio de Vírgenes Vestales; casé a las hijas de nuestras casas principales y dieron hijos e hijas a Roma. Cerré las puertas de nuestros templos, de todos salvo los de Júpiter. Precipité a los dioses en el abismo de ignorancia y temor del que habían salido y en ese semimundo traidor en que la fantasía inventa mentiras consoladoras. Y por fin llegó el momento en que aparté a un lado lo que había hecho y empecé a escribir de nuevo para proclamar que ni siquiera Júpiter había existido nunca, que el hombre estaba solo en un mundo donde no se oían más voces que la suya, un mundo amigo o enemigo en función de lo que él mismo determinaba que fuera.

Y después de releer lo que había escrito, lo destruí.

Lo destruí no por las razones que Cicerón esgrime, esto es, no porque la ausencia de una religión de Estado haría surgir supersticiones en forma clandestina y originaría prácticas aún más bajas (cosa que ya está sucediendo); no porque una medida tan extensa rompería el orden social y hundiría a las gentes en la desesperación y desaliento asemejándolas a un rebaño en una tormenta de nieve. En cierto orden de reformas, las dislocaciones causadas por el cambio gradual son casi tan grandes como las que produce una alteración total y drástica. No, no fueron las posibles repercusiones del cambio las que detuvieron mi mano y mi voluntad; fue algo en y de mí mismo.

En mi fuero interno no estaba seguro de estar seguro.

¿Estoy seguro de que no hay una intención detrás de nuestra existencia y de que no existe un misterio en ninguna parte del universo? Creo que lo estoy. ¡Qué gozo, qué descanso si pudiésemos declararlo completamente convencidos! Si así fuera, yo podría desear vivir eternamente. ¡Qué aterrador y glorioso el papel del hombre si en verdad hubiese de crear sin guía y sin consuelo, sacándolo de sus propias entrañas, el sentido para su existencia y escribir las reglas por las cuales vive!

Tú y yo hace tiempo que hemos concluido que los dioses no existen. ¿Recuerdas el día en que finalmente nos pusimos de acuerdo sobre esta decisión y resolvimos explorar todas sus consecuencias, sentados en el acantilado en Creta, arrojando piedrecillas al mar, contando delfines? Hicimos voto de no consentir nunca a nuestra mente que albergase la menor duda al respecto. ¡Con qué juvenil ligereza de corazón concluimos que el alma se extinguía con la muerte! [Nuestra lengua no puede reproducir la fuerza de esta frase en el latín de César, donde la declinación misma expresa una amargura de renuncia y añoranza. El destinatario de la carta comprendió que César se refería a la muerte de su hija Julia, la mujer de Pompeyo, la más devastadora pérdida de su vida. Mamilio Turrino estaba con él cuando las noticias de su muerte llegaron al cuartel general de César en Bretaña.]

Pensaba no haberme relajado en el rigor de tales aserciones. Sólo hay un modo, sin embargo, de saber lo que se sabe y éste es arriesgar las propias convicciones en un acto, comprometerlas en una responsabilidad. Al redactar anoche el edicto y al prever las consecuencias que habían de seguirse, me sentí impulsado a examinarme más estrictamente. Arrostraría con el mayor agrado todas las consecuencias, con la certeza de que la verdad habría de fortificar en última instancia el mundo y a todos cuantos hay en él, pero sólo si yo tenía la certeza de estar en lo cierto.

Cierta vacilación detiene mi mano.

Tengo que estar seguro de que en ningún rincón de mi ser persiste la idea de que existe la posibilidad de una inteligencia en el Universo y detrás de él que influya en nuestras mentes y que dé forma a nuestras acciones. Si reconozco la posibilidad de un misterio semejante, todos los demás misterios vuelven a inundarnos: he aquí los dioses, que nos han enseñado lo que es excelente y que nos están vigilando; he aquí nuestras almas, que fueron infundidas en nosotros al nacer y que sobreviven a nuestra muerte; he aquí las recompensas y los castigos, que dan importancia al más íntimo de nuestros actos.

Sí, amigo mío, no estoy acostumbrado a la irresolución y estoy irresoluto. Sabes cuán poco dado soy a la reflexión; llego a cualquier juicio sin saber cómo e instantáneamente; no soy afecto a la especulación, y desde que tenía diecisiete años me he aproximado a la filosofía con impaciencia, como ejercicio de la mente tentador pero estéril, como un vuelo que aleja de las obligaciones del vivir inmediato.

A mi parecer, hay cuatro reinos en los cuales, con terror, veo en mi vida y en la vida que me rodea la posibilidad de este misterio:

Lo erótico. ¿No habremos justificado con demasiada facilidad todo lo que acompaña a los fuegos que pueblan el mundo? Lucrecio puede estar en lo cierto y todo nuestro mundo de burlas puede estar equivocado. Tengo la impresión de que toda mi vida he sabido, aunque me he negado a admitirlo, que todo, todo amor es uno, y que el mismo entendimiento con el cual formulo estas preguntas se despierta, se mantiene y se instruye únicamente por el amor.

La gran poesía. La poesía es verdaderamente el principal canal por el cual ha penetrado en el mundo todo cuanto debilita en mayor grado al hombre; allí encuentra sus fáciles consuelos y las mentiras que le hacen resignarse a la ignorancia y a la inercia. No me tengo por segundo de nadie en mi odio a toda poesía que no sea la mejor…, pero la gran poesía ¿es la realización culminante de los poderes del hombre o no es sino una voz que proviene de más allá del hombre?

En tercer lugar, un momento que acompaña a mi enfermedad y cuya insinuación de que existen un conocimiento y una felicidad más grandes me cuesta trabajo desechar. [Esta frase evidencia la confianza ilimitada que a César le merecía su correspondiente. César nunca permitió que se aludiese a sus ataques epilépticos.]

Y, finalmente, no puedo negar que a veces me doy cuenta de que mi vida y los servicios que he prestado a Roma parecen haber sido forjados por un poder que está más allá de mí mismo. Bien podría yo ser, amigo, el más irresponsable de los hombres, capaz desde hace mucho de haber traído sobre Roma todos los males que puede sufrir un Estado, pero por el hecho de que he sido el instrumento de una sabiduría más alta que me eligió por mis limitaciones y no por mi fuerza. Yo no reflexiono, y bien puede ser que esa instantánea operación de mi juicio no sea otra cosa que la presencia del *daimon* que llevo dentro, que es ajeno a mí, y que es el amor que los dioses profesan a Roma y el objeto de la adoración de mis soldados y de las oraciones matutinas del pueblo.

Hace unos cuantos días te escribí con arrogancia; decía que, como no respetaba la opinión de hombre alguno, no necesitaba consejos de nadie. Ahora acudo a ti en busca de consejo. Piensa en todas estas cosas para que me ofrezcas todas tus impresiones cuando nos veamos en abril.

Entre tanto, examino cuanto pasa fuera y dentro de mí, y particularmente el amor, la poesía y el destino. Y ahora veo que he estado haciendo estas preguntas toda mi vida, pero uno no sabe qué es lo que sabe, ni siquiera qué es lo que desea saber, hasta que le desafían y tiene que apostar en el juego. Ahora me desafían: Roma exige de mí un nuevo engrandecimiento. Me queda poco tiempo.

IX. CASIA, MUJER DE QUINTO LÉNTULO ESPINTER, DESDE SU VILLA EN CAPUA, A LA REVERENDA DONCELLA DOMITILA APPIA, PRIMA DE CLODIA, VIRGEN VESTAL.

10 de septiembre

En nombre de nuestra larga amistad, querida Domitila, siento que debo escribirte de inmediato acerca de una decisión que he tomado. Pienso pedir la exclusión de Claudilla [Clodia Púlquer] de los Misterios de la Buena Diosa.

Soy consciente de toda la gravedad de lo que voy a hacer.

Claudilla acaba de pasar en mi casa tres días en su viaje desde Baía a Roma, y han tenido lugar algunos acontecimientos que me creo obligada a referirte detalladamente.

Al llegar, nos colmó de carantoñas. Siempre ha pretendido que me quiere, que quiere a mi marido y a mis niños, y ha dado por sentado que nosotros la queremos; pero desde hace mucho tiempo sé que no ha querido a ninguna mujer, ni siquiera a su madre, ni tampoco a ningún hombre.

Como sabes, recibir en casa en calidad de huésped a Claudilla es lo mismo que recibir a un procónsul que vuelve de su provincia. Llega con tres amigos, diez criados y una escolta de doce jinetes.

Ahora bien, mi marido y yo hace mucho tiempo que sabemos lo mucho que a tu prima le repugna la contemplación de la felicidad ajena. En su presencia no podemos ni siquiera intercambiar miradas de mutua comprensión; no podemos acariciar a nuestros hijos; no podemos ni aludir a las mejoras que hemos hecho en la villa; no podemos deleitarnos con las obras de arte que mi marido ha coleccionado. Los dioses inmortales, sin embargo, nos han otorgado mucha felicidad y no somos hábiles en el disimulo, ni siquiera cuando las leyes de la hospitalidad nos aconsejan que nos mostremos descontentos y pendencieros.

Claudilla siempre está mejor al principio. El primer día se mostró amable con todos. Hasta mi marido reconoció que tiene una conversación brillante. Después de comer, jugamos a los «retratos» y ella hizo, a juicio de mi marido, la mejor descripción del dictador que pueda concebirse.

Puede que las cosas que te voy a contar no te decepcionen tanto como me decepcionan a mí; algunas puede que hasta te parezcan pequeñeces.

El segundo día decidió sembrar el caos a su alrededor. Que a mí me insultara, lo paso por alto; que pusiera de mal humor a mi marido me vuelve a llenar, en este momento, de rabia. Mi marido se interesa mucho por la genealogía y se siente muy orgulloso de las hazañas de la familia Léntulo Espinter. Claudilla empezó a burlarse de ella: «¡Ay, mi querido Quinto…!, no es posible que tú… unos cuantos intendentes de pueblo en las tierras de Etruria… pero no hay nadie que a estas alturas crea que Anco Marcio reparara una sola vez en ellos… familia respetable, desde luego, Quinto». Yo, por supuesto, no sé nada de todas esas cosas; ella se sabe de memoria el nombre del último primo de todo el mundo desde la guerra de Troya. Mentía a sabiendas para «envenenar» a mi marido, y lo consiguió.

Sin decirnos nada, había invitado al poeta Cayo Valerio Catulo a venir aquí a reunirse con ella. Nos alegramos de verlo, aunque hubiéramos preferido con mucho verlo a solas. Cuando está cerca de ella, tan pronto está en los cielos como en el infierno. En esta ocasión, estuvo en el infierno, y no tardamos en acompañarlo todos los demás.

Domitila, no pierdo el sueño por enterarme de qué visitas pueden recibir mis huéspedes en sus habitaciones; pero no me gusta darme cuenta de que han elegido mi casa como escenario de una cruel indignidad. Dado que tu prima invitó a Valerio Catulo a que se reuniese aquí con ella, yo supuse que miraba con buenos ojos un amor que ha sido ampliamente celebrado en versos que me parecen muy hermosos; pero, al parecer, no era así. Claudilla eligió mi casa no sólo para cerrar su puerta al poeta, sino para encerrarse con otro hombre, ese tal Vero, el poeta fracasado. A mi marido lo despertaron durante la noche ruidos en la cuadra, y allí estaba Catulo pidiendo que le prestasen un caballo para volverse inmediatamente a Roma. Estaba fuera de sí de rabia; intentaba disculparse, tartamudeaba, sollozaba. Por fin, mi marido lo llevó a nuestra antigua villa al otro lado del camino, y se quedó con él velándole hasta el amanecer.

Hasta una vestal, querida Domitila, puede comprender cuán vergonzoso, cuán denigrante para todo nuestro sexo ha sido el comportamiento de Claudilla..., ¡cuán despreciable! A la mañana siguiente hablé con ella del asunto. Me miró fríamente y me dijo: «Es muy sencillo, Casia. No consentiré que un hombre, ningún hombre, crea tener sobre mí derecho alguno. Soy una mujer completamente libre. Catulo insiste en que tiene derecho sobre mí. Tengo que demostrarle lo antes posible que no admito semejante pretensión. Eso es todo». No logré encontrar una respuesta en aquel momento, pero desde entonces se me han ocurrido mil. Tendría que haber obedecido a mi primer impulso y haberle pedido que saliera de mi casa inmediatamente.

Aquella tarde, cuando estábamos terminando de comer, entraron en el patio mis chiquillos con su preceptor para visitar los altares y rezar sus oraciones al ponerse el sol. Sabes lo devoto que es mi marido, rasgo que comparte toda nuestra gente. Claudilla empezó a burlarse en voz alta de la ceremonia de la sal y de las libaciones. No pude contenerme más. Me puse en pie y pedí a todos que saliesen del patio. Cuando nos quedamos a solas, le dije que reuniese a sus acompañantes y se marchase. Hay un albergue en la carretera a cuatro millas de distancia. Le dije que pediría que se la excluyese de los Misterios.

Me miró largo tiempo en silencio.

«Veo –le dije– que ni siquiera te das cuenta de la ofensa de que nos has hecho objeto. Si lo prefieres, puedes marcharte por la mañana.» Y la dejé.

Por la mañana, estuvo muy correcta. Hasta pidió perdón a mi marido por las palabras que hubieran podido parecerle inadecuadas. Pero yo no he cambiado de idea.

X. CLODIA, CAMINO DE ROMA, A CÉSAR.

Desde el albergue en el poste miliario número 20, al sur de Roma.

10 de septiembre

[Esta carta está escrita en griego.]

Hijo de Rómulo, descendiente de Afrodita:

He recibido la expresión de tu desprecio y de lo profundamente que lamentas no poder estar presente en la comida de mi hermano. Al parecer, estás comprometido esa tarde con la comisión española. Eso me lo dices a mí, que sé ¿quién mejor? que César hace lo que quiere y que lo que quiere lo aceptan sin demora la comisión española y los temblorosos procónsules.

Hace tiempo me hiciste comprender con claridad que no volveré a verte a solas y que nunca entraré en tu casa.

Me desprecias.

Lo comprendo.

Pero tienes una responsabilidad para conmigo. Me hiciste ser lo que soy. Soy creación tuya. Tú, un monstruo, has hecho de mí un monstruo. Mi petición nada tiene que ver con el amor. Mucho más allá del amor, soy tu criatura. Para no importunarte con eso que llaman amor, he hecho lo que he hecho: me he embrutecido voluntariamente. Tú, que todo lo comprendes, a pesar de todas tus pretensiones de nobleza e integridad, comprendes esto. ¿O es que tu pública y ostentosa estupidez te impide saber las cosa que sabes?

¡Tigre! ¡Monstruo! ¡Tigre de Hircania!

Tienes una responsabilidad para conmigo.

Tienes una responsabilidad para conmigo.

Me enseñaste todo cuanto sé. Me enseñaste que el mundo no tiene sentido. Cuando dije... –*eso* lo recuerdas, y por qué te lo dije– que la vida era horrible, dijiste que no era así, que la vida no era ni horrible ni bella. Que el vivir no tenía ni carácter ni significado. Dijiste que «el universo no sabía que los hombres estaban viviendo en él».

No lo crees. Lo sé, sé que tienes que decirme una cosa más. Todo el mundo puede ver que te conduces como si algo, para ti, tuviese razón, tuviese sentido. ¿Qué es ello?

Podría soportar la vida si supiera que tú también eres desdichado; pero veo que no lo eres, y eso quiere decir que tienes algo más que decirme, que *debes* decirme.

¿Para qué vives? ¿Por qué trabajas? ¿Por qué sonríes? Un amigo –si puedo decir que tengo amigos– me ha descrito tu comportamiento en casa de Catón. Por lo visto estuviste amabilísimo, encantaste a los concurrentes, les hiciste reír, hablaste interminablemente con –¿quién podría creerlo?– Sempronia Metella. ¿Es posible que vivas para la vanidad? ¿Acaso te basta oír a la ciudad ahora y luego, más allá de la ciudad, a tus biógrafos futuros decir que eres magnánimo y encantador? Tu vida no solía ser una serie de posturas ante un espejo.

Cayo, Cayo, dime qué debo hacer. Dime qué debo saber. Por una sola vez, permite que te hable, permite que te escuche.

Más tarde.

No, no quiero ser injusta contigo, aunque tú lo eres conmigo.

No fuiste tú solo quien me hizo ser lo que ahora soy, aunque tú remataste la faena.

Fue aquella cosa monstruosa que la vida me hizo. Eres la única persona viva que conoce mi historia, y eso es una responsabilidad. También a ti la vida te hizo otra cosa parecida.

X-A. CÉSAR A CLODIA.

No a vuelta de correo, sino unos cuatro días después.

Mi mujer, mi tía y yo asistiremos a vuestra comida; no hables de ello hasta que recibas mi aceptación formal.

Me escribes acerca de cosas que te dije. O te engañas a ti misma o me mientes a mí, o te falla la memoria. Espero que, a raíz de la conversación de tus invitados –entre los que figuran, según me dicen, Cicerón y Catulo– se toquen algunos asuntos sobre los que has sabido pero has olvidado.

Sabes hasta qué punto admiro lo que fuiste. Su restauración, como otras muchas cosas, está en tus manos. Siempre me ha resultado difícil ser indulgente con los que se desprecian o se condenan a sí mismos.

XI. CÉSAR A POMPEYA.

13 de septiembre. Desde sus despachos, a las ocho de la mañana.

Espero, querida esposa, que habrás pensado en lo injusto de tus acusaciones de esta mañana. Te pido perdón por haber salido de casa sin responder a tu última pregunta.

Me duele mucho negarte algo. Me duele doblemente negarte la misma petición una y otra vez, volviendo a sacar a relucir razones que en ocasiones anteriores me aseguraste comprender, con las que estuviste de acuerdo y que aceptaste. Puesto que tales repeticiones son las que ponen a prueba mi paciencia y desmerecen tu inteligencia, permite que ponga unas cuantas por escrito.

No puedo hacer nada por tu primo. Los informes acerca de su crueldad y corrupción en la isla de Córcega los conoce más gente cada día. Puede llegar a ser un gran escándalo público; mis enemigos pueden llegar finalmente a hacerme responsable, y puede arrebatarme mucho tiempo que debería destinar a otras cosas. Como te he dicho, me sería posible darle cualquier puesto, dentro de lo razonable, en el ejército; no le nombraré para ningún puesto administrativo hasta que hayan pasado por lo menos cinco años.

Repito que es del todo inoportuno que asistas a las ceremonias del templo de Serapis. Sé que ocurren allí muchas cosas notables que no resultan fáciles de explicar, y sé que los ritos egipcios despiertan fuerte emoción y hacen sentirse a quienes a ellos asisten, como ellos y tú describís como «más felices» y «mejores». Créeme, esposa, los he estudiado muy de cerca. Esos cultos egipcios ofrecen peligros particulares para nuestras naturalezas romanas. Somos activos; creemos que hasta las decisiones más pequeñas de la vida diaria tienen importancia moral, que nuestra relación con los dioses está en relación estricta con nuestra conducta. He conocido mujeres de tu posición en Egipto. De vez en cuando, visitan sus templos para preparar sus almas a la inmortalidad después de la muerte; se retuercen en el suelo, aullando; hacen largos viajes imaginarios durante los cuales se están «lavando el alma» y pasando por sucesivos niveles de divinidad. Al día siguiente, vuelven a su casa y de nuevo son crueles con sus criados, desleales con sus maridos, avariciosas, ruidosas y pendencieras, autoindulgentes y totalmente indiferentes a la miseria en que vive la masa del pueblo de su país. Nosotros, los romanos, sabemos que nuestras almas están comprometidas en esta vida, y los viajes que hacen y los lavados que les damos no son otros que nuestros deberes, nuestras amistades y nuestros sufrimientos, si los tenemos.

Respecto a la comida de Clodia, te pido que te fíes de mi juicio. En los demás asuntos estoy dispuesto a darte explicaciones; podría hacerlo también en éste, pero esta carta es ya demasiado larga y ambos tenemos tareas más provechosas en que ocuparnos que recordar la historia de esa pareja. Podrían haber sido sobresalientes amigos del bien romano como lo fueron sus antepasados, en vez de haberse convertido en el hazmerreír del pueblo y en la consternación de los patriotas. Ellos lo saben muy bien. No esperan que aceptemos sus invitaciones.

Dices que mis funcionarios están enriqueciéndose en todas partes a expensas del Estado. Esta mañana me ha sorprendido oírte decir semejante cosa. No creo, Pompeya querida, que sea papel de una mujer acusar a su marido de incompetencia o reprensible descuido basándose en los rumores que va recogiendo en la conversación general. Sería más conveniente que exigiese siempre una explicación de las acusaciones que afectan a su propio honor tanto como al de su marido. Si me das un ejemplo de tales irregularidades, yo te daré una respuesta. No podría ser corta, porque tendría que abrirte los ojos a las dificultades inherentes a administrar un mundo, al límite hasta donde hay que contemporizar con la codicia de los hombres capaces, al antagonismo que siempre está presente en los propios subordinados, a las diferencias que existen entre las tierras conquistadas y las que llevan ya largo tiempo incorporadas a la República, y a los métodos que uno emplea para ayudar a los hombres testarudos a hundirse en su propia ruina.

Tu frecuente acusación de que no te quiero no puede responderse repetidamente sin que ambos nos rebajemos. Ninguna cantidad de protestas podría convencerte de mi amor, si no te dieras cuenta de su existencia en cada instante de nuestra vida. Vuelvo a ti diariamente de mi trabajo con la más cariñosa expectación; paso contigo todo el tiempo que no está consagrado a mis deberes oficiales; la misma negativa a tus peticiones es prueba de cuánto me preocupan tu dignidad y tu mayor dicha.

Para terminar, me preguntas, Pompeya querida: «¿Es que no vamos a divertirnos nunca en nuestra vida?». Te pido que no me preguntes eso a la ligera. Todas las mujeres se casan inevitablemente con la posición en que se encuentran sus maridos. La mía no admite el ocio y la libertad de que muchos gozan; sin embargo, tu posición es envidiada por muchísimas mujeres. Hago lo que puedo para proporcionarte la mayor diversidad de distracciones, pero la situación no puede alterarse fácilmente.

XII. CORNELIO NEPOTE: LIBRO DE ANOTACIONES.

El gran historiador y biógrafo parece haber llevado cuenta de los acontecimientos de su tiempo, información recogida de las fuentes más diversas, como material para alguna obra futura.

La hermana de Cayo Opio ha dicho a mi mujer que en una comida César discutió con Balbo, Hirtio y Opio la posibilidad de trasladar el gobierno a Bizancio o a Troya. Roma: puerto inadecuado, inundaciones, condiciones climatológicas extremas, enfermedades originadas por el ya incorregible hacinamiento. ¿Posibilidad de una campaña en la India?

Comida una vez más con Catulo en el Club Emiliano de Juego de Damas y Natación. Compañía muy agradable, jóvenes nobles representantes de las casas más ilustres de Roma. Decepción al hacerles preguntas acerca de sus antepasados, por su ignorancia en lo que les conciernen y, me atrevo a añadir, su indiferencia.

Han elegido a Catulo para que sea su secretario honorario, me imagino que por cortés consideración a su pobreza. Así le han podido proporcionar un alojamiento agradable que da sobre el río.

Parece ser su consejero y confidente. Le traen sus querellas con sus padres, sus queridas y sus prestamistas. Tres veces durante la comida, la puerta del club se abrió de par en par y se precipitó por ella un socio alteradísimo que gritaba: «¿Dónde está Sirmio?» (este apodo parece provenir de su pabellón de verano en el lago de Garda). Ambos se retiraban a un rincón para una consulta en voz baja. Su popularidad no parece basarse, sin embargo, en ninguna indulgencia por su parte; es tan severo con ellos como sus padres y, aunque extremadamente licencioso en la conversación, es poco menos que austero en su vida e intenta inculcar en ellos el «clásico estilo romano». Es curioso.

Parece haber elegido sus mejores amigos entre los miembros menos cultivados o, como les llama cara a cara, los bárbaros. Uno de ellos me dijo que no habla nunca de literatura, excepto cuando está borracho.

Al parecer es a un tiempo más fuerte y más frágil de lo que aparenta. Por una parte puede vencer a casi cualquiera de los miembros del Club Emiliano de Juego de Damas y Natación en esas exhibiciones de vigor y equilibrio que surgen tan naturalmente al fin de las veladas de bebida: cruzar el techo de la habitación colgándose de viga en viga, o atravesar el Tíber a nado llevando un gato en alto con una mano, el gato maullando frenéticamente pero sin mojarse. Él fue quien robó el delfín de oro del tejado del Club de Remo Tiburtino que figura tan extensamente en la canción que escribió para su propia hermandad. Por otra parte, su salud es a todas luces frágil. Al parecer, sufre de algún achaque en el bazo o en los intestinos.

Sus amores con Clodia Púlquer. Sorprenden a todo el mundo. Investigar.

Marina, hermana de nuestro segundo cocinero, sirve en casa del dictador. Me ha dado toda clase de detalles. Hace bastante tiempo que no tiene ataques del mal sagrado. El dictador pasa todas las noches en casa con su mujer. A menudo se levanta a medianoche y va a su despacho, que da sobre el acantilado, y trabaja. Tiene allí una cama de campaña y a menudo se queda dormido al aire libre.

Marina niega que tenga accesos de ira. «Todo el mundo dice que se encoleriza, señor, pero debe de ser en el Senado y en los tribunales. Sólo lo he visto enfadarse tres veces en estos cinco años, y nunca con los sirvientes, aunque cometan errores tremendos. Mi señora se enfada a menudo y quiere que nos azoten, pero él no hace más que reírse. Todos temblamos como ratones en su presencia, señor, pero yo no sé por qué, puesto que es el más encantador de los amos. Me figuro que es porque siempre nos está mirando, y porque nos ve de veras. Las más de las veces le sonríen los ojos, como si supiera lo que es la vida de un sirviente y todo lo que hablamos en la cocina. Todos comprendemos muy bien al cocinero que se quitó la vida cuando se le incendió el fogón. Había invitados importantes y el mayordomo no quería ir a informar al dictador, así es que obligó al cocinero a que fuera a comunicárselo él mismo. El cocinero fue y le dijo que la comida se había echado a perder, y el dictador no hizo más que reírse y preguntar: "¿Tenemos dátiles y ensalada?". Y el cocinero salió al jardín y se mató con el cuchillo de preparar la verdura. También se enojó mucho, ¡oh, fue terrible!..., cuando descubrió que Filemón, que era su amanuense favorito y había estado años con él, intentó envenenarlo. No fue como ira, fue como una carga, señor, justo como una carga. Todo el mundo recuerda que no quiso que lo torturasen, sino que mandó que lo matasen rápidamente. Y el jefe de policía estaba irritadísimo, porque quería darle tormento para saber quién había detrás de él. Pero lo que hizo fue peor que el tormento, creo yo. Nos hizo entrar a todos, alrededor de treinta, en la habitación, y durante un largo rato se estuvo mirando a Filemón en silencio y se hizo un silencio aterrador. Y luego habló sobre cómo todos estábamos juntos en el mundo y cómo empiezan a formarse pedacitos de confianza entre las personas, entre marido y mujer, y general y soldado, y amo y criado; y tengo la impresión que fue el peor reproche que nadie haya recibido nunca en el mundo, y mientras estaba hablando, dos de las chicas se desmayaron. Era como si hubiera un dios en la habitación, y después mi señora vomitó.

»Octavio ha venido de la escuela en Appolonio. Es un muchacho muy callado y nunca habla con nadie.

»Al secretario de Creta se le ha oído comentarle al secretario de Rímini que tal vez venga a Roma la reina de Egipto, es decir, Cleopatra, la bruja.

»Mi señora se tiene que aguantar. En cuanto ella llora se pone como fuera de sí. No lo entendemos, pues siempre tiene él la razón y ella nunca.»

Cicerón a comer. Mucha coquetería; su vida ha terminado, la ingratitud del pueblo, etc. Refiriéndose a César: «César no es un hombre filosófico. Su vida ha sido un largo vuelo huyendo de la reflexión. Por fin ha aprendido a no exponer la pobreza de sus ideas generales; nunca permite que la conversación se desvíe hacia principios filosóficos. Los hombres como él temen hasta tal punto toda deliberación que se enorgullecen de practicar la decisión instantánea. Piensan que se salvan a sí mismos de la irresolución; en realidad, no hacen sino evitarse considerar todas las consecuencias de sus acciones. Además, de este modo pueden regocijarse en la ilusión de no haber cometido jamás un error, porque un acto sigue con tanta celeridad a otro que es imposible reconstruir el pasado y afirmar que una decisión alternativa hubiera sido mejor. Pueden pretender que cada acto les fue impuesto forzosamente por su propia urgencia y que cada decisión fue engendrada por la necesidad. Éste es el vicio de los jefes militares para quienes cada derrota es un triunfo y cada triunfo casi una derrota.

»César ha cultivado este culto de lo inmediato en todo cuanto ha hecho. Intenta eliminar toda fase intermedia entre el impulso y la ejecución. Lleva consigo un secretario adondequiera que va y dicta cartas, edictos, leyes en el momento en que se le ocurren. Del mismo modo, obedece a cualquier impulso de la naturaleza en el momento en que cobra conciencia de él. Come cuando tiene hambre y duerme cuando tiene sueño. Una y otra vez, en los más importantes consejos y en presencia de los cónsules y procónsules que han cruzado el mundo para conferenciar con él, ha dejado la reunión con una sonriente disculpa y se ha retirado brevemente a la habitación contigua. Pero de cuál de las llamadas de la naturaleza se trataba nunca pudimos saberlo; tal vez era dormir, comer un estofado, o abrazar a una de las tres queriditas que tiene siempre a mano. Diré en su favor que concede a los demás las mismas libertades que él se toma. Nunca olvidaré su consternación en una de esas reuniones cuando se enteró de que uno de los embajadores había renunciado a su comida y tenía hambre. Y, sin embargo –porque con ese hombre nunca se acaba–, en el sitio de Dyrrachium pasó hambre con sus soldados, negándose a aceptar las raciones que habían sido reservadas para los comandantes. Su desacostumbrada crueldad contra el enemigo una vez que se levantó el sitio fue, a mi parecer, meramente el efecto de la demorada irritación por el hambre que había pasado. Tales prácticas las eleva al grado de teorías, y así declara que negar que uno es un animal es reducirse a no ser más que hombre a medias.»

A Cicerón no le agrada disertar sobre César durante mucho tiempo, pero no es contrario a retocar un autorretrato con rasgos del de César. Conseguí que continuara hablando del tema.

«Todo hombre necesita tener un público. Nuestros antepasados sentían que los dioses estaban vigilándolos; nuestros padres vivían para ser admirados por los hombres; para César no hay dioses y le es indiferente la opinión de su prójimo. Vive para la opinión de los que han de venir detrás de él. Sus biógrafos, Cornelio, sois su público. Sois el resorte principal de su vida. César está intentando vivir un gran libro; pero no es lo bastante artista para ver que el vivir y la composición literaria no pueden proporcionarse analogías mutuamente.» Aquí, Cicerón empezó a reír estentóreamente. «Ha llegado tan lejos que ha introducido en la vida esa práctica inseparable del arte que es el borrar. Ha borrado su juventud. Oh, sí, lo ha hecho. Su juventud, como él piensa que fue, como todo el mundo cree que fue, es una pura creación de los últimos años. Y ahora está empezando a borrar la guerra de las Galias y las guerras civiles. Una vez revisé minuciosa y detalladamente cinco páginas de los *Comentarios* con mi hermano Quinto, que estuvo íntimamente asociado con César durante los acontecimientos que éste describe. No hay una sola mentira, desde luego; pero cada diez líneas la verdad empieza a dar gritos, echa a correr loca y desmelenada por los vericuetos de su templo. No se reconoce. "¡Puedo soportar las mentiras! –grita–. ¡No puedo sobrevivir a esta sofocante verosimilitud!"»

[Aquí sigue el pasaje en que Cicerón discute la posibilidad de que Marco Junio Bruto sea hijo de César. Se ofrece en el documento que abre el libro IV.]

«... Nunca olvidéis que durante los veinte años más críticos de su vida César no tenía dinero. ¡César y el dinero! ¡César y el dinero! ¿Quién alcanzará a escribir alguna vez esa historia? En todos los mitos de los griegos no hay historia que la iguale, por muy fantástica que sea... Gastador sin ingresos y pródigo con el oro ajeno. No hay tiempo para profundizar ahora en ese tema, pero sí de cifrarlo en una sola frase: César nunca podría concebir que el dinero es dinero mientras éste se halle "en reposo". Nunca podría pensar en él como salvaguardia contra el futuro, o como cosa de ostentación, como evidencia de la propia dignidad, o poder o influencia. Para César el dinero sólo es dinero en el momento en que está haciendo algo. César siente que el dinero es para los que saben hacer algo con él. Ahora bien, es evidente que los multimillonarios no saben qué hacer con su dinero, excepto estrecharlo contra su pecho o hacer ostentación del mismo; César, indiferente al dinero, actitud que es por supuesto en extremo impresionante, asombrosa y hasta terrorífica para los ricos, siempre encuentra muchísimo que hacer con el dinero. Siempre puede poner en movimiento el dinero ajeno. Puede, como por arte de magia, sacar el dinero de las cajas fuertes de sus amigos.

»Pero ¿acaso su actitud no es algo más profundo que mera indiferencia? ¿No significa que no teme a nada, que no teme a este mundo que nos rodea, que no teme al futuro, ni siquiera a esa amenaza potencial a cuya sombra vive tanta gente? ¿Podría acaso gran parte del temor ser el recuerdo de terrores pasados y de una amenaza pasada? A un niño que nunca ha visto a quien cuida de él asustarse del trueno y del rayo no se le ocurre asustarse de ellos. La madre y la tía de César fueron mujeres muy notables. Terrores más grandes que el trueno y que el rayo no lograron descomponer sus facciones. Puedo figurarme que a través de todos los terrores de las proscripciones y las matanzas, huyendo en la noche a través del país incendiado, escondiéndose en cuevas, nunca consintieron que el chiquillo que estaba creciendo viese en ninguna de ellas otra cosa que confiada serenidad. ¿Podrá tratarse de eso, o quizá cala todavía más hondo? ¿Cree ser un dios descendiente del clan Julia, nacido de Venus... y, por consiguiente, estar fuera del alcance de los males de este mundo como también lo está de recibir satisfacción alguna de sus dones?

»Sea como sea, vivió todos aquellos años sin dinero propio, en aquella casucha entre la gente trabajadora, con

Cornelia y su hijita; y, sin embargo, el patricio entre los patricios, luciendo una banda de púrpura tan ancha como la de Lúculo, llevándole la contra a Casio, llevándomela a mí… ¡Con él, no se acaba nunca!

»Pero, y aquí hay un punto sutil, a César le agrada enriquecer a otros. La acusación principal que ahora lanzan contra él sus enemigos es que permite a sus íntimos acumular fortunas desaforadas, y la mayoría de sus íntimos son unos bergantes. Mas ¿no es esto señal de que los desprecia, puesto que identifica la posesión y acumulación de dinero con la flaqueza, qué digo, con el *miedo*?»

Asinio Polión a comer. Habló de Catulo y de los amargos epigramas del poeta contra el dictador. «La cosa más extraña del mundo, En la conversación, el poeta defiende a César contra el constante desprecio de sus compañeros de club, mientras que en su obra da rienda suelta a su ilimitada virulencia.» Hay que reparar en esto: Catulo, licenciosísimo en sus versos, es extraordinariamente correcto en su vida y en sus juicios sobre las vidas ajenas; al parecer, considera sus relaciones con Clodia Púlquer –relaciones que nunca menciona en la conversación– como un amor puro y exaltado que nadie puede confundir con los amores efímeros en que sus amigos están constantemente enredados. Sus epigramas contra el dictador, aunque superficialmente políticos, los formula siempre en términos obscenos. Su odio a César parece surtir de dos fuentes: su desaprobación de la notoria inmoralidad del dictador y su desaprobación del tipo de hombre de quienes el dictador se rodea y a quienes permite enriquecerse a costa del erario público. También es posible que tema tener en el dictador un rival en el afecto de Clodia Púlquer o que sienta celos, por decirlo de algún modo, retrospectivos.

XIII. CATULO A CLODIA.

14 de septiembre

Catulo escribió en los días 11 y 13 dos borradores para esta carta. No se los envió a Clodia, pero César los leyó entre otros papeles que fueron encontrados en el cuarto de Catulo y copiados para el dictador por su policía secreta. Estos borradores pueden encontrarse en el libro segundo como documento XXVIII.

No quiero que se me escatime conocimiento alguno de que este mundo es un lugar de noche y de horror.

La puerta que me cerraste en Capua vino a decírmelo.

Tú y tu César vinisteis al mundo para enseñarnos esto: tú, que el amor y la belleza de la forma son un engaño; él, que en el más extremo alcance del entendimiento sólo se encuentra la codicia del yo.

Siempre he sabido que te estabas ahogando. Me lo has dicho. Tus brazos y tu rostro aún forcejean sobre la superficie del agua. No puedo ahogarme contigo. La misma puerta que me cerraste fue una última llamada, porque la crueldad es el único grito que aún puedes lanzar.

No puedo ahogarme contigo, porque me queda una cosa que hacer. Aún puedo insultar a ese universo que nos insulta. Puedo insultarle haciendo algo bello. Y lo haré; y entonces, pondré fin a la larga crucifixión de la mente.

Claudilla, Claudilla, te estás ahogando. ¡Ay, si yo fuera sordo; ay, si no estuviera aquí para saber de esa lucha, para oír esos gritos!

XIII-A. CLODIA A CATULO.

A vuelta de correo, el mismo día

[En griego.]

Jabato…, verdad, todo verdad…, ¿cómo puedo hacer otra cosa que ser cruel contigo? Sopórtalo, súfrelo, pero no me dejes.

Te lo diré todo…, es mi último recurso… Prepárate para este horror: mi tío me violó cuando yo tenía doce años… ¿En qué o en quién puedo vengar esto? ¿Esto? En un huerto, a mediodía. Bajo un sol ardiente. Ahora, ya te lo he dicho todo.

Nadie puede ayudarme. No pido ayuda. Pido camaradería en el odio. No podría soportar en ti que no odiaras *lo bastante.*

Ven conmigo. Ven conmigo, jabato.

Pero ¿qué hay que decir?

Ven.

XIII-B. CATULO.

Odi et amo. Quare id faciam, fortasse requiris.
Nescio, sed fieri sentio et excrucior.

(Amo y odio. Quizá preguntes cómo es esto posible.
No lo sé. Pero así lo siento. Y es mi cruz.)

XIV. ASINIO POLIÓN, EN NÁPOLES, A CÉSAR, EN ROMA.

18 de septiembre

Asinio Polión, que viaja en calidad de agente confidencial de César, responde a veinte preguntas que le ha dirigido el dictador.

Mi general:

[Siguen aquí varios miles de palabras concernientes a ciertos procedimientos altamente técnicos empleados por las grandes casas bancarias situadas en las proximidades de Nápoles; una respuesta igualmente larga respecto a ciertos problemas administrativos en Mauritania; luego, información sobre las fieras que iban a enviarse en barcos desde África para tomar parte en los juegos del festival en Roma.]

Pregunta 20: Motivo de la malquerencia de Cayo Valerio Catulo hacia el dictador y relato del asunto de los amores del poeta con la señora Clodia Púlquer.

He intentado varias veces, mi general, obtener del poeta una declaración clara de su antagonismo; pero, mi general, debes saber que Valerio es de naturaleza extremadamente compleja y contradictoria. Casi siempre es juicioso, paciente y bien templado. Aunque tiene apenas unos pocos años más que la mayoría de los miembros de nuestro Club Emiliano de Juego de Damas y Natación, hace tiempo que ocupa en él la posición de consejero y pacificador. Es, como decimos, «cabeza de la mesa». Sin embargo, hay tres asuntos que no puede discutir ni oír discutir sin que le acometa una violenta rabia. Muda el color, se le altera la voz, le saltan chispas de los ojos. Con frecuencia, lo he visto temblar. Estos asuntos son los malos poetas, el comportamiento liviano de las mujeres, y tú, mi general, y varios de los que están relacionados contigo. Ya he tenido ocasión de decirte mi general, que la mayoría de los miembros de nuestro club alardean de republicanismo.Y esto se hace aún más patente en los otros dos clubes que están exclusivamente formados por los patricios jóvenes, el Club de Remo Tiburtino y el Velas Rojas. No sucede así con el Cuarenta Pasos, que sigue estando excesivamente orgulloso de haber sido fundado por mi general. Las opiniones republicanas sostenidas por los primeros clubes no superan, sin embargo, el nivel de las conversaciones de sobremesa. Los jóvenes están muy mal informados sobre los asuntos de Estado, y no tienen suficiente interés para escuchar una explicación extensa acerca de ellos. Tampoco Valerio. Sus objeciones cambian de posición en posición; en un momento protesta contra el carácter privado de ciertos funcionarios, al momento siguiente invoca ciertos principios de teoría política; al siguiente, hace responsable a mi general de las actividades de unos rateros en los suburbios.

No puedo menos de pensar que su susceptibilidad irracional es un reflejo de la infeliz situación en que se encuentra respecto a Clodia Púlquer. Es en extremo desafortunado que entre todas las mujeres de Roma haya ido a enamorarse de ella. Cuando vino por primera vez a la ciudad hace ocho años ya era ella el hazmerreír del club, a pesar de que por aquel entonces su marido vivía aún.Y era el hazmerreír no precisamente por el número de sus amantes, sino por el curso invariable que seguía cualquier relación amorosa con ella. Ejerce su fascinación sobre un hombre con el fin de conocer sus flaquezas, a fin de llegar a torturarlo lo más intensa y certeramente posible. Por desdicha para ella, esto no lo hace muy bien. Tiene tanta prisa por alcanzar la fase en que se propone humillar al amante que la fascinación se esfuma con rapidez. Algunos miembros del club que se habían prometido encandilarse por lo menos durante seis meses, han vuelto al club a la mitad de la primera noche, y sin el manto.

El que Valerio pudiera amar a esta mujer con tal intensidad y durante tanto tiempo ha causado la consternación de cuantos lo conocen. Mi hermano, cuya amistad con el poeta es mucho más profunda de lo que yo puedo considerar la mía, dice que cuando habla de ella parece estar hablando de alguien a quien nunca hemos conocido. Estamos generalmente de acuerdo en que, junto con Volumnia, es la mujer más bella de la Colina, la más ingeniosa y la más inteligente, y que las diversiones, fiestas campestres y comidas que organiza no tienen parangón en Roma; pero Valerio habla a mi hermano de su cordura, de su bondad para con los desdichados, de la delicadeza de su simpatía, de la grandeza de su alma. La conozco desde hace muchos años, y me gusta su compañía; pero no puedo menos de darme cuenta de que odia hasta el aire que respira. Lo odia todo y a todos los que la rodean. La opinión general afirma que hay una excepción: su hermano Publio. Cornelio Nepote me expuso su teoría de que su campaña de venganza contra los hombres es una posible consecuencia de las incestuosas relaciones que acaso ha sostenido con su hermano. Pudiera ser, aunque yo no lo creo. Su actitud para con él es la de una madre exasperada y relativamente indiferente. La pasión o la reacción contra la pasión la hubieran exasperado aún más y la hubieran hecho más posesiva.

Mi admiración –de hecho, mi cariño– hacia el poeta es muy grande. Pocas cosas pudieran hacerme más feliz que verlo recobrado del desvarío que lo está torturando y verlo desechar los prejuicios pueriles e incoherentes que alberga contra ti, mi general.

La señora Clodia Púlquer me ha invitado a una comida a la cual, me dice, ha invitado tanto a ti, mi general, como al poeta. En un principio, la perspectiva me pareció poco halagüeña; pero, pensándolo mejor, parece ofrecer una ocasión peculiarmente propicia para despejar ciertos equívocos. Podría comprender muy bien, sin embargo, que no deseases asistir a la comida, mi general; en ese caso, espero me sea permitido, más tarde, organizar un encuentro con el poeta.

XIV-A. CORNELIO NEPOTE: LIBRO DE ANOTACIONES.

Encontré a Asinio Polión en las Termas. Sentados tomando el baño de vapor volvimos a hablar de los motivos del odio de Catulo a nuestro amo.

«No hay duda al respecto –dijo–. Todo tiene que ver con Clodia Púlquer. Ahora bien, que yo sepa, César nunca ha mostrado interés ninguno por ella. ¿Tú sabes algo?»

Respondí que no sabía nada, pero que no era muy probable que hubiera algo que saber.

«Pienso que no ha habido nada –continuó–. Era una chiquilla en los tiempos en que él andaba mariposeando por los salones. Seguro que no hubo nada entre ellos; pero por alguna razón Catulo, de eso sí estoy seguro, los asocia. Los epigramas contra el dictador son violentos, salvajes, pero están muy poco afilados. ¿Has observado que todos, sin excepción, están escritos en términos obscenos? Acusar a César de inmoralidad y de enriquecer a unos cuantos funcionarios, créeme, es como arrojar arena contra un vendaval. Hay algo pueril en todos ellos; lo único que no es pueril es que son inolvidables.» Aquí, acercó la boca a mi oído: «Bien sabes mi admiración por nuestro amo. A pesar de ello, te digo que un hombre incapaz de formular una acusación más punzante, más picante contra él, es que aún no ha aprendido a reflexionar... No, no, creo que no cabe duda: Catulo se figura que tiene algún fundamento para sentir unos celos sexuales. –Movió las manos en el aire, y añadió–: Catulo es al mismo tiempo un hombre y un niño. Hay que verlo para creerlo. ¿Oíste lo que dijo Cicerón cuando leyó por primera vez los poemas de amor? ¿No? Pues dijo: "Este Catulo es el único hombre en Roma que se toma la pasión en serio; probablemente será el último"».

XV. CATULO A CLODIA.

20 de septiembre

Mi alma, alma de mi alma, vida de mi vida, he estado durmiendo el día entero.

¡Oh!, ser capaz de dormir hasta [el viernes]. Es un tormento estar despierto y no a tu lado; es morir de hambre estar dormido y no junto a ti. Al oscurecer salí con Attio..., otro tormento, estar pensando sólo en ti y no hablar de ti. Es medianoche. He escrito y he vuelto a escribir y he roto lo que he escrito. ¡Oh, cuán dulce, cuán salvaje es el amor!, ¿qué lengua podrá decirlo? ¿Por qué debo intentarlo? ¿Por qué he nacido para que los demonios me acucien para que hable de él?

Olvida, ¡ay!, olvida las cosas hirientes que nos hemos dicho. La pasión, que es nuestro gozo, es también nuestra furiosa enemiga. El que no podamos ser eternamente *uno* y totalmente *uno* es la venganza de los dioses. La rabia del alma es que hay un cuerpo y la rabia del cuerpo es que hay un alma. Pero ¡oh!, triunfemos donde tan pocos han triunfado. Quemémonos ambos en uno; y, ¡oh Claudillina!, borremos cuanto esté en poder del pasado; acabemos con ello. Créeme, ya no existe. Sé orgullosa; niégate a recordarlo; en nuestro poder está el ignorarlo. Resuelve todas las mañanas ser la nueva Claudilla de cada mañana.

Te beso para esconder de ti mis ojos. Te abrazo. Te beso. Te beso. Te beso.

XVI. POMPEYA A CLODIA.

21 de septiembre

Aquí hay una carta suya para ti. Es una carta perfectamente horrible y me avergüenzo de enviártela.

¡En fin! Así que, ya ves, *puedo* ir. Pero no me lo agradezcas a mí. ¿Por qué no le dijiste desde un principio que estaría ese poeta? A veces pienso que mi marido no piensa más que en la poesía. Casi todas las noches me lee versos en voz alta, en la cama. Anoche le tocó el turno a Lucrecio. Todo eran átomos y átomos y átomos. No lee los versos; se los sabe de memoria. ¡Ay, querida, es un hombre tan extraño! Esta semana, sencillamente, le adoro, pero es tan extraño. Clodiola, acabo de oír el apodo que le ha puesto Cicerón. ¿No te parece que es sencillamente *desafiar a la muerte*? En mi vida me he reído tanto. [Es difícil saber cuál de los apodos que Cicerón ideó para César convulsionó hasta tal punto a la mujer del dictador. Puede haber sido simplemente *Dómine*, o quizás alguno de los complicados compuestos de epítetos griegos: *Autofidias*, o *el hombre que vivía como si estuviera dando forma a su propio monumento funerario; Estrangulador Benévolo,* que refleja la perplejidad de sus contemporáneos ante la generosa concesión del perdón de Cesar a sus enemigos, y su incapacidad profundamente perturbadora de mostrar el menor rencor contra ellos; o *«Aquí-no-hay-nadie-más-que-humo»*, frase de Aristófanes en *Las Avispas,* donde un hombre aprisionado en su casa por su hijo da esta respuesta cuando le descubren tratando de escapar por la chimenea.]

Me he probado el vestido. Es maravilloso. Voy a llevar la tiara etrusca y haré que cosan abalorios de oro en la falda, muy espesos abajo y desvaneciéndose gradualmente hasta que desaparezcan en la cintura. No sé si las leyes suntuarias lo permiten, pero no pienso preguntarlo.

¿Me viste hacerte la seña durante la danza el día de la Fundación? Cuando me tiro del lóbulo de la oreja derecha, es un mensaje para ti. Por supuesto, no me atrevo a volver la cabeza ni a la derecha ni a la izquierda. Hasta cuando está a dos millas de distancia, marchando una y otra vez arriba y abajo y gritando jerigonzas, sé que no me quita los ojos de encima.

Estoy estudiando mi papel en el ya sabes qué [los Misterios de la Buena Diosa]. Amorcito, no tengo memoria. ¡Todo ese lenguaje anticuado! *Él* me ayuda a aprenderlo. La señora presidenta dice que en cuanto supremo pontífice tiene derecho a conocer «alguna de sus partes». Las partes tremendas, por supuesto que no. ¿Piensas que alguna mujer se habrá atrevido a hablar *de ellas* a su marido? Supongo que no.

Oigo que tía Julia asistirá también a tu comida. Se quedará con nosotros. Esta vez, haré que me hable de los días de aquellas primeras guerras civiles cuando tuvieron que comer serpientes y renacuajos, y cuando ella y mi abuela mataron a no sé cuántos hombres. ¡Debe de sentirse una cosa *muy rara* al *matar* a un hombre!

Achuchones.

XVI-A. [Adjunta.] UNA CARTA DE CÉSAR A CLODIA.

El dictador envía sus respetos a la muy noble señora. El dictador ha diferido el compromiso que impedía su presencia y acepta la invitación del muy noble Publio Claudio Púlquer y de la muy noble señora. También pide permiso para invitar al comisario español y a la Diputación de Doce a su casa después de la comida.

El dictador cree haber entendido que el mimo griego Eros actuará ante los invitados de la muy noble señora. La representación de ese mimo es altamente artística. Sin embargo, me informan de que va acompañada de un considerable grado de obscenidad, particularmente en la composición llamada *Afrodita y Hefesto.* Es incorrecto que los generales y administradores de España y de los distritos más remotos de la República se lleven de vuelta a sus puestos la impresión de que las diversiones de la capital son de tal carácter. El dictador ruega a la muy noble señora que llame la atención del artista sobre esta observación del dictador.

El dictador da las gracias a la muy noble señora y le ruega que durante la primera parte de la velada deje a un lado el protocolo que se acostumbra a observar en su presencia.

XVII. CICERÓN, DESDE SU VILLA EN TUSCULUM, A ATICO, EN GRECIA.

26 de septiembre

Sólo las musas, Pomponio mío, pueden consolarnos de la pérdida de cuanto hemos valorado. Nos hemos convertido en esclavos, pero hasta un esclavo puede cantar. He invertido el procedimiento de Odiseo: a fin de salvarse y salvar a sus camaradas de la destrucción se taponó los oídos para no oír a las sirenas; yo, en cambio, los abro a las musas para ahogar el estertor de la República y los apagados gemidos de la libertad.

No estoy de acuerdo contigo: acuso a un solo hombre de la estrangulación general.

El paciente al borde de la muerte llamó a su médico, el cual le devolvió todas sus facultades menos la voluntad y rápidamente le ató a él para que fuese su esclavo personal. Durante algún tiempo abrigué la esperanza de que el médico se regocijaría de la curación de su paciente y le devolvería el pleno ejercicio de su independencia. Esa esperanza ha menguado.

Así pues, cultivemos las musas; es una libertad que nadie puede arrebatarnos.

El médico mismo se toma interés por las melodías que surgen de este calabozo universal. Me envió una hoja con versos de ese Catulo de quien me hablas. Hace algún tiempo que conozco al joven en cuestión, e incluso se ha dirigido a mí en uno de sus poemas. Conozco ese poema desde hace un año, pero juro por los dioses que no estoy seguro de si me lo ha dedicado por admiración o por burla. Le estoy bastante agradecido porque no me llama alcahuete ni rapabolsas, calificativos juguetones a los que escapan pocos de sus amigos.

No comparto el entusiasmo sin límites de César. Muchos de esos poemas me inspiran no tanto una admiración como una debilidad. Los que están basados en modelos griegos podemos decir que son las traducciones más brillantes que hayamos visto hasta ahora. Cuando se alejan de los prototipos griegos, nos encontramos frente a algo muy extraño.

Esos poemas están en latín, pero no son romanos. Catulo viene de más allá de la frontera y nos prepara para esa adulteración de nuestra lengua y nuestras formas de pensamiento que inevitablemente nos han de abrumar. Los poemas de Clodia, y en particular los que conmemoran la muerte de su gorrión, no carecen de gracia, pero tienen su lado cómico. Me dicen que ya están garabateadas por las paredes de las Termas y que no hay vendedor sirio de salchichas que no se los haya aprendido de memoria. ¡El gorrión! Nos dicen que a menudo se posaba en el seno de Clodia, vía muy frecuentada..., a la que sólo ocasionalmente pueden acceder los pájaros. Bueno, vengan trenos anacreónticos sobre el tal pájaro y apasionadas exhortaciones a besos sin cuento…, pero ¿qué encuentro? Una transición rápida o, mejor dicho, una ausencia de transición, y estamos hablando de la muerte; y, ¡por Hércules!, los lugares comunes de la filosofía estoica están lindamente mezclados.

Soles occidere et redire possunt;
Nobis cum semel occidit brevis lux
Nox est perpetua una dormienda.

[Se ofrece una traducción en II-B.]

Esto es música alta y melancólica. Voy a hacer que la tallen en el muro de la pérgola que da a poniente… Pero ¿y el gorrión y los besos? Una desproporción indefendible une los principios y los finales de esos poemas. Eso no es ni griego ni romano. En la mente del poeta hay una corriente secreta de pensamiento, hay una asociación de ideas bajo la superficie de los versos que influye en el entendimiento del poeta. Es la muerte de Clodia, es la suya propia, lo que simboliza la del gorrión.

Si vamos a estar condenados a una poesía basada en soterradas corrientes de pensamiento, querido Pomponio, pronto estaremos a merced de una ininteligible parada entre nosotros mismos como modalidad de sensibilidad superior. Verdad es que nuestras mentes son un mercado donde el esclavo se roza con el sabio, o un jardín descuidado donde la mala hierba crece junto a las rosas. Un pensamiento trivial puede saltar en cualquier momento y asociarse con uno sublime, que a su vez puede ser ilustrado o interrumpido por el detalle más vulgar de la vida diaria. Eso es incoherencia; ése es el bárbaro que llevamos dentro, para liberarnos del cual han trabajado Homero y los grandes escritores durante seiscientos años.

Voy a encontrarme con ese poeta en una comida que

organiza Clodia dentro de unos días. César estará allí. Me propongo dirigir la conversación de modo que vean clara esta verdad. Mantener las categorías es la salud no sólo de la literatura, sino del Estado.

XVIII. INFORME DE LA POLICÍA SECRETA DEL DICTADOR: REFERENTE A CAYO VALERIO CATULO.

22 de septiembre

Estos informes se entregaban a diario. Incluíanse en ellos cartas interceptadas, conversaciones suscitadas o escuchadas ocultamente, o relaciones de personas o actividades de personas cuyos nombres, muy a menudo, había confiado el dictador a la policía.

Sujeto 642: Cayo Valerio Catulo, hijo de Cayo, nieto de Tito; caballero de la región de Verona. Edad: 29. Reside en el Club Emiliano de Juego de Damas y Natación. Frecuenta: a Ficcino Mela; a los hermanos Polión; a Cornelio Nepote; a Lucio Calco; a Mamilio Torcuato; a Horbacio Cinna; a la señora Clodia Púlquer.

Los papeles que había en la habitación de este sujeto han sido examinados. Incluyen cartas familiares y personales y, en mucha cantidad, material de poesía.

El sujeto no muestra intereses políticos, y se supone que habrán de suspenderse las investigaciones acerca de él.

[*Nota del dictador:* «Las informaciones sobre el sujeto 642 deben continuar. Deberá entregarse lo antes posible copia de todos los documentos encontrados en el alojamiento del sujeto». Los siguientes papeles fueron, pues, presentados al dictador.]

XVIII-A. LA MADRE DE CATULO A CATULO.

Tu padre ha asumido nuevas obligaciones en la ciudad. Está ocupado de la mañana a la noche. Las cosechas no han sido lo que se esperaba, a causa de las muchas tormentas. Ipsitha tuvo un catarro terrible, pero ya está mejor. Tus perros están bien. *Víctor* está ya bastante viejo. Se pasa el día durmiendo junto a la lumbre; ahora está a mis pies.

Sabemos por el agente de Cecinnio que no has estado bien. En tus cartas no nos hablas de esas cosas. Tu padre está angustiado. Sabes qué buen médico tenemos aquí y con cuánto esmero te atendería. Te rogamos que vengas.

Todo Verona se sabe de memoria tus poemas. ¿Por qué a nosotros no nos los envías nunca? La mujer de Cecinnio nos ha traído unos veinte. Es extraño que hayamos tenido que recibir de mano ajena el que escribiste sobre la muerte de tu amado hermano. Tu padre lo lleva siempre consigo a dondequiera que va. Es difícil hablar de él. Es muy hermoso.

Pido diariamente a los dioses inmortales que te protejan. Yo estoy bien. Escríbenos cuando puedas. 12 de agosto.

XVIII-B. CLODIA A CATULO.

La primavera anterior

Es demasiado agotador tener que habérselas con un chiquillo histérico.

No intentes volver a verme de nuevo.

A mí no se me habla de ese modo. No he roto promesas, porque no hice ninguna.

Viviré como me plazca.

XVIII-C. ALLIO A CATULO.

He aquí la llave. Nadie te molestará. Mi tío utiliza en algunas ocasión las habitaciones, pero se ha ido a Rávena. «¡Ay, Amor, gobernante de los dioses y de los hombres!»

XIX. CARTA ANÓNIMA [ESCRITA POR CLODIO PÚLQUER, PERO SIMULANDO SER UNA MUJER] A LA ESPOSA DE CÉSAR.

Se me ha informado, grande y noble señora, de que habéis aceptado una invitación para comer en casa de Clodio Púlquer mañana por la noche. No robaría el tiempo a quien ocupa con tal distinción puesto tan elevado si no dispusiera de informaciones que comunicarte imposibles de obtener en ninguna otra parte.

Es ésta una carta de advertencia que, creo, sabréis agradecer. Muy a mi pesar, sé que Clodio Púlquer consagra a vuestra persona un sentimiento que excede con mucho los límites de la admiración. Él, que hasta ahora no ha sabido nunca lo que es amar, que, ¡ay!, ha causado más sufrimiento que gozo a nuestro sexo, al fin ha sido humillado por ese dios que a nadie perdona. Es probable que nunca llegue a declararos su pasión; el respeto que le merece vuestro inmortal marido debe impedir que esto suceda, y lo impedirá; mas es posible que sus sentimientos rompan incluso las barreras del deber y el honor.

No intentéis averiguar quién soy. No puedo ocultar que uno de los motivos que me impulsan a escribir esta carta son los celos..., celos de que ejerzáis indisputable dominio sobre el corazón por el que en otro tiempo me creí amada. Poco después de haber escrito esta carta pondré fin a una existencia que ha perdido su razón de ser.

Que estas postreras palabras os adviertan de que ni siquiera vuestra noble naturaleza sería capaz de reformar a alguien que ha disipado sus doradas promesas en insensato desorden; ni siquiera vos podéis rescatarlo de la influencia de esa mujer malvada, su hermana; ni siquiera vos podéis vengar los agravios que ha hecho a nuestro sexo. Cree que podéis volverle a la virtud y a la utilidad pública. Se engaña; ni siquiera vos, gran señora, podéis hacerlo.

XX. ABRA, DONCELLA DE LA ESPOSA DE CÉSAR, A CLODIA.

30 de septiembre

Los invitados saldrán de esta casa para vuestra comida a las tres. Mi señora y la señora anciana, en literas; él, a pie.

Él está de buen humor. Ella, llorando. Él me obligó a quitar del vestido los abalorios de oro. Leyes suntuarias.

He escuchado una conversación importante. Que mi señora me perdone. La señora anciana tuvo una larga charla con ella. Dijo que se os prohibirá [debajo, medio borrado: «excluirá»] de las ceremonias... Mi señora, muy enojada, gritó que él lo impediría. La señora anciana dijo que quizá sí o quizá no. Mi señora llora; quiere que la señora anciana lo evite. Mi señora va a hablar con él en persona; le ruega que no se haga tal cosa. Él está tranquilo y de buen humor, dice que no sabe nada de eso, y que es innecesario alarmarse.

Tengo que ir a peinar a mi señora. Me llevará una hora.

Mi señora me hace preguntas sobre vuestro hermano.

Mi respetuosa obediencia a vuestra señoría.

XX-A. LA MUJER DE CÉSAR A CLODIA.

Una cosa terrible ha sucedido en el camino: cuando íbamos a vuestra comida, tres hombres saltaron el muro e intentaron matar a mi marido. No sé cuán malherido está. Todos nos hemos vuelto a casa. No sé qué vamos a hacer. ¡Desolada por perderme tu comida! ¡Abrazos!

XX-B. JEFE DE LA POLICÍA OFICIAL AL JEFE DE LA POLICÍA SECRETA.

Hemos detenido a doscientas veinticuatro personas que se encontraban cerca del lugar del ataque. Hemos iniciado los interrogatorios. Seis hombres, altamente sospechosos. Hemos empezado la tortura. Uno se quitó la vida antes de que empezásemos a interrogarle.

Se ha congregado una multitud delante de la casa de Publio Clodio Púlquer. Ha corrido el rumor de que el dictador se dirigía allí en calidad de invitado a una comida, y la tentativa de asesinato se atribuye a agentes de Clodio. La multitud ha empezado a tirar piedras contra la casa y hablan de prenderle fuego.

Unos cuantos sirvientes de la casa han intentado salir de ella por una puerta que da a la calleja Trivulciana, y han sido apaleados por la multitud.

[Más tarde.]

Multitudes delante de la casa, cada vez más amenazadoras.

Marco Tulio Cicerón estaba dentro de la casa, portando las insignias de primer cónsul. Lo escoltamos hasta su casa con un destacamento militar. La multitud le escupió, y le arrojaron unas cuantas piedras.

En el interior de la casa permanecen Clodia Púlquer, un joven que dijo llamarse Cayo Valerio Catulo y una sirvienta.

Asinio Polión era también uno de los invitados, pero se marchó inmediatamente en cuanto llegó la noticia del atentado y fue a casa del dictador. Como iba de uniforme, la multitud le dejó pasar y le aplaudió.

Publio Clodio Púlquer se escapó antes de que pudiéramos detenerlo.

[Más tarde.]

El dictador llegó súbitamente a la puerta de la casa, acompañado por Asinio Polión y seis guardias.

Fue objeto de una clamorosa ovación. Se dirigió a la multitud; les ordenó que regresaran todos a sus casas y diesen gracias a los dioses por haberle salvado. Les aseguró que no había motivo para sospechar que los habitantes de la casa hubieran tomado parte en el atentado contra su vida.

Cuando oyó hablar de ello, mandó que ninguno de los sospechosos fuese torturado hasta que él los hubiera visto y hubiera hablado con ellos.

Me ordenó que utilizara todos los medios a mi alcance para echar la zarpa a Clodio Púlquer, pero que lo tratara con respeto.

XXI. ASINIO POLIÓN A VIRGILIO Y A HORACIO.

Esta carta fue escrita unos quince años después de la precedente.

La gota y una mala conciencia, amigos míos, son enemigas del sueño; ambas me tuvieron despierto toda la pasada noche.

Hará unos diez días, en la mesa de nuestro amo [es decir, la del emperador César Augusto] se me requirió bruscamente para que refiriese los curiosos acontecimientos relacionados con la accidentada comida que Clodia Púlquer ofreciera al poeta Catulo, a Cicerón y al divino César durante el último año de la vida de éste. Afortunadamente para mí, vinieron a llamar al emperador cuando apenas había iniciado mi narración. A pesar de lo poco que había relatado, os habríais dado cuenta de que había trastabillado. Nuestro emperador es hombre tolerante, pero es dueño del mundo, un dios y sobrino de un dios. Como acostumbraba a decir su divino tío: los dictadores necesitan saber la verdad, pero nunca deben permitir que se les diga. De improviso, estaba apresuradamente adornando mi cuento para adaptarlo a los oídos de un emperador. Pero vosotros dos debéis saber la verdad, y esta noche espero, dictando el cuento, olvidar y apaciguar mis dos molestias.

Llevábamos algún tiempo esperando la llegada del dictador y de sus acompañantes. Fuera de la casa, Clodia había llenado las calles con sacerdotes y músicos, y se había reunido una gran multitud para verlo pasar. Fuimos los últimos en enterarnos de que alguien había atentado contra su vida. Desde el principio (y hasta la fecha) el pueblo de Roma ha creído que fueron los matones alquilados por Clodio Púlquer los que intentaron asesinar a su invitado.

Mientras aguardábamos, vimos que empezaban a caer piedras en el patio y que por encima de los muros tiraban haces de paja ardiendo que caían a nuestros pies. Por fin, unos cuantos servidores aterrados nos dieron la noticia. Clodia me permitió que acudiera a casa de César. Como iba de uniforme, pasé entre la multitud sin dificultad. Más tarde me enteré de que Cicerón se había dirigido a la multitud desde la puerta de la casa, recordándoles sus servicios a la República y pidiéndoles que se fuesen a sus casas; la multitud no se había dejado impresionar y se había mostrado hasta insolente, y que él había vuelto corriendo a la suya escapando con vida a duras penas; y varios criados que intentaron marcharse por la puerta del jardín fueron muertos a palos.

En mi camino hasta el Palatino, seguí el rastro de la sangre de César. Le encontré sentado en el atrio de su casa; estaban curándole las heridas. Los sirvientes estaban pálidos; su mujer, enloquecida; sólo él y su tía estaban tranquilos. Las dagas de los asesinos le habían hecho dos cortes profundos en el costado derecho que le llegaban desde el cuello a la cintura. El médico estaba lavando las heridas y cubriéndolas con musgo marino. César, sentado, bromeaba con impaciencia. Al acercarme a él, vi en sus ojos una expresión que únicamente había visto en ellos en los momentos de mayor peligro en las guerras: una mirada de expectante felicidad. Me llamó y me preguntó en voz queda cómo andaban las cosas en casa de Clodia. Se lo expliqué.

«Buen médico –dijo–, date prisa, date prisa.»

De cuando en cuando, miembros de su policía secreta entraban para presentarle informes acerca de la búsqueda de sus agresores.

Por fin, el cirujano se apartó y dijo: «Señor, ahora la curación está en manos de la naturaleza. Os exige inmovilidad y sueño. ¿Tendrá el dictador la gentileza de beberse este calmante?».

César se puso en pie y dio varias vueltas por el atrio, atento a su estado, mirándome y sonriendo. «Buen médico –dijo al fin– te obedeceré dentro de dos horas; antes tengo que hacer un recado.»

«¡Señor, señor!», gritó el médico.

Su mujer se arrojó a sus rodillas, chillando como Cytheris en una tragedia. Él la ayudó a incorporarse y la besó, y señaló hacia la puerta mirándome con gesto decidido. Allí reunió a unos cuantos guardias, mandó que su litera le siguiese y nos apresuramos a cruzar el Palatino. En un punto, se vio obligado a detenerse por dolor o por falta de fuerzas. Se apoyó en silencio contra la pared; con un ademán, me indicó que callase. Respiró unos instantes profundamente; luego, continuamos el camino. Cuando nos acercamos a casa de Clodia, vimos que a la policía le estaba costando trabajo dispersar a la multitud. Toda Roma estaba subiendo a la colina. Cuando el pueblo reconoció al dictador se elevó un clamor ensordecedor, y los congregados le abrieron paso. Caminaba poco a poco, sonriendo a derecha e izquierda y tocando los hombros de los que iban a su lado. Delante de la puerta de Clodia, se volvió, levantó la mano y esperó a que se hiciese el silencio.

«Romanos –dijo–, bendigan los dioses a Roma y a cuantos la aman. Protejan los dioses a Roma y a cuantos la aman. Vuestros enemigos han intentado quitarme la vida.»

Abrió sus ropas y mostró las vendas del costado. Hubo un silencio lleno de horror, seguido por un griterío de pena y rabia. Continuó hablando tranquilamente:

«Pero aún estoy entre vosotros, capaz y listo para procurar vuestro bienestar. Los atacantes han sido detenidos. Cuando hayamos investigado el asunto a fondo, se os facilitará un informe de todo lo que ha sucedido. Volved a vuestros hogares; rodearos de vuestras mujeres y de vuestros hijos, dad gracias a los dioses y, luego, dormid bien. A cada padre de familia se le dará una medida de trigo para que él y los suyos puedan regocijarse conmigo y con los míos de este resultado feliz. Marchad tranquilos a vuestra casa, amigos, sin deteneros; porque el regocijo de un niño es ruidoso, pero el de un hombre es silencioso y contenido.»

Se quedó un momento mientras muchos se acercaron a apoyar la frente sobre sus manos.

Entramos en la casa. Clodia, de pie en el atrio, se disponía a recibirle en el lugar en que hubiera debido hallarse su hermano. Catulo estaba a unos cuantos pasos detrás de ella, erguido y malhumorado. César los saludó ceremoniosamente, y les rogó que disculpasen la ausencia de su mujer y de su tía. En voz baja, Clodia pidió disculpas a su vez por la ausencia de su hermano.

«Recorreremos los altares», dijo César. Y lo hizo con esa mezcla de serenidad y gravedad que ponía en el cumplimiento de todo rito. Después de una mirada sonriente a Catulo, añadió la colecta para el Sol Poniente, como acostumbra a hacerse en los hogares al norte del Po. Luego, de repente, se comportó con extrema frivolidad. Había encontrado a una sirvienta acurrucada detrás de un altar. La tomó juguetonamente de una oreja y la llevó a la cocina. «A buen seguro –dijo– no se habrá echado a perder toda la comida. Puedes prepararnos un plato y, mientras acabas de hacerlo, empezaremos a beber. Asinio, tú llenarás nuestras copas. Ya veo, Clodia, que has preparado un banquete a la griega. Charlaremos mientras comemos, pues la concurrencia es muy selecta y no han de faltarnos asuntos que discutir.» Al llegar a este punto se puso en la cabeza la guirnalda, diciendo: «Yo seré [en griego] *Rey del Banquete*. Elegiré el tema, recompensaré a los discretos e impondré multas a los estúpidos».

Intenté acomodarme a su buen humor, pero Clodia no podía articular palabra, y durante algún tiempo permaneció pálida y temblorosa. Catulo estuvo reclinado y con la mirada gacha hasta que hubo bebido varias copas de vino. César seguía hablando animadamente a Clodia acerca de las leyes suntuarias, y a Catulo acerca de sus planes para contener las inundaciones del Po. Finalmente, cuando se retiraron las mesas, César se levantó, hizo la libación, y anunció el tema de nuestro debate: ¿es la gran poesía obra tan sólo de la mente de los hombres, o acaso, como muchos pretenden, el dictado de los dioses? «Antes de empezar –sugirió–, que cada uno de nosotros recite algunos versos que acierte a recordar sobre el tema en cuestión.» Se inclinó hacia mí. Yo recité el «¡Oh, amor, que gobiernas a los dioses y a los hombres!» [de la comedia de Eurípides, ahora perdida: *La Andrómeda*]; Clodia hizo lo propio con la «Invocación a la estrella matutina», de Safo [también perdida]. Catulo recitó con ritmo pausado el principio del poema de Lucrecio. Hubo un silencio prolongado mientras esperábamos que César tomase la voz y comprendí que estaba luchando con las lágrimas que tantas veces le sobrecogían. Después de beber un buen sorbo de su copa, recitó, con afectada negligencia, algunos versos de Anacreonte.

Me tocó en suerte el primer discurso. Como bien sabéis, me siento más cómodo en la casa de cambio y en los consejos de guerra que en estas academias. Me alegré de recordar las lecciones de mi pedagogo y repetí los lugares comunes de las escuelas, que la poesía, como el amor, verdaderamente emana de los dioses, y que ambos van acompañados de un estado de posesión que se consideraba universalmente más que humano; que el perdurar de los grandes versos era en sí mismo señal de un origen sobrehumano, porque todas las obras que hace un hombre se destruyen por el abrumador paso del tiempo, mientras que los versos de Homero sobreviven a los monumentos que describen y son tan eternos como los dioses que los inspiran. Dije muchas necedades, pero ninguna que no se haya dicho ya millares de veces.

Cuando hube terminado, Clodia se levantó, se arregló los pliegues del vestido y saludó al *Rey.* Mi opinión acerca de Clodia nunca había sido más dura que la de la mayoría de nuestros conciudadanos. La conocía desde hacía muchos años, aunque nunca había estado entre aquellos de quienes ha dicho Cicerón: «Sólo sus amigos más queridos están capacitados para detestarla verdaderamente». Jamás, sin embargo, tuve ocasión de admirarla tanto como en aquella noche. Su casa estaba en desorden; tenía buenos motivos para creer que su hermano había muerto y que sobre ella misma pesaba la sospecha de haber planeado o, al menos, haber sabido de antemano del atentado contra la vida del dictador. En aquel momento, el comportamiento de César debía antojársele inexplicable. Estaba pálida, pero serena; su famosa belleza parecía haberse realzado con los peligros que acababa de correr, y el discurso que pronunció fue tan ordenado y tan bien argumentado que al terminar casi me había arrastrado a compartir su opinión. Empezó diciendo que aceptaba por adelantado todas las multas que el *Rey* quisiera imponerle, porque sabía que las cosas que pensaba decir habían de ser desfavorablemente recibidas por sus contertulios.

«Si fuera verdad, ¡oh *Rey*! –comenzó–, que la poesía viene a nosotros como dictado de los dioses, verdaderamente seríamos doblemente miserables... Por un lado, porque somos seres humanos; y por el otro, porque sabríamos que los dioses desean que permanezcamos siempre niños, ignorantes y esclavos engañados, ya que es la poesía la que confiere a la vida un rostro más bello de lo que la vida podría pretender; es la más seductora de las mentiras y la más traidora de las consejeras.»

Ni el sol ni la condición humana permiten que se los mire fijamente; al primero, tenemos que mirarlo a través de gemas; a la segunda, a través de la poesía. Sin poesía, los hombres marcharían a la batalla, las novias entrarían en el matrimonio, las mujeres se convertirían en madres, los hombres enterrarían a sus muertos y ellos mismos morirían; mas, ebrios de poesía, todos esos hombres y mujeres corren hacia esas ocasiones con no sé qué esperanzas ilimitadas. Los soldados adquieren gloria, las novias se llaman a sí mismas Penélopes, las madres conciben héroes para el Estado, y los muertos se hunden en los brazos de la madre Tierra que los dio a luz y viven para siempre en la memoria de quienes tras ellos quedan. A través de la poesía, a todos los hombres se les ha dicho que nos encaminamos a una Edad de Oro, y sobrellevan los males que conocen con la esperanza de que ha de llegar un mundo más feliz que regocije a sus descendientes. Mas es muy cierto que no habrá Edad de Oro, y que no puede crearse ningún gobierno capaz de proporcionar a cada hombre aquello que le haga feliz, porque la discordia está en el corazón del mundo y presente en cada una de sus partes. Es ciertísimo que todo hombre odia a los que están situados por encima de él; que los hombres están tan dispuestos a abandonar la propiedad que tienen como lo está un león a dejarse arrancar el alimento que lleva entre los dientes; que todo cuanto un hombre desea realizar ha de llevarlo a cabo en esta vida, porque no hay otra; y que ese amor, del cual los poetas hacen tan bello espectáculo, no es sino el deseo de ser amado y la necesidad, en los desiertos de la vida, de ser el centro fijo de la atención de otro; y que la justicia es el freno de las codicias que están en conflicto. Pero éstas son cosas que nadie dice. Hasta el Estado se gobierna en el lenguaje de la poesía. Entre ellos, los que nos gobiernan llaman con razón a la ciudadanía «fiera peligrosa» y «monstruo de muchas cabezas»; mas, desde las tribunas electorales, bien custodiados por guardias armados, ¿en qué términos se dirigen a los turbulentos votantes? ¿No son entonces los votantes «los amigos de la República» y los «dignos descendientes de sus nobles padres»? Los empleos públicos en Roma se adquieren por sobornos en una mano y las amenazas en la otra; y en la boca, citas de Ennio.

»Muchos dirán que la gran virtud de la poesía consiste en que civiliza a los hombres y fija los patrones por los cuales han de aspirar a vivir, y que, por consiguiente, los dioses están dando con ella leyes para sus hijos. Es del todo evidente, sin embargo, que ello no es así, porque la poesía ejerce sobre los hombres la misma influencia que toda adulación: adormece los resortes de la acción; roba a los hombres el deseo de merecer tal elogio. A primera vista parece no ser más que una puerilidad, una ayuda a la flaqueza y un consuelo en la desgracia. ¡Pero no! Es un mal. Debilita la debilidad y redobla la desgracia.

»¿Quiénes son los poetas que han añadido estos nuevos descontentos a los eternos descontentos del hombre? Son unos pocos, que se renuevan generación tras generación. La observación popular hizo ya mucho tiempo atrás el retrato del poeta: son ineptos en todos los asuntos prácticos; su distracción les hace frecuentemente ridículos; son impacientes, se exasperan con facilidad, y están sujetos a toda suerte de pasiones excesivas. El desdén de Pericles hacia Sófocles en cuanto gobernador de la ciudad no es sino la otra mitad del cuento de Menandro atravesando el ágora con un pie calzado con una sandalia y el otro descalzo. Estos rasgos que todo el mundo conoce, muchos los interpretan como indicios de que los poetas están ocupados en verdades que están más allá de la apariencia, y que su contemplación de tales verdades es como la locura de una sabiduría donada por los dioses. Para mí, hay otra explicación. Creo que en la infancia todos los poetas han recibido de la vida alguna profunda herida o mortificación que para siempre les hace temerosos de todas las situaciones de la existencia humana. En su odio y en su desconfianza, se sienten arrastrados a edificar con la imaginación un mundo distinto. El mundo de los poetas es creación no de visiones más profundas, sino de anhelos más urgentes. La poesía es un lenguaje aparte dentro del lenguaje, inventado para describir una existencia que nunca ha sido y nunca será, y tan seductoras son sus imágenes que llevan a todos los hombres a tomar parte en ellas y a verse muy otros de lo que son. Considero que esto lo confirma el hecho de que hasta cuando los poetas escriben versos para proclamar su desdén por la vida, describiendo en ellos todo su evidente absurdo, lo hacen de tal modo que sus lectores se sienten elevados, porque los términos de la condena del poeta presuponen un orden más justo, por el cual somos juzgados y el cual es posible alcanzar.

»Éstos son, pues, los hombres a quienes algunos llaman portavoces de los dioses. Afirmo que si los dioses existen puedo figurármelos crueles o insensibles o incomprensibles, indiferentes o atentos a los hombres, pero no puedo imaginármelos ocupados en el pueril juego de ilusionar a los hombres sobre su estado sirviéndose de los poetas. Los poetas son seres humanos, lo mismo que nosotros, pero están enfermos y sufren. Poseen un consuelo: sus sueños febriles. Pero a vivir en un mundo despierto hemos de aprender de una vida despierta.»

Cuando hubo terminado, Clodia volvió a saludar al *Rey* y, cediendo la guirnalda a Catulo, se sentó. César elogió largamente su discurso, y sin la ironía que Sócrates empleara en ocasiones parecidas. Su sensación de deleite parecía haber aumentado; me indicó que volviese a llenar las copas, y cuando hubimos bebido dio la palabra a Catulo. Durante la primera parte del discurso de Clodia, el poeta había continuado sentado y con los ojos bajos, mas poco a poco su aspecto había ido cambiando, y desde el momento en que se puso en pie y colocó la guirnalda sobre su cabeza todos se dieron cuenta de que estaba profundamente comprometido, fuese por ira o por interés, con el asunto de que se trataba.

[Existen muchas versiones de la llamada «Alcestiada de Catulo». La que César envió como asiento número 996 de su diario-carta a Lucio Mamilio Turrino se ha sustituido aquí por el relato más breve de Asinio Polión.]

Todo niño sabe, ¡oh *Rey*! que Alcestes, esposa de Admeto, rey de Tesalia, fue el patrón oro de todas las mujeres. De muchacha, sin embargo, no quería ni pensar en casarse. La corroía una duda, precisamente la misma que se ha situado hoy ante nosotros. Deseaba, antes que su vida terminase, haber encontrado algunas respuestas válidas a las preguntas más importantes que pueden hacerse. Deseaba tener la completa seguridad de que los dioses existían, y de que estaban pendientes de ella; de que los impulsos de su corazón estaban guiados por ellos y de que ellos conocían las cosas buenas y malas que pudieran acaecerle, y, de algún modo, las habían ordenado para sus propios propósitos. Miraba a su alrededor y veía poca probabilidad de aprender tales cosas si había de pasar la vida como reina, esposa y madre. Tenía el corazón colmado por una ambición: ser sacerdotisa de Apolo en Delfos. Había oído decir que allí se vivía en la presencia misma del dios; que allí se recibían sus mensajes a diario; que allí podía alcanzarse la verdad.

Se cuenta de ella que decía que mujeres y madres había muchas; que para ellas no existía nada más importante que la buena o mala voluntad de sus maridos; que el sol no salía sino para sus hijos, a los cuales estaban ligadas por ese amor furioso que las tigras sienten por sus cachorros; que veían pasar los años, enteramente ocupados por los innumerables deberes que conlleva organizar un hogar, lo mismo que ocupaban sus mentes los temores y orgullos y goces de sus posesiones; y que, finalmente, las tendían para el eterno descanso, sin saber más de por qué habían vivido y sufrido que los animales de las colinas. Sentía que había que obtener más de la vida que ser el instrumento de sus fuerzas, y que ese *más* podría obtenerse en Delfos. Las sacerdotisas de Apolo, por otra parte, eran llamadas por el dios, y para ella, a pesar de sus oraciones y sacrificios, no llegaba ningún llamamiento. Se le pasaban los días esperando un mensaje e intentando leer la voluntad del dios en signos y presagios.

Ahora bien, Alcestes era la más sabia y la más hermosa de las hijas del rey Pelias. Todos los héroes de Grecia pidieron su mano; pero el rey, deseando conservarla a su lado, impuso a los pretendientes una tarea casi imposible. Declaró que daría en matrimonio a Alcestes sólo al hombre que, unciendo juntos un león y un jabalí, consiguiese hacerles dar la vuelta en torno a las murallas de la ciudad. Pasaba año tras año, y uno tras otro todos los pretendientes fracasaban en el intento. Peleo, que había de ser el padre de Aquiles, fracasó, así como el sagaz Néstor. Fracasó Laertes, padre de Ulises, y fracasó Jasón, el poderoso jefe de los Argonautas. Leones y jabalíes se arrojaban furiosos unos sobre otros y a los conductores les costaba trabajo salir con vida. Y el rey se reía y se divertía, mientras la princesa interpretaba aquellos fracasos como señal de que el dios la tenía destinada a permanecer virgen y a servirle en Delfos.

Finalmente, como es bien sabido, Admeto, rey de Tesalia, bajó de sus montañas. Condujo el león y el jabalí como si fuesen mansos bueyes en torno a la ciudad y ganó la mano de la princesa Alcestes. Con amor y alegría se la llevó a su palacio y se hicieron grandes preparativos para la boda.

Alcestes no estaba aún preparada, sin embargo, para ser esposa y madre. Día tras día, con una especie de temor, sentía que iba queriendo a Admeto cada vez más; pero continuaba esperando el llamamiento de Apolo, y con un pretexto y otro iba demorando el día de la boda.

Admeto tuvo paciencia algún tiempo y soportó aquellas demoras, pero al fin no pudo contener más su ardor. Pidió a Alcestes que le diese una explicación para su renuencia, y en respuesta ella le dijo cuanto estaba pensando. Admeto era hombre piadoso y devoto, pero hacía tiempo que había dejado de mirar fuera de sí mismo para buscar consuelo o ayuda en los dioses. En una ocasión de su vida, sin embargo, había sentido lo muy cerca que estaban de sus propios intereses, y se apresuró a informar de ello a su amada.

«Alcestes –le dijo–, no sigas buscando una señal de Apolo referente a tu matrimonio porque ya te la ha dado claramente. Sólo Él te ha traído aquí, como verás por lo que voy a contarte:

»Antes de volver a Iolcos para enfrentarme a la prueba, caí enfermo, nada extraño dado que mi gran amor estaba en guerra con mi desesperación ante el temor de fracasar en el empeño de uncir el león con el jabalí. Durante tres días con sus noches, estuve a las puertas de la muerte. Me cuidaba Aglaia, que había sido mi niñera, y la de mi padre antes que yo existiese. Ella fue quien me dijo que en mi delirio durante la tercera noche se dio cuenta de que Apolo estaba presente en mi entendimiento y se ocupaba en enseñarme el modo de uncir juntos a un león y un jabalí. Aglaia está aquí ahora; no tienes sino que preguntárselo.»

«Admeto –dijo Alcestes–, muchas son las historias sobre dioses en los delirios de los mancebos y los cuentos de las viejas niñeras. Precisamente relatos de esa índole son los que han aumentado la confusión en que viven todos los hombres. ¡No! Admeto, permíteme que vaya a Delfos. Aun cuando no haya sido elegida para sacerdotisa, siempre puedo ser una sirvienta. Puedo servir a las servidoras de Apolo y limpiar las gradas y los pavimentos de su casa.»

Admeto no comprendía su angustia, pero estaba a punto de concederle con tristeza el permiso que pedía cuando se interrumpió su conversación. Les anunciaron que un visitante había llegado al palacio, un anciano ciego que resultó ser Tiresias, el sacerdote de Apolo en Delfos. Asombrados, Admeto y Alcestes salieron a recibirle. Cuando estuvieron cerca, clamó en voz muy alta:

«Traigo un mensaje para la casa de Admeto, rey de Tesalia. Tengo prisa por darlo y volver al lugar de donde he venido. Es voluntad de Júpiter que Apolo viva en la tierra como hombre entre los hombres por espacio de un año. Y Apolo ha elegido vivir como pastor de Admeto. He entregado mi mensaje.»

Admeto dio un paso adelante, y preguntó: «¿Quieres decir, Tiresias, que Apolo va a estar aquí todos los días, todos los días...?».

«Al otro lado de las puertas –gritó Tiresias– hay cinco pastores. Uno de ellos es Apolo. No intentes conocer cuál es él. Señálale sus tareas; obra justamente, y no me hagas más preguntas, pues carezco de respuestas.»

Con estas palabras y sin señal alguna de reverencia, llamó a los pastores para que entrasen en el patio, y él siguió su camino. Los cinco pastores, que lentamente entraron en el patio, eran como todos los pastores; estaban cubiertos de polvo tras el largo camino, y muy avergonzados ante la intensa mirada que los examinaba. El rey Admeto apenas podía encontrar voz con que hablarles; les dio la bienvenida y ordenó que les mostrasen su alojamiento y les diesen de comer. Durante el resto del día, reinó el silencio en Feras. Todos los habitantes sabían que a su país le había sido otorgado un gran honor, pero es difícil estar a un mismo tiempo intrigado y contento.

Hacia el fin de aquel día, cuando aparecían las primeras estrellas, Alcestes salió del palacio y fue al lugar en que los pastores estaban sentados alrededor de la lumbre. Se quedó en pie en el límite mismo de la luz de la hoguera y suplicó a Apolo que le hablase en persona, que saliese de esa oscuridad en que los dioses se deleitan, que diese respuesta a las preguntas que constituían su propia existencia. Su ruego no fue breve. Los asombrados pastores al pronto guardaron respetuoso silencio; luego empezaron a pasarse de mano en mano la bota de vino, gruñendo. Por fin el más bajo de todos, se limpió la boca con el revés de la mano y dijo:

«Princesa, si hay un dios aquí, no sé quién es. Treinta días hemos caminado a través de toda Grecia. Hemos bebido de la misma bota, hemos alargado la mano al mismo plato y hemos dormido junto a la misma lumbre. Si hubiera un dios entre nosotros, ¿no habríamos de conocerle? Sin embargo, señora, esto os digo: éstos no son pastores corrientes. Ese que está ahí dormido... no hay mal que no cure, sean mordeduras de sierpe o huesos quebrados. Cuando hace cinco días me caí en una cantera, seguro que era hombre muerto, pero ese mozo se inclinó sobre mí y dijo no sé qué abracadabra, y aquí estoy sano y bueno. Pero de sobra sé que no es un dios, princesa, porque en un pueblo había un chiquillo con el gañote atascado, princesa; se había puesto morado y se le partía a uno el corazón de verlo. Este individuo quería dormir. No quiso cruzar el camino para ir a verlo. ¿Es eso un dios? Y ese otro que está ahí a su lado... ¡Eh, tú! ¿No puedes dejar de beber mientras la princesa te está mirando?... Pues éste no pierde nunca el camino. En la noche más negra conoce el norte y el sur. Pero bien sé que no es el dios del Sol. Y el pelirrojo tampoco es un pastor corriente. Hace milagros y maravillas. Vuelve del revés el orden de la naturaleza. Es un inventor.»

Con estas palabras el pastor se acercó a su compañero pelirrojo y empezó a despertarlo a puntapiés: «¡Despierta, despierta! Enseña a la princesa algunas maravillas». El durmiente se movió y gruñó. Súbitamente, en lo alto, procedentes de las distantes colinas, se oyeron voces que llamaban: «¡Alcestes, Alcestes!». Entonces el hombre dio media vuelta y volvió a quedarse dormido. De nuevo el otro lo despertó a puntapiés. «¡Haz más! ¡Haz más! ¡Haz caer agua desde las copas de los árboles! ¡Haz las bolas de fuego!» El hombre rezongó una blasfemia. Bolas de fuego empezaron a correr por el campo. Se subían a los árboles y estallaban; subían sobre las cabezas de los otros pastores; jugueteaban graciosamente como animalejos. Por fin, la cañada volvió a sumirse en la oscuridad. «Éstas son cosas que ningún otro hombre puede hacer, pero juraría, princesa, que no es un dios. Una de las razones es que ninguna de sus maravillas tiene sentido. Nos asombramos, y después de asombrarnos, nos desilusionamos. En los primeros días del viaje, le pedíamos más y más maravillas porque nos divertían; pero al final nos cansamos, y, a decir verdad, nos daba vergüenza, y a él le daba vergüenza haberlas hecho, porque sus trucos no tenían relación con nada que estuviera fuera de nosotros. ¿Se avergonzaría un dios de sus maravillas? ¿Se preguntaría qué significaban?

»Ya ves, princesa», concluyó, alargando los brazos, como si hubiera terminado la respuesta a su plegaria. Pero Alcestes no se conformaba con tan paladina despedida. Señaló al cuarto pastor.

«¿Ése? Tampoco es un pastor corriente. Es nuestro cantor. Cuando tañe la lira y canta, los leones suspenden el salto que iban a dar, y se quedan parados en el aire. Es verdad que, a veces, he dicho para mí: "¡Este hombre seguro que es un dios!". Es capaz de llenaros hasta el borde de alegría o de pena en ocasiones en que no tenéis motivo de alegraros ni de apenaros. Puede hacer el recuerdo del amor más tierno que el amor mismo. Sus maravillas son más grandes que las de nuestro curandero, nuestro caminante en la noche o nuestro hacedor de milagros. Pero lo he vigilado... Princesa, sus maravillas nos hacen más efecto a nosotros que a él. Pronto rechaza la canción que ha cantado. A nosotros es capaz de transportarnos una vez y otra vez, y otra vez, pero no a él. Pierde la ilusión por la cosa que ha hecho, y se enfrasca en hacer otra. Eso basta para asegurarme de que no es un dios, ni siquiera un mensajero de los dioses, porque los dioses no pueden llegar a despreciar su obra.

»¿Y yo? ¿Qué hago yo? Lo que ahora estoy haciendo. Me interesa investigar acerca de la naturaleza de los dioses..., si existen y por qué caminos podemos encontrarlos. Podemos figurarnos...»

[Aquí la narración se interrumpía; volvemos a la carta de Asinio Polión.]

En este momento, el dictador se puso en pie, murmurando: «Continúa, amigo mío». Y empezó a cruzar la habitación. Catulo repitió: «Podemos figurarnos...», pero apenas había pronunciado las palabras cuando César cayó al suelo con una convulsión de la enfermedad sagrada. En su forcejeo, se arrancó las vendas del costado y pronto el suelo estuvo teñido con trazas de su sangre. Yo había presenciado antes aquellos ataques. Hice una bola con los pliegues de sus vestiduras y se la coloqué entre los dientes. Indiqué a Catulo que me ayudase a enderezar el cuerpo del enfermo, y Clodia trajo cuantas ropas pudo hallar a mano para calentarlo. Pronto cesó su parloteo y cayó en un profundo sueño. Lo vigilamos durante algún tiempo y luego lo colocamos en su litera, y el poeta y yo lo acompañamos a su casa.

Tales fueron los acontecimientos del convite dos veces interrumpido de Clodia. Mis dos amigos habían de morir antes de que concluyese el año. El poeta que había visto aquella grandeza humillada en locura no volvió a escribir epigramas contra él. Mi amo no hizo nunca alusión a su enfermedad, pero varias veces me recordó la «feliz ocasión» en que habíamos comido con Clodia y Catulo.

Ha llegado el alba mientras estaba dictando estas palabras. Mi dolor se ha olvidado o se ha aplacado, y he pagado una deuda que tenía pendiente con mis amigos.

LIBRO SEGUNDO

Se recuerda al lector que los documentos de cada libro comienzan en fecha anterior a los del libro precedente, atraviesan el tiempo de que ya se ha tratado y continúan en fecha posterior.

XXII. CARTA ANÓNIMA [ESCRITA POR SERVILIA, MADRE DE M. JUNIO BRUTO] A LA ESPOSA DEL CÉSAR.

17 de agosto

Señora, es poco probable que el dictador te haya informado ya de que la reina de Egipto llegará pronto a Roma para una larga visita. Si deseas confirmación de este hecho, no tienes más que visitar vuestra villa en el Janículo. En la ladera más alejada encontrarás trabajadores que construyen un templo egipcio y erigen obeliscos.

Es importante llamar tu atención sobre esta visita y sus peligros políticos, porque en el mundo entero es motivo de mofa el que seas por completo inadecuada para la alta posición que ocupas y el que tu comprensión de la actual situación política de Roma no sea mejor que la de una chiquilla.

Cleopatra, señora, es madre de un hijo de tu marido. El muchacho se llama Cesarión. La reina le ha tenido escondido a los ojos de su corte, pero continuamente esparce el rumor de que está dotado de una inteligencia divina y una gran hermosura. La verdad, según fuentes muy autorizadas, es, sin embargo, que es idiota y que aunque ya ha cumplido tres años no sabe hablar y apenas puede andar.

El único propósito de la reina al venir a Roma es legitimar a su hijo y hacer valer sus derechos a su sucesión en el dominio del mundo. El proyecto es absurdo, pero la ambición de Cleopatra no conoce límites. Su arte para la intriga y su crueldad, que no se detuvo ni ante el asesinato de su tío y de su hermano-marido, así como su ascendiente sobre la lujuria de tu marido son suficientes para trastornar al mundo entero aunque no alcance a dominarlo.

No es ésta la primera vez en que los escandalosos adulterios de tu esposo te ofenden públicamente. El que su exasperada sensualidad llegue a cegarlo ante los peligros que esta mujer trae para el orden público no es sino una evidencia más de la senilidad que ha empezado a manifestarse en su administración.

Poco puedes hacer, señora, ni para salvaguardar al Estado ni para defender la dignidad de tu posición. Sin embargo, era preciso informarte de que las mujeres de la aristocracia de Roma se negarán a que les sea presentada esa egipcia criminal, y no harán acto de presencia en su corte. Si muestras firmeza, darás los primeros pasos para recobrar el respeto de la ciudad que has perdido con tu selección de amistades y con la imprudencia de tu conversación..., imprudencia que ni siquiera tu extrema juventud puede disculpar.

XXIII. DIARIO-CARTA DE CÉSAR A LUCIO MAMILIO TURRINO, EN LA ISLA DE CAPRI.

[Hacia el 18 de agosto]

942. [Acerca de Cleopatra y su visita a Roma.]

El año pasado, la reina de Egipto empezó a pedir permiso para hacer una visita a Roma. Finalmente, he accedido, y le he ofrecido como residencia mi villa al otro lado del río. Estará en Italia por lo menos un año. Todo el asunto es aún un secreto y no se le anunciará a la ciudad hasta la misma víspera de su llegada. Ahora está ya acercándose a Cartago, y debería llegar aquí dentro de aproximadamente un mes.

Confieso que la perspectiva de esta visita me causa un gran placer y no sólo por la razón que salta primero a las mientes. Era una chiquilla notable. Ya a los veinte años sabía la capacidad de carga de cada uno de los muelles más importantes del Nilo; era capaz de recibir a una delegación de Etiopía y negarle todas sus peticiones, logrando que las negativas pareciesen beneficios. La he oído gritar ante la estupidez de sus ministros durante una discusión acerca de la tasa real sobre el marfil, y no sólo tenía razón, sino fundamentada en una notable información detallada y ordenada. Verdaderamente es una de las pocas personas que he conocido que tienen genio para la administración. Habrá llegado a ser una mujer aún más notable. La conversación, oh sí, la conversación volverá a ser de nuevo un placer. Se me lisonjeará, se me comprenderá y adulará, en un reino donde pocos son capaces de comprender mis logros. ¡Qué preguntas hace! Hay pocos placeres que puedan equipararse a enseñar a un voraz aprendiz el conocimiento que uno ha adquirido a costa del envejecimiento y el cansancio.

¡Ay, ay, ay!, he estado sentado, con ese bulto semejante a un gato en el regazo, y he tamborileado con los dedos de mis manos los morenos dedos de sus pies; y he oído una voz suave que desde mi hombro me preguntaba cómo impedir que las casas de banca desanimasen a la industria del pueblo y cuál era el sueldo justo para un jefe de policía en relación con el del gobernador de una ciudad. En nuestro mundo, mi querido Lucio, todos son de mente perezosa excepto tú, Cleopatra, ese tal Catulo y yo.

Y, sin embargo, es embustera, intrigante, destemplada, indiferente al bienestar esencial de su pueblo, y homicida a sangre fría. Estoy recibiendo una serie de anónimos que me ponen en guardia contra su propensión al asesinato. No me cabe duda de que la dama nunca tiene muy lejos un armarito delicadamente tallado, repleto de venenos; pero sé también que en su mesa no preciso de ningún catador. El primer objeto de cada uno de sus pensamientos es Egipto, y yo soy su principal seguridad. Si yo muriese, su país caería en las garras de mis sucesores –patriotas sin sentido práctico o administradores sin imaginación–; y eso lo sabe muy bien. Egipto nunca recobrará su grandeza; pero, tal como es, Egipto vive gracias a mí. Soy mejor gobernante de Egipto que Cleopatra; pero aprenderá mucho. Durante su estancia en Roma, le abriré los ojos a cosas que nunca se le han ocurrido a un gobernante egipcio.

946. [Una vez más, acerca de Cleopatra y su visita a Roma.]

Cleopatra nunca puede hacer nada sin pompa. Me pidió que le permitiese traer una corte de doscientas personas y una servidumbre de mil, incluso una nutrida guardia real. He reducido tales números a un séquito de treinta y a una servidumbre de doscientos, y le he dicho que la República se hará responsable de la custodia de su persona y sus acompañantes. He ordenado también que fuera de los terrenos de su palacio –mi villa ha cambiado ya de nombre y se llama ahora palacio de Amenhotep– no puede usar la insignia real excepto en las dos ocasiones de su recepción oficial en el Capitolio y de su despedida oficial.

Me notificó que debía nombrar a veinte señoras de la más alta cuna, presididas por mi mujer y mi tía, para constituirle una compañía de honor que diese lustre a su corte. Le respondí que las mujeres de Roma eran libres de adquirir compromisos de esta clase si así lo deseaban, y le envié un modelo de invitación para que pudiera enviárselas directamente.

Esto no le agradó. Replicó que la extensión de sus dominios, más de seis veces mayor que la de Italia, y su estirpe divina –que ahora atribuye con el mayor detalle al Sol, a través de dos mil años– la hacen merecedora de semejante corte, y que es indigno de ella tener que *rogar* a las damas de Roma que acudan a sus fiestas y recepciones. Así están las cosas.

Yo he tenido mi parte de culpa en la gestación de tan desmedidas pretensiones. Cuando nos encontramos por primera vez, afirmaba con orgullo que no había en sus venas ni una gota de sangre egipcia. Lo cual no era cierto en absoluto; la descendencia en la casa real a la cual pertenece siempre había sido confusa gracias a sustituciones y adopciones; los efectos de los matrimonios consanguíneos se habían mitigado afortunadamente con la impotencia por parte de los reyes y la galantería por parte de las reinas, y por el hecho de que la belleza de las mujeres egipcias era muy superior a la de las descendientes de los bandidos de las montañas macedónicas. Además, Cleopatra, en aquel momento, fuera de la participación en limitado número de fiestas tradicionales, no se había dignado interesarse por las costumbres del antiguo país sobre el que reinaba. Nunca había visto las pirámides, ni los templos del Nilo que estaban apenas separados de su palacio de Alejandría por un trayecto de unas pocas horas.

Le aconsejé que hiciese público el hecho de que la madre de su madre no sólo fue egipcia, sino la verdadera heredera de los faraones. La persuadí de que vistiese el atuendo egipcio por lo menos la mitad del tiempo, y la llevé a hacer un viaje para visitar los monumentos de una civilización que, ¡por Hércules , empequeñecían las cabañas tejidas con ramaje de sus antepasados macedonios. Mis instrucciones tuvieron un éxito que superó con mucho mis cálculos. Ahora es ella el auténtico faraón y la encarnación viva de la diosa Isis. Todos los documentos de su corte están en jeroglíficos, a los cuales agrega, por condescendencia, una traducción griega o latina.

Es como debe ser. La adhesión de un pueblo no se adquiere meramente gobernándolo de acuerdo con sus mejores intereses. Nosotros, los gobernantes, debemos emplear gran parte de nuestro tiempo en captar su imaginación. En la mente del pueblo, el Destino es una fuerza siempre vigilante, que obra por medio de la magia y que es siempre malévola. Para contrarrestar su acción, los gobernantes debemos ser no sólo cuerdos, sino sobrenaturales, porque a sus ojos la cordura humana se encuentra inerme ante la magia. Para nuestra gente, debemos ser a un tiempo el padre a quien conocieron en su infancia, que los protegía de los hombres malos, y el sacerdote que los protegía de los malos espíritus.

Acaso he olvidado decirte también que he ordenado que no traiga en su séquito ningún niño de menos de cinco años, ni suyo ni de nadie que pertenezca a su acompañamiento.

XXIV. CLEOPATRA, EN ALEJANDRÍA, A SU EMBAJADOR EN ROMA.

20 de agosto

Cleopatra, la Isis eterna, hija del Sol, elegida de Ptah, reina de Egipto, Cirenaica y Arabia, emperatriz del Alto y el Bajo Nilo, reina de Etiopía, etc., etc., a su fiel ministro.

Bendición y favor.

La reina se marcha de Alejandría por la mañana en dirección a Cartago.

En su viaje, se presentará a sus súbditos en Parastonio y Cirene. Descansará en Cartago a la espera de tus noticias acerca del tiempo más propicio para su llegada a Roma.

Se te ordena que le envíes a Cartago la información siguiente:

Una lista de las directoras laicas de los Misterios de la Buena Diosa.

Una lista de las consagradas de Hestia –ambas listas con notas respecto a sus relaciones familiares, anteriores matrimonios, etc.

Una lista de allegados al dictador, tanto hombres como mujeres, particularmente aquellos a quienes visita o que le visitan en su casa por motivos no oficiales.

Una lista de los servidores confidenciales de la casa del dictador, en que figura el tiempo que lleven a su servicio, los empleos previos y cuantos detalles referentes a su vida privada puedas descubrir. Debes proseguir con este estudio sin interrupción; la reina desea ver la información ulterior cuando llegue a Italia.

Una lista de los niños, vivos o muertos, cuya paternidad se haya atribuido en algún momento al dictador, junto con las supuestas madres y toda la información referente a cada caso.

Un recuento de todas las visitas de reinas a Roma, junto con los precedentes de etiqueta, ceremonial, recepciones oficiales, regalos, etc.

La reina confía en que no habrás sido negligente en asegurarte de que sus aposentos estén suficientemente caldeados.

XXV. POMPEYA A CLODIA, EN BAÍA.

24 de agosto

Ratoncito querido:

La invitación para la comida acaba de llegar, y la guardo hasta que mi marido vuelva a casa al atardecer. Te escribo esta carta a toda prisa para enviártela con tu mensajero.

Lo que tengo que decirte es muy *muy confidencial*, y confío en que la destruirás inmediatamente después de leerla.

Éste es el secreto: una *persona* de las riberas del Nilo va a hacer una larga visita a la ciudad. Hay ciertos aspectos de esa visita que no *me digno* considerar ni discutir, especialmente porque los aspectos *políticos* son de mayor importancia y peligro que los personales. Espero que nunca llegue a decirse de mí que he considerado mi vida personal como de la menor importancia comparada con las consideraciones del mundo entero que están inseparablemente ligadas a la posición que ocupo. No sé si sabes que esa mujer tiene un hijo y afirma que su sangre pertenece al más rancio abolengo romano. En esta pretensión funda esperanzas y ambiciones para la grandeza futura de su país que son, por supuesto, absurdas.

Cierta persona está, por ciertas *razones*, completamente ciega ante tales peligros, y no tengo más remedio que ser doblemente clarividente. Tal vez en dos ocasiones oficiales deba permitir que se me presente esa criminal egipcia. Indicaré por mi actitud que considero su presencia impertinente y aguardaré ojo avizor la ocasión de humillarla públicamente y, si es posible, obligarla a volverse a su tierra. Desde luego, me negaré a poner los pies en la residencia que ha sido preparada para ella.

Escríbeme lo que pienses sobre este asunto. Mi primo volverá aquí desde Nápoles poco después de haber recibido tú esta carta. Haz el favor de enviarme unas letras con él.

Posdata: Todo el mundo sabe que mató a su tío y a su marido, y que su hermano era su marido, lo cual es una costumbre egipcia y un ejemplo de lo que cabe esperar.

XXV-A. CLODIA A LA MUJER DE CÉSAR.

Desde Capua, 8 de septiembre

Muchas gracias, queridísima amiga mía, por confiarme el secreto.

Tu carta se parece a ti. Cuánta sabiduría muestras al considerar el asunto en todos sus aspectos y ver todos los peligros que se esconden tras el acontecimiento que prevés. Y cuán recto y noble por tu parte no dejarte llevar de indignación apasionada como hubieran hecho tantas otras mujeres.

¿Puedo hacer, sin embargo, una pequeña sugerencia, que sólo a ti haría porque sé que sólo tú *podrías* llevarla a cabo? Podrías considerar el acercamiento a esa molesta visitante en otro sentido. Se me ocurre que si te condujeses –como sólo tú eres capaz de hacerlo– con toda la amabilidad compatible con tu dignidad, ¡cómo se sorprendería ella! De ese modo, podrías insinuarte en el círculo de la visitante; podrías atisbar lo que allí pasara; y podrías prevenir a la otra persona concernida e impedirle que se olvidase de quién es.

No recomendaría este método a nadie más que a ti, porque requiere mucha habilidad. Tú puedes hacerlo. Piensa en ello.

Estoy anhelando hablar contigo sobre ello… y será muy pronto. Mientras tanto, te envío mi admiración y este frasco de perfume siciliano.

XXVI. CLODIA, EN BAÍA, A CATULO EN ROMA.

25 de agosto

Mi hermana me dice que debería escribirte una carta. Unas cuantas personas más se han convertido en defensores de tu causa y me dicen que debería escribirte una carta.

Así pues, he aquí la carta. Tú y yo acordamos desde hace mucho tiempo que las cartas no son nada. Las tuyas me dicen lo que ya sabía o podía figurarme muy bien, y con frecuencia se apartan de la regla que habíamos establecido: una carta debe reducirse sobre todo a hechos.

Mis hechos son éstos:

Ha hecho un tiempo incomparable. Hemos realizado muchas excursiones por mar y por tierra. Dejo todas las reuniones que hemos entregado a la conversación y para las cuales el que invita no ha hecho planes de diversión. No es necesario decir que la conversación es más insoportable que de costumbre con las gentes que aquí nos rodean.

Estudié astronomía con Sosígenes y, por consiguiente, soy enemiga de todos los poetas que se regodean en sus idiotizados sentimientos en presencia de las estrellas. Me dediqué al estudio de la lengua egipcia. Cuando descubrí que sonaba como el balbucear de los niños de pecho y que sus estructuras gramaticales estaban al mismo nivel que sus sonidos, lo abandoné. Hicimos mucho teatro de aficionados en griego y en latín. Trabajé muchos días con Cytheris. No quiso aceptar pago alguno y devolvió un regalo que le envié. Cuando insistí para que recibiese alguna muestra de lo que le debía, me pidió un poema tuyo escrito de tu puño y letra. Le di *Las bodas de Peleo y Tetis.* Se negó a tomar parte en alguna de las comedias, pero declamó ese poema notabilísimamente y, durante las lecciones que tomé de ella, con frecuencia representaba partes de las tragedias. Mi estilo es muy diferente del suyo, pero ella es maestra absoluta de su estilo. Marco Antonio se reunía a veces con nosotras al terminar mis lecciones. Sólo hay en él una cosa agradable: su risa; siempre se está riendo y, sin embargo, jamás cansa oírle reír. Cytheris, cuando no habla de su arte, es aburrida. Tiene la apatía de las mujeres felices. Descubrí, aunque no por ella, que es una de las pocas personas a quienes se les permite visitar a Lucio Mamilio Turrino en Capri. [Clodia escribió a Turrino, pidiéndole permiso para visitarlo; le fue negado cortésmente.] Conozco unos cuantos hombres a quienes podría amar muchísimo, si estuviesen mutilados y ciegos. Leí con Vero su nuevo libro de versos.

Me he granjeado unos cuantos enemigos más. Ya sabes que nunca miento y que no permito a la gente que mienta en mi presencia. Te fui, como tú dices, «infiel» en unas cuantas ocasiones. Como a menudo soy incapaz de dormir de noche, a veces me procuro compañía para esas horas.

Éstos son los hechos concernientes a mi vida este verano y éstas son las respuestas a las preguntas contenidas en tus cartas extremadamente monótonas. Al releerlas encuentro que me expones muy pocos hechos. No has estado escribiéndome a mí al escribirlas, sino a esa imagen de mí que tienes alojada en la cabeza y a la cual no deseo parecerme. Los hechos que a ti se refieren los he sabido por mi hermana y tus otros abogados. Has hecho visitas a mi hermana, y a Mamilio y a Livia [Los Torcuato]. Has enseñado a sus chiquillos a nadar y a navegar a la vela. Has enseñado a sus chiquillos a amaestrar perros. Has escrito montones de versos para niños, y otro poema para una boda. Vuelvo a decirte que perderás tu don poético si abusas de él. Esa clase de versos no pueden sino agravar el defecto que ya daña tanta parte de tu obra: ese vicio de recurrir a términos familiares y a expresiones provincianas. Mucha gente comienza ya a negar que seas un poeta romano. Tú y yo estamos de acuerdo en que Vero no goza del talento básico que tienes tú, pero tanto sus modales como sus versos evidencian gusto y elegancia uniformes, mientras que tú continúas cultivando una rudeza «norteña».

Esta carta, como todas las cartas, es totalmente innecesaria. Pero me quedan dos cosas por decir: el último día de septiembre, mi hermano y yo damos una comida y espero que estés presente. He invitado al dictador y a su mujer (casualmente me he enterado de que has estado escupiendo otros cuantos epigramas; ¿por qué no reconoces que no entiendes nada de política y que no te interesa? ¿Qué satisfacción puedes encontrar en hacer vulgares ruiditos en la sombra de ese gran hombre?). También he invitado a su tía, a Cicerón y a Asinio Polión.

Saldré hacia el norte el día ocho, y llevaré conmigo a unos cuantos amigos, Mela y Vero. Pasaremos unos cuantos días con Quinto Léntulo Espinter y Casia en Capua. Te sugiero que te reúnas allí con nosotros el día nueve, y regreses con nosotros a la ciudad unos días después.

Si te decides a venir a Capua, te ruego que no alimentes esperanzas de compartir mis insomnios. Por enésima vez te pido que consideres la naturaleza de la amistad, que seas consciente de sus ventajas y que vivas dentro de sus límites. La amistad no pretende tener derechos; no establece posesión; no representa una competencia. He hecho algunos planes para mi vida durante el año venidero. Diferirá ampliamente de la que he llevado durante el año que acaba de pasar. La comida a que te he invitado te dará idea de su carácter.

XXVI-A. CATULO:

Miser Catulle, desinas ineptire
Et quod vides perisse perditum ducas.
Fulsere quondam candidi tibi soles,
Cum ventitabas quo puella ducebat,
Amata nobis quantum amabitur nulla.
Ibi illa multa tum iocosa fiebant;
Quae tu volebas nec puella nolebat.
Fulsere vere candidi tibi soles.
Nunc iam illa non volt; tu quoque inpotens, noli,
Nec quae fugit sectare, nec miser vive;
Sed obstinata mente perfer, obdura.

At tu, Catulle, destinatus obdura.

Mísero Catulo, pon fin a tu sandez
y lo que ves perdido, dalo por perdido.
Radiantes fueron en otro tiempo los soles que para ti
[brillaron
cuando presuroso seguías los caminos en que aquella
[chiquilla te guiara...
aquella a quien amábamos como no fue amada ninguna.
Muchos fueron entonces los deleites;
a lo que deseabas, ella no se oponía.
Radiantes fueron para ti los soles.
Ahora ella ya no quiere; puesto que no puedes, no quieras tú
ni perseguir a la que huye, ni vivir en miseria;
sino soporta, con obstinada mente.

¡Ah, tú, Catulo, lo que te está destinado, sopórtalo!

XXVI-B. LIBRO DE ANOTACIONES DE CORNELIO NEPOTE.

[Estas notas son de fecha posterior.]

«¿No te parece extraordinario –pregunté– que Catulo deje pasar de mano en mano esos poemas? No recuerdo precedente para revelación tan ingenua.»

«Todo es extraordinario –respondió Cicerón, levantando las cejas y bajando la voz como si temiera que alguien estuviese oculto escuchando–. ¿Has reparado en que siempre está sosteniendo un diálogo consigo mismo? ¿De quién es esa otra voz que tan a menudo se dirige a él..., esa voz que le incita a "soportar" y "sobreponerse"? ¿Es acaso su genio? ¿Es algún "otro yo"? ¡Ay, amigo, me resistiré contra esa poesía lo más que pueda! Hay en ella algo indecoroso. ¿O es la experiencia cruda de la vida que todavía no ha cumplido satisfactoriamente su transformación en poesía o es un nuevo género de sensibilidad. Me dicen que su abuela era del norte. Quizá sean éstos los primeros aires que soplan sobre nuestra literatura desde los Alpes. No son romanos. Ante esos versos, un romano no sabe adónde volver los ojos; un romano se ruboriza. Ni tampoco es griego. Poetas antes de nosotros nos han hablado de sus penas, mas sus penas estaban ya medio aplacadas por el canto. ¡Pero, esto!... Ahí no hay lenitivo. A este hombre no le da miedo reconocer que sufre. Tal vez por eso lo comparte en diálogo con su genio. Pero ¿qué es ese "otro yo"? ¿Tienes tú uno? ¿Lo tengo yo?»

XXVII. CÉSAR, EN ROMA, A CLEOPATRA EN CARTAGO.

La siguiente carta, escrita de puño y letra por el dictador, acompañaba a un saludo oficial a la reina que se aproximaba a Roma.

3 de septiembre

Augusta reina, no me place añadir a este sincerísimo mensaje de bienvenida los siguientes requerimientos: debo recordarte que doy mucha importancia a las condiciones en que consentiste cuando se proyectó esta visita a Roma. Me refiero al número de personas de tu séquito, a los reglamentos concernientes a la ostentación de tu insignia real y a la exigencia de que no haya ningún niño menor de cinco años de edad entre tus acompañantes. Si faltas a la observancia de este arreglo, me veré obligado a afligirme y afligirte con un acto derogatorio de tu dignidad e inconsecuente con la estimación en que te tengo. Si te acompañara ahora algún niño, deberías dejarlo en Cartago o hacerlo volver a Egipto.

No consientas en que la severidad de mis palabras te haga dudar de la gran satisfacción que siento ante la perspectiva de tu estancia en Roma. Roma aumenta en interés para mí cuando pienso que pronto estaré mostrándole a la reina de Egipto la Roma que ahora es y la Roma que estoy proyectando. El mundo posee muy pocos gobernantes, y entre ellos un número aún más escaso tienen una idea aproximada de lo que es dirigir el destino de las naciones. La reina de Egipto es grande en genio tanto como lo es en posición.

La condición del liderazgo añade grados nuevos de soledad a la solitud esencial de la humanidad. Cada orden que emitimos aumenta la extensión en la que estamos solos, y cada muestra de deferencia que se nos ofrece nos separa de nuestro prójimo. La perspectiva de la visita de la reina representa para mí un alivio para la soledad en la cual vivo y trabajo.

Esta mañana he hecho una visita al palacio que está acondicionándose para la reina. No se deja por hacer nada de lo que pueda proporcionarle comodidad.

XXVII-A. PRIMERA RESPUESTA A LA CARTA ANTERIOR. CLEOPATRA A CÉSAR.

En jeroglíficos, precedida por los títulos de la reina, su ascendencia, etcétera, sobre una enorme hoja de papiro, seguida por la traducción en latín; enviada a través de la administración romana de mensajeros que precede a la regia viajera y a su cortejo.

20 de septiembre

La reina de Egipto me encarga a mí, su indigno chambelán, que acuse recibo de la carta y los obsequios del dictador.

La reina de Egipto agradece al dictador los obsequios que ha recibido.

XXVII-B. SEGUNDA RESPUESTA. CLEOPATRA A CÉSAR.

Enviada desde la nave real a su llegada a Ostia.

1 de octubre

El dictador ha enviado a la reina una carta sobre las dificultades de ser monarca.

He aquí otras.

Una reina, gran César, puede ser una madre. Su regia condición la hace más, y no menos, sujeta a esas amantes ansiedades que todas las madres experimentan, particularmente si sus hijos están delicados de salud y son de ánimo afectuoso. Me has explicado que, en otro tiempo, fuiste un padre entregado al amor por su hija. Te creí. Te defendiste ante mí contra la acusación de haber permitido que razones de Estado te forzaran a mostrarte insensible con ella. [Instigada al parecer por su padre, Julia rompió su compromiso con un hombre para casarse con Pompeyo. Murió antes de que se iniciara la guerra civil entre César y Pompeyo, pero el matrimonio fue completamente feliz.]

Esa misma insensibilidad me dispensas y no sólo a mí, sino a un niño que no es un niño corriente, puesto que se trata del hijo del hombre más grande del mundo. Ha vuelto a Egipto.

Me describes tu soledad como gobernante. Un gobernante tiene motivos para sentir que la mayor parte de los que se acercan a él los mueve el interés propio. ¿No corren los gobernantes peligro de ahondar en esta soledad atribuyendo a los demás únicamente esa motivación? Puedo figurarme que un gobernante que tiene ese punto de vista respecto a los demás, se convierta en piedra y convierta en piedra a cuantos a él se acerquen.

A medida que voy acercándome a la ciudad, deseo decir a su amo que soy la reina y la sirvienta de Egipto y que la suerte de mi país no está nunca ausente de mi pensamiento, pero que me sentiría menos que reina si no reconociese también que soy mujer y madre.

Te devuelvo tus mismas palabras: «No consientas en que la severidad de mis palabras te haga dudar de la gran satisfacción que siento ante la perspectiva de mi estancia en Roma».

Atribuyo la falta de amabilidad de tu conducta al hecho de que, en verdad, has creado para ti una soledad que es excesiva incluso tratándose del gobernante de un mundo. Has dicho que tal vez sea posible que yo pueda aligerar esa carga.

XXVIII. CATULO A CLODIA, EN ROMA.

[Las dos cartas siguientes, probablemente escritas el 11 o el 12 de septiembre, nunca fueron enviadas. Son los borradores de la carta que ya se ha facilitado como documento XIII. Catulo no las destruyó inmediatamente, ya que dos semanas más tarde la policía secreta del dictador las descubrió en los aposentos del poeta y envió a César las copias.]

Mátame ya... puesto que eso es lo que deseas... Yo no puedo matarme..., es como si tuviera los ojos fijos en una comedia, como si estuviera contemplándola sin aliento... para ver qué horror nuevo eres capaz de inventar. No me puedo matar hasta que haya visto la última aterradora exposición de lo que eres..., ¿qué eres?..., asesina..., torturadora..., montaña de mentiras..., risa..., máscara..., traidora..., traidora a toda nuestra raza humana.

¿Habré de estar colgado de esta cruz y no morir..., mirándote eternamente?

¿A quién puedo volverme? ¿A quién puedo gritar? ¿Existen los dioses? ¿Has gritado a los cielos llamándolos?

Dioses inmortales, ¿habéis enviado este monstruo a la tierra para enseñarnos algo? Esa belleza de forma, ¿no es sino un saco de males? El amor, ¿es odio disfrazado?

¡No, no..., esa lección no quiero aprenderla de ti..., lo contrario es la verdad!... Nunca conoceré el amor, mas por ti sé que el amor existe.

Viniste al mundo..., monstruo y asesina..., para matar al Amante... Tendiste una emboscada traidora, y, con una carcajada y un grito, levantaste el hacha para matar en mí la parte que vive y ama... Los dioses inmortales me ayudarán a recobrarme de este horror..., de que tú, disfrazada de la Amada, la que puede ser amada, te estés moviendo entre los hombres, esperando la oportunidad para inspirar amor y matarlo... Y me elegiste a mí para tal crimen, a mí, que tengo una vida que vivir y un amor que amar, y que no volveré a amar de nuevo.

Pero has de saber, exhalación del infierno..., que aunque hayas matado el único amor que tenía que ofrecer, no has matado mi fe en el amor. Gracias a esta creencia te conozco por lo que eres.

No necesito maldecirte... El asesino sobrevive a la víctima sólo para aprender que de quien quería verse libre era de sí mismo. El odio es odio a uno mismo. Clodia está encerrada con Clodia en un aborrecimiento eterno.

XXVIII-A. CATULO A CLODIA.

Ya sé, ya sé, nunca prometiste ser constante.

¡Cuán a menudo, con la ostentosa honestidad de los deshonestos, rompiste un beso para afirmar tu independencia de todo compromiso! ¡Jurabas que me amabas, y te reías, y me advertías que no me amarías para siempre! Nunca, nunca, nunca pude concebir un amor capaz de prever su propio término.

Yo no te oía. Estabas hablando en un lenguaje para mí incomprensible. El amor *es* eternidad en sí mismo. El amor es, en cada momento de su ser, todo el tiempo. Es la única fugaz imagen que se nos permite vislumbrar de lo que es la eternidad. Por lo cual, no te oía. Tus palabras no tenían sentido. Reías y yo reía también. Fingíamos que no íbamos a amarnos eternamente. Nos reíamos de esos millones de fingidores del amor en todo el mundo, que saben de sobra que su amor tendrá término.

Después de haberte expulsado de mis pensamientos para siempre, una vez más vuelvo a pensar en ti.

¿Qué va a ser de ti?

¿Qué mujer de este mundo caminó sobre un amor como el que yo te daba?

Loca, ¿no sabes lo que has tirado?

Mientras el dios del Amor te contemplaba a través de mis ojos, la edad no podía tocar tu hermosura. Mientras te hablábamos, tus oídos no podían oír las lenguas del mundo, la envidia y la detracción y todas las borrascas que soplan a nuestro alrededor en el aire maligno de nuestra condición humana; mientras te amábamos, no podías saber qué es soledad del alma..., ¿no significa eso nada para ti? Loca, ¿no sabes lo que has tirado?

Pero eso no es todo. Tu estado es mil veces peor. Ahora te has revelado, tu secreto ha salido a la luz. Desde que lo conozco, no puedes seguir ocultándotelo a ti misma: eres la eterna asesina de la vida y del amor. ¡Y cuán aterrador para ti debe de ser saberte fracasada, porque te ha revelado la grandeza y la majestad de tu enemigo, el amor!

Todo, todo cuanto decía Platón era verdad.

No era yo, yo en mí mismo quien te amaba. Cuando te miraba, el dios Eros descendía sobre mí. El dios vivía en mí, miraba a través de mis ojos y hablaba por mis labios. Yo era más que yo mismo, y cuando tu alma se daba cuenta de que el dios estaba en mí, mirándote, durante algún tiempo, también tú estabas llena del dios. ¿No me lo has dicho? ¡En qué horas, en qué murmullos no me lo has dicho!

Mas no pudiste soportar mucho tiempo tal presencia, porque has venido al mundo, monstruo y homicida, para matar cuanto vive y ama. Llevas el disfraz de la Amada, la que se deja amar, y vives sólo para preparar una emboscada traidora tras otra; vives sólo para el momento en que, con una carcajada y un alarido, puedas alzar el hacha y segar la promesa de vida y la promesa de amor.

Ya no me falta el aliento a fuerza de sentirme horrorizado. Ya he dejado de temblar. Puedo meditar con asombro preguntándome dónde adquiriste el odio apasionado a la vida, y por qué los dioses permiten que este enigma del mundo vaya de un lado a otro entre los hombres. Nunca me darás lástima, en este horror no hay lugar para la lástima. Alguna gran intención de iluminar el mundo surgía en ti cuando fue envenenada en el mismo manantial.

Te amé, y jamás volveré a ser quien fui, pero ¿cuál es mi condición, comparada con la tuya?

XXVIII-B. CATULO.

O di, si vestrum est misereri, aut si quibus umquam
Extremam iam ipsa in morte tulistis opem,
Me miserum aspicite et, si vitam puriter egi,
Eripite hanc pestem perniciemque mihi,
Quae mihi subrepens imos ut torpor in artus
Expulit ex omni pectore laetitias.
Non iam illud quaero, contra me ut diligat illa,
Aut, quod non potis est, esse pudica velit;
Ipse valere opto et taetrum hunc deponere morbum.
O di, reddite mi hoc pro pietate mea.

Oh, dioses inmortales, si aún en vosotros hay compasión,
[o si alguna vez a alguien
que estaba ya a punto de morir habéis prestado ayuda,
miradme, mísero de mí, y si he llevado una vida pura,
arrancadme esta llaga y esta pestilencia,
que entrando subrepticia como letargo en las fibras,
destierra la alegría de todo el pecho.
Ya no pido que esta mujer corresponda a mi amor

ni –ya que es imposible– que quiera ser púdica.
A todo lo que aspiro es a sanar y arrojar de mí este mal.
¡Sanadme, oh dioses, en pago de mi piedad!

XXIX. CÉSAR A CORNELIO NEPOTE.

23 de septiembre

Esta carta es confidencial.

Me informan de que eres amigo del poeta Cayo Valerio Catulo.

Me han llegado noticias por vía muy indirecta de que el poeta ha estado enfermo o cuando menos sumido en una angustia mental.

Soy amigo de su padre desde hace muchos años y, aunque haya tenido pocas ocasiones de encontrarme con el poeta en persona, sigo su trabajo con mucho interés y admiración. Deseo que le visites y me envíes informes acerca de su estado. Además, te agradecería mucho que me avisaras, en cualquier momento y a cualquier hora, si le encontrases enfermo o atravesando cualquier clase de dificultad.

La estima en que te tengo y que me inspira tu obra me impulsa a añadir que me parecería casi una ofensa el que tú o tu familia no me tuvieseis al corriente de cualquier desafortunada circunstancia (los dioses inmortales lo impidan) en que os pudierais hallar tú o los tuyos. En edad muy temprana tenía la convicción de que los verdaderos poetas e historiadores eran los ornamentos más excelsos de un país; tal convicción no ha hecho sino cimentarse con el tiempo.

XXIX-A. CORNELIO NEPOTE A CÉSAR.

Es una satisfacción saber que el gran líder del pueblo romano se preocupa por la salud de mi amigo y paisano Catulo y se ha expresado en términos amistosos hacia mí y los míos.

Es verdad que hace unos diez días, un miembro del Club Emiliano de Juego de Damas y Natación, donde reside el poeta, me llamó a medianoche para decirme que el estado de Catulo tenía alarmados a sus amigos. Corrí a sus aposentos y lo encontré doliente y delirante. El médico Sosthenes, el griego, estaba administrándole eméticos y, después, calmantes. Mi amigo no me reconoció. Estuvimos con él toda la noche. A la mañana siguiente, mejoró mucho. Serenándose con resolución, agradeció nuestras atenciones, nos aseguró que su enfermedad estaba a punto de concluir y pidió que lo dejáramos. Volví al atardecer y lo encontré sumido en un sueño apacible. Poco después lo despertó un mensajero torpe que le traía una carta de esa mujer que tiene no poca responsabilidad en los trastornos de los que habíamos sido testigos como su delirio había puesto de manifiesto. En mi presencia, leyó la carta, y permaneció mucho tiempo en silencio y meditabundo. No hizo referencia alguna a lo que había leído, pero desestimando mis consejos, se vistió con elegancia y se marchó del club.

He dado al dictador estos detalles para que pueda hacer sus propias observaciones.

XXX. DIARIO-CARTA DE CÉSAR A LUCIO MAMILIO TURRINO, EN LA ISLA DE CAPRI.

991. [Acerca de Cleopatra y su visita a Roma.]

La reina de Egipto se va acercando. Los vientos empujan a través de los estrechos a la Señora Cocodrilo.

Mi correspondencia con su majestad ha sido todo lo fogosa que cabía esperar. Su latín es imperfecto, pero me doy cuenta de que se las arregla para conseguir perfecta precisión cuando la ocasión lo requiere.

No espero obediencia estricta a los reglamentos que he redactado respecto a su visita. La reina es incapaz de seguir al pie de la letra cualquier indicación que se le haga. Hasta cuando cree estar obedeciendo implícitamente, se las arregla para admitir una o dos desviaciones. Debo contar con ello. Confieso que me hechiza esa invariable variación, aunque me haya visto obligado antes a oponer a ésta la seriedad de mi semblante. No es más que el fruto del insondable orgullo y la independencia propios de una mujer acostumbrada a castigar con la muerte la más ligera desobediencia.

Sus cartas –hasta, en una ocasión, su silencio– me han deleitado. Ahora ya es verdaderamente una mujer, y una mujer más que regia. Por momentos me encuentro soñando que es más mujer que reina, y tengo que detener mis pensamientos.

Cleopatra es Egipto. No deja caer una palabra y no dispensa una caricia que no tenga implicación política. Cada conversación es un tratado y cada beso un pacto. Desearía que esta asociación no requiriese tan constante vigilancia y que sus favores tuviesen más abandono y menos arte.

Hace ya muchos, muchos años que no conozco amistad desinteresada por parte de nadie, excepto la tuya, la de mi tía y la de mis soldados. Hasta en mi casa, siempre me parece que estoy jugando una partida de damas. Pierdo un «hombre» estoy amenazado por el flanco; busco una salida; capturo un «jinete». Mi buena mujer parece sacar cierto placer de tales escaramuzas, aunque no las lleva a cabo sin lágrimas.

Y no es eso sólo. Hace ya muchos años que me siento blanco de un odio desinteresado. Día tras día atisbo a mis enemigos con la ardiente esperanza de encontrar en ellos al hombre que me odia «por mí mismo» o al menos «por Roma». Se me echa mucho en cara que me rodeo de aventureros sin escrúpulos que se enriquecen en los empleos que les procuro. Sí, a veces pienso que lo que me agrada en ellos es el candor de su codicia. No fingen amarme por lo que soy. Hasta tengo que llegar a decirte que en ocasiones me ha movido a placer el que alguno de ellos haya dejado caer una expresión del desprecio que me tiene... en este océano de adulación en que vivo y me muevo.

Es difícil, mi querido Lucio, librarse de convertirse en la persona que los demás creen que uno es. Un esclavo está doblemente esclavizado: por sus cadenas y por las miradas que caen sobre él y dicen: «Eres esclavo». De un dictador se cree que es tacaño para conceder beneficios, incalculable en desagrado, celoso de los hombres capaces, sediento de adulación, y no sólo diez sino veinte veces al día me encuentro en disposición de dejarme llevar por tales cualidades y tengo que echarme atrás rápidamente. Y diez veces al día, mientras espero la llegada de la reina de Egipto, me sorprendo soñando con la posibilidad de que, ahora que ya es una mujer hecha y derecha, sea capaz de ver que todo lo que pueda darles a ella y a su país lo doy inmediatamente; que no necesita artificios para obtenerlo; que todas las artes que tiene en su poder no pueden obtener lo que no es conveniente concederle; y que una vez comprendas estas cosas, nos moveremos en los dominios de... Pero estoy dejándome arrastrar más allá de lo posible.

XXXI. CICERÓN, EN ROMA, A ATTICO, EN GRECIA.

Esta carta produjo mucho regocijo y muchas burlas en la antigüedad y en la Edad Media. Quizá sea apócrifa. Sabemos que Cicerón escribió a Attico una carta en que se refería al matrimonio y que en sus dos cartas siguientes suplicaba a su amigo que la destruyese..., cosa que Attico habría hecho a buen seguro. Por otra parte, han llegado hasta nosotros más de una docena de versiones de lo que bien puede haber sido la carta en cuestión. Todas ellas difieren ampliamente entre sí y en todas se interpolan párrafos a todas luces burlescos. Hemos elegido los pasajes que la mayoría de las versiones tienen en común; nuestra teoría es que probablemente un secretario de Attico hizo una copia de la carta original antes de que ésta fuera destruida, y que tal copia comenzó a circular subrepticiamente a través del mundo romano. Es preciso recordar que Cicerón no sólo se divorció de su mujer, Terencia, universalmente respetada, después de muchos años de un matrimonio cada vez más dado al enfrentamiento y la discusión, sino que no tardó en casarse con su rica y joven pupila Publilia; que el hermano de Cicerón, Quinto, había estado largo tiempo tempestuosamente casado con la hermana de Attico, Pomponia, de la cual se había divorciado no hacía mucho; y que Tulia, hija querida de Cicerón, tampoco había sido demasiado feliz en su matrimonio con Dolabella, un ambicioso y disoluto amigo de César que su madre había elegido para ella.

Uno de cada cien matrimonios es feliz, amigo mío. Esto es una de esas cosas que todos saben y que nadie dice. No hay que asombrarse, por tanto, de que el matrimonio feliz sea ampliamente celebrado, porque lo excepcional es lo que se convierte en noticia. Mas es parte de la locura de nuestro género humano que siempre nos sintamos tentados a elevar la excepción a la categoría de norma. Nos atrae la excepción, pues todo hombre se cree excepcional y destinado a lo excepcional, y nuestros jóvenes, varones y mujeres, se lanzan al matrimonio convencidos de que de noventa y nueve de cada cien son felices y uno infeliz, o de que a ellos les está destinada la felicidad excepcional.

Dada la naturaleza de las mujeres y la naturaleza de la pasión que impulsa a unirse a hombres y mujeres, ¿qué probabilidad tiene el matrimonio de ser más feliz que los tormentos combinados de Sísifo y Tántalo?

Mediante el matrimonio, ponemos en manos de las mujeres el gobierno de nuestro hogar, gobierno cuyo ámbito ellas prontamente extienden en la medida en que son capaces al conjunto de nuestros bienes. Crían a nuestros hijos y, por consiguiente, se garantizan ser voz y parte en la disposición de los asuntos de los niños cuando ya han alcanzado ellos la madurez. En todas estas cuestiones persiguen fines totalmente opuestos a los que un hombre se propone. La mujer no desea más que el calor del hogar y el amparo de un techo. Viven en el temor de la catástrofe y ninguna seguridad es bastante segura para ellas; a sus ojos, el porvenir es no sólo inseguro sino catastrófico. Para luchar por adelantado contra esos males desconocidos, no hay engaño al que no recurran, no hay rapacidad de la que no se sirvan, y no hay ningún placer ni ilustración que no combatan. Si la civilización hubiera estado en manos de las mujeres, seguiríamos viviendo en las cuevas de los montes, y la inventiva del hombre habría cesado con la conquista del fuego. Todo lo que le piden a una caverna, más allá del abrigo, es que sea un grado más ostentosa que la de la mujer del vecino; todo lo que piden para la felicidad de sus hijos es que estén seguros en una cueva semejante a la suya.

Hablar del matrimonio nos compromete a dar abundantes ejemplos de la conversación de nuestras mujeres. Y la conversación de las mujeres dentro de la relación marital –y no hablo ahora de esa crucifixión que representa su conversación en las reuniones sociales–, detrás de todos sus disfraces de artificio e incoherencia, trata únicamente de estos dos asuntos: conservación y ostentación.

Comparte una característica con la conversación de los esclavos, y es lógico que sea así porque la situación de las mujeres en nuestro mundo tiene mucho en común con la de los esclavos. Esto quizá pueda ser lamentable, pero yo no me contaría entre los que se quieren dedicar a cambiarla. La conversación de los esclavos y de las mujeres está dirigida por la astucia. El engaño y la violencia son los únicos recursos que tienen los desposeídos. Y los esclavos sólo pueden recurrir a la violencia mediante una estrecha cohesión de sus compañeros de infortunio. Contra tal consolidación, el Estado mantiene acertadamente vigilancia constante y el esclavo se ve obligado a perseguir sus fines mediante el engaño.

El recurso a la violencia está igualmente vetado a las mujeres porque son incapaces de cohesionarse; desconfían unas de otras, como los griegos, y con mucha razón. Y en consecuencia, también ellas recurren a la astucia. ¡Cuán a menudo, tras visitar mis villas y conferenciar el día entero con mis capataces y trabajadores, me retiro a la cama tan exhausto como si hubiese estado luchando a brazo partido con cada uno de ellos, alerta todo el tiempo en cuerpo y alma para que no me dañen ni me roben! El esclavo introduce los objetivos que tiene en la cabeza desde todas las direcciones y sirviéndose de toda suerte de indirectas; no hay trampa que no emplee para lograr una concesión; no hay adulación, no hay alarde de lógica que no use; no hay presión sobre nuestro temor o nuestra avaricia a que no recurra; y todo ello para evitarse el trabajo de construir una pérgola, para eliminar a un inferior, para agrandar su vivienda, para obtener un atuendo nuevo.

Tal es asimismo la conversación de las mujeres; pero ¡cuánto más diversas sus pretensiones, cuánto más amplios sus recursos para el ataque, y cuánto más profundamente arraigada su pasión por lograr sus fines!

Las más de las veces, un esclavo desea meramente comodidades, mas detrás de los deseos de una mujer hay fuerzas que son para ella la esencia de la vida misma: la conservación de la propiedad; la estimación en que la tengan las matronas a quienes conoce, desprecia y teme; la reclusión de una hija que desearía fuera ignorante, triste y embrutecida. Tan hondamente arraigadas están las pretensiones de una mujer que tienen para ella el carácter de verdad evidente y de inderrocable sabiduría. En consecuencia, cualquier opinión que se oponga a la suya sólo podrá merecerle desprecio. La razón es cosa innecesaria y sin importancia para criatura tan bien dotada; está sorda, por adelantado. Un hombre puede haber salvado al Estado, dirigido los negocios de un mundo, adquirido fama inmortal por su sabiduría; mas para su mujer es un necio chiflado.

[Aquí sigue un párrafo acerca de las relaciones sexuales. Está tan sacado de quicio por la jocosidad y la inventiva de los copistas y transmisores que es imposible determinar el texto original.]

Tales cosas no se dicen a menudo, aunque en ocasiones las revelan los poetas..., esos mismos poetas que son los responsables primarios de la ilusión de que el matrimonio es un cielo y que nos engatusan para que vayamos en busca de la peligrosa excepción. Eurípides no dejó palabra por decir en su *Medea.* No es de extrañar que los atenienses lo expulsaran de Atenas llenándole de imprecaciones por haberles dicho semejantes verdades. La multitud iba capitaneada por Aristófanes, quien ha demostrado

–aunque con menos ingenuidad– que sabía esas cosas y que amordazó su propio conocimiento para arrojar de la ciudad a un poeta más grande que él. ¡Y Sófocles! ¿Qué marido no habrá sonreído para sí al presenciar la escena en que Yocasta amontona mentira sobre mentira, poniendo buena cara a una situación calamitosa? Ejemplo notable del llamado amor conyugal, que ocultará cualquier hecho al marido para mantener una ostensible satisfacción; descarada ilustración de que, en lo que se refiere a mentalidad, una mujer apenas sabe distinguir entre un marido y su hijo.

¡Ay, amigo!, consolémonos con la filosofía. Es ámbito en la que ellas no han entrado nunca; a decir verdad, no les ha inspirado jamás el menor interés. Demos la bienvenida a esta ancianidad que nos libra del deseo de sus abrazos..., abrazos que hay que pagar a costa de todo orden en nuestras vidas y de toda tranquilidad en nuestras mentes.

XXXII. ABRA, DONCELLA DE POMPEYA, A CLODIA.

1 de octubre

He vivido con gran nerviosismo, honorable señora, pensando en ti y en tu casa y también en nuestro amo después del atentado contra su vida. Señora, todo aquí se ha trastornado enormemente, la casa siempre llena de visitas y de policías y mi señora al borde de la locura. Él, alabados sean los dioses inmortales, se despertó a mediodía como si tal cosa; tan alegre estaba que mi señora se puso de muy mal humor. Tenía hambre y comía y comía, y el médico protestaba y mi señora se puso de rodillas y le suplicó que no comiese. Pero él hacía chiste tras chiste y a duras penas pudimos conservar la cara seria.

Oí que decía a todos los que estaban de pie a su alrededor que nunca había disfrutado en una comida más de lo que disfrutó en casa de la señora. El general Marco Antonio le dijo que por qué y él dijo que porque había estado en muy buena compañía. Y, que la señora me perdone, Marco Antonio dijo si se refería a Claudilla, y él dijo que Claudilla era una mujer extraordinaria. Espero que estaré haciendo bien al contarle estas cosas a la señora.

Ahora tendría que decir a la señora que él anunció a todos los que vinieron durante ese día que Cleopatra, esa que es reina de Egipto, llegaría hoy o mañana.

6 de octubre

El amo no durmió en casa la noche pasada, la primera vez desde hacía mucho tiempo, y aquí cada uno piensa lo que le parece.

La reina ha enviado a mi ama los regalos más maravillosos, especialmente uno que es la cosa más prodigiosa que nunca se ha visto. Unos cuantos trabajadores vinieron ayer con gran secreto y lo instalaron y lo pusieron en marcha. Es un palacio egipcio, señora, de una altura que le llega a una a la rodilla. Y cuando se le quita la pared de la fachada, ve una toda la gente que tiene dentro, y hay un patio rústico y una procesión regia y todos vestidos con ropajes y colores de los más bonitos. Pero eso no es todo: si se hace correr agua, es difícil de explicar, señora, toda aquella gentecilla menuda se mueve, la reina y toda su corte entran en la casa, ¡suben las escaleras, sí, señora! y andan por la casa, y los animales salen, y beben en el Nilo y un cocodrilo nada ¡contra la corriente del agua!, y las mujeres tejen y los pescadores pescan y, ¡dioses inmortales!, no puedo decir todo lo que hacen. Se pasaría una mirando la vida entera. Mi señora estaba encantadísima y mandó que trajeran luces y creímos que no se iba a ir nunca a la cama. Todo el mundo dice que qué lista ha sido la reina, porque mi ama se olvidó de todo mirando el palacio y olvidó que su marido no estaba en casa.

8 de octubre

La reina vino ayer a visitar a mi señora. Creíamos que llevaría ropas muy bonitas, pero sólo llevaba un vestido azul y ni una sola joya, así que debía saber las leyes al respecto. No se había peinado, señora, ¡y yo que me había pasado dos horas arreglando a mi señora! Mi señora le dio las gracias por el palacio de juguete y se pasaron el rato hablando de él. La reina es muy sencilla. Hasta sabía mi nombre y me explicaba cosas. Pero, como decía el secretario de mi señora, se ve a simple vista que está pensando todo el rato. Cuando mi amo llegó a casa, preguntó cómo había ido todo, y mi señora, muy digna, dijo que muy bien, que qué se había pensado. ¡Oh, señora, debería haber visto a mi amo estos días! Es como tener a diez chiquillos en la casa. Siempre está haciendo rabiar a mi señora, y provocándola.

XXXIII. CORNELIO NEPOTE: LIBRO DE ANOTACIONES.

3 de octubre

La reina de Egipto ha llegado. Fue recibida en Ostia por una representación de la ciudad y el Senado, pero rehusó desembarcar porque la insignia del dictador no estaba presente entre las enseñas de bienvenida. César fue informado de ello, y se apresuró a enviar a Asinio Polión al puerto con sus estandartes. Entonces ella vino a Roma, viajando de noche.

La reina no ha recibido a nadie y se ha informado de que está indispuesta. No obstante, ha enviado magníficos regalos a unos treinta notables.

5 de octubre

La reina ha sido recibida hoy en el monte Capitolino. La magnificencia de su séquito superó con creces a cuanto se ha visto en la ciudad. A mí, a distancia, me pareció muy hermosa. Alina [su mujer], que la vio más de cerca [probablemente estaba sentada entre las consagradas a Hestia] y que es mujer, dice que es sencillamente vulgar y que tiene las mejillas tan rellenitas que merecerían llamarse «carrillos». La gente chismosa comenta que se produjo una fiera contienda entre ella y el dictador con motivo de su atavío. Las reinas de Egipto, en traje de ceremonia, aparentemente para identificarse con la diosa Isis, no llevan ropa más arriba de la cintura. César insistió en que se cubriese el pecho de acuerdo con la costumbre romana, y así se hizo, aunque ligeramente. Pronunció un discurso corto en un latín vacilante, y otro más largo en egipcio. El dictador respondió en egipcio y en latín. Los augurios en el sacrificio fueron extraordinariamente favorables.

XXXIII-A. CICERÓN, EN ROMA, A SU HERMANO.

8 de octubre

Las palabras «reina de Egipto» causan profunda impresión, amigo mío, pero no en mí.

He sostenido correspondencia durante varios años con esta reina; he prestado innumerables servicios a su cancillería. Es de presumir que está al tanto de mis intereses así como de mi disposición y, mis servicios a la República. Al llegar a esta ciudad, ha distribuido regalos a todo empleaducho de la trastienda del gobierno. Regalos de tal esplendor que sólo son dignos de intercambiarse entre miembros de la realeza. A mí me mandó uno de ellos. Podría con su valor alimentar a Sicilia un año entero. Pero ¿qué voy yo a hacer con un enjoyado adorno de cabeza y unos gatos de esmeralda? Por los dioses inmortales, te aseguro que hice saber a su mayordomo, ese tarugo de Hammonio, que no soy un actor borracho, sino un hombre que tiene en más un obsequio por lo adecuado de sus propiedades que por su coste. «¿No tiene manuscritos la biblioteca de Alejandría?», le pregunté.

El hechizo de esta reina disminuye enormemente cuando se la ve de cerca. Me precio de sostener una teoría según la cual cada uno de nosotros tiene una edad en la vida, hacia la cual todos estamos dirigidos como las limaduras de hierro se dirigen hacia el norte. Marco Antonio tendrá siempre dieciséis años, y la discrepancia entre esa edad y la que ahora tiene proporciona un espectáculo muy triste. Mi buen amigo Bruto ha sido un cincuentón deliberado y juicioso desde sus doce años. César está en los cuarenta –un Jano que mira a un mismo tiempo a la juventud y a la vejez sin saber por cuál decidirse–. Según esta ley, Cleopatra, a pesar de su juventud, es una mujer de cuarenta y cinco, lo cual hace desconcertantes los juveniles encantos que posee. Su cuerpo es el de una mujer que ha tenido ocho hijos. Su forma de andar y su porte son muy admirados, mas no por mí. Tiene veinticuatro años; su forma de andar es la de una mujer que quiere dar la impresión de tener los veinticuatro que tiene en realidad.

Debe uno tener cuidado, sin embargo, al hablar de estas cosas. El prestigio de su título, la magnificencia de su atavío, el efecto de sus dos señalados encantos –a saber, sus lindos ojos y la belleza de su voz cuando habla– subyugan a los incautos.

XXXIV. CARTA Y CUESTIONARIO: CLEOPATRA A CÉSAR.

9 de octubre

Mi *Didja, Didja, Didja... Cocodridja* es muy infeliz-feliz, muy feliz-infeliz. Feliz porque va a ver a *Didja* la noche del doce, toda la noche del doce, e infeliz porque para la noche del doce faltan aún mil años. Cuando no estoy con mi *Didja* me siento a llorar, rasgo mis ropas, me pregunto para qué estoy aquí, por qué no estoy en Egipto, qué estoy haciendo en Roma. Todo el mundo me odia; todos me envían cartas diciéndome que ojalá me muera. ¿No puede mi *Didja* venir antes del doce? ¡Oh, *Didja*, la vida es breve, el amor es breve! ¿Por qué no nos vemos? Día y noche, otras personas están viendo a mi *Didja*. ¿Lo quieren más que yo? ¿Las quiere más que a mí? No, no hay nada en el mundo que yo quiera más que a mi *Didja*, a mi *Didja* en mis brazos, mi *Didja* feliz, feliz en mis brazos. La separación es cruel, la separación es yerma, la separación es absurda.

Pero si mi *Didja* así lo desea, lloraré; no lo comprendo, pero lloraré y esperaré hasta el doce. Mas tendré que escribir una carta cada día. Y, ¡oh, mi *Didja*!, o escríbeme una carta cada día. No puedo dormir cuando llega la noche después de un día en el que no he tenido una verdadera carta tuya. Cada día llegan tus regalos con cinco palabras. Los beso; los estrecho largo tiempo entre mis brazos; pero cuando con los regalos no viene una verdadera carta tuya, no les puedo tener cariño.

Tengo que escribir una carta cada día para decir a mi *Didja* que no quiero a nadie más que a él y que no pienso más que en él. Pero también hay otras cosas fastidiosas que tengo que preguntarle. Cosas que necesito saber para ser una invitada ilustre, digna de su protección. Perdona a *Cocodridja* estas tediosas preguntitas.

1. En mi fiesta, bajo hasta la última grada de mi trono para saludar a la mujer de mi *Didja*. ¿Tengo que bajar también hasta la última grada para recibir a la tía de mi *Didja*? ¿Qué hago para recibir a los cónsules y a sus mujeres?

[*Respuesta de César:* Hasta ahora todas las reinas han bajado hasta la última grada. He cambiado todo eso. Mi mujer y mi tía entrarán conmigo. Nos recibirás en el arco. Tu trono no se alzará sobre ocho gradas, sino sobre una sola. A todos los demás invitados los recibirás en pie delante de tu trono. Este arreglo parece arrebatarte la dignidad de los ocho escalones, pero ocho escalones no son dignidad ninguna para quienes tienen que bajarlos, y tendrías que bajarlos para recibir a los cónsules que son o han sido soberanos. Piensa en ello y verás que *Didja* tiene razón.]

2. La señora Servilia no ha respondido a mi invitación. *Didja*, comprenderás que no puedo consentirlo. Conozco medios de obligarla a asistir a mi fiesta y los emplearé.

[*Respuesta de César:* No te comprendo. La señora Servilia asistirá.]

3. Si la noche está fría, no me apartaré una pulgada de mis braseros o me moriré. Pero ¿dónde puedo encontrar braseros suficientes para mis invitados al *ballet* sobre el agua?

[*Respuesta de César:* Provee de braseros a las damas de tu séquito. Nosotros, los italianos, estamos acostumbrados al frío y nos vestimos para entrar en calor.]

4. En Egipto, la realeza no recibe a bailarines ni a gente de teatro. Me dicen que tendré que invitar a la actriz Cytheris, que la reciben en muchas casas patricias, y que tu sobrino o primo Marco Antonio no va a ninguna parte sin ella. ¿Debo invitarla? A decir verdad, ¿debo invitarle *a él*?... Viene todos los días a mi corte; tiene una mirada muy atrevida; no estoy acostumbrada a que se rían de mí.

[*Respuesta de César:* Sí; y además de invitarla, aprende a conocerla. Es hija de un carretero, pero no hay mujer de la más alta aristocracia que no pueda aprender de ella lo que son la dignidad, el encanto y el porte.

Pronto descubrirás las razones de mi admiración hacia ella. Además, estoy en deuda con ella por una razón personal: su larga asociación con mi pariente Marco Antonio me ha proporcionado, con él, un amigo. Los hombres somos en buena medida lo que nos hacéis vosotras las mujeres..., y las mujeres también..., porque los hombres no pueden fijarse en una mujer que se haga mal a sí misma. Marco Antonio era, y lo será siempre, el mejor y el más querido atleta en una escuela provinciana. Hace diez años unos pocos momentos de conversación seria le dejaban agotado, y no podía resistirse a la necesidad de sostener tres mesas en equilibrio sobre la barbilla. Las mismas guerras no empleaban sino una fracción de su espontánea energía. Roma vivía bajo la amenaza de sus bromas, que no retrocedían ni ante la gracia de incendiar manzanas enteras de casas, de soltar las amarras de todos los botes en el río y de robar los ornamentos de un Senado. No tenía malicia, pero no tenía juicio. Todo esto lo ha reformado Cytheris; no ha quitado nada, pero ha dispuesto los elementos en diferente orden. Estoy rodeado –y los odio– por todos esos reformadores que sólo aciertan a establecer un orden por medio de leyes que reprimen al individuo y le despojan de su alegría y su agresividad. Los Catones y los Brutos sueñan con un Estado de ratones industriosos; y en la pobreza de su imaginación, me acusan del mismo pecado. ¡Feliz sería yo si pudiera decirse de mí como de Cytheris que puedo amaestrar al caballo salvaje sin robarle el fuego de los ojos y el deleite de su rapidez! ¿Y no ha logrado Cytheris merecida recompensa? Él no iría a ninguna parte sin ella, y con razón, pues no encontraría mejor compañía.

Mas debo concluir. Una delegación de Lusitania lleva esperando media hora para protestar contra mi crueldad y mi injusticia. Di a Charmian que tenga todo preparado para acoger a un visitante esta noche. Entrará, vestido como un centinela nocturno, por el puerto de Alejandría. Di a Charmian que será más cerca del amanecer que del anochecer: pero tan pronto como el combate entre el ardor y la prudencia pueda llevarlo a cabo. ¡Duerma la gran reina de Egipto, el Fénix de las mujeres, duerma!; la despertará una mano gentil.

Sí, la vida es breve; la separación, una locura.]

XXXIV-A. CYTHERIS, LA ACTRIZ, EN BAÍA, A CICERÓN, EN SU VILLA CERCA DE TUSCULUM.

Esta carta, escrita el año anterior, se adjunta aquí para esclarecer más el asunto tratado en la pregunta 4 del cuestionario precedente.

La señora Cytheris presenta sus profundos respetos al más grande abogado y orador que el mundo ha visto y al salvador de la República romana.

Como sabes, honorable señor, el dictador ha dispuesto que una colección de tus agudezas se prepare para su publicación. Me llegan noticias de que la colección contiene el relato de la conversación de sobremesa que tuvo lugar en la comida que Marco Antonio dio en tu honor hará unos tres años, e incluye algunas observaciones mías sobre el dictador que ahora parecerían irrespetuosas.

Te ruego, animada por las palabras generosas que tan frecuente y gentilmente me dedicas, que suprimas cuantas expresiones puedan atribuírseme en tal sentido.

Es cierto que durante las guerras civiles mis sentimientos hacia el dictador eran diferentes de los de ahora. Mis dos hermanos y mi marido lucharon contra él y mi marido perdió la vida. Desde entonces, el dictador ha perdonado a mis hermanos, con la clemencia que le distingue; les ha dado tierras, y ha introducido reformas en nuestro trastornado patrimonio; se ha adueñado de nuestros corazones y se ha ganado nuestra lealtad.

El año próximo dejaré los escenarios. Mi retiro y mi vejez podrían convertirse en una miseria con el pensamiento de que aquellas impacientes palabras mías pudieran hallarse en circulación, y con la amplia circulación destinada a cualquier obra que lleva tu ilustre nombre.

Esta angustia sólo tú puedes ahorrármela. En prenda de mi gratitud y mi admiración, ten la bondad de aceptar el manuscrito que incluyo. Es el prólogo que Menandro escribió para *La muchacha que naufragó,* escrito de su puño y letra.

XXXV. CÉSAR A CLODIA.

10 de octubre

Veo con disgusto que van a llegarme peticiones pidiéndome con urgencia que te excluya de una reunión en la que participarán todas las mujeres respetadas de Roma. Aún no se me han facilitado informes que justifiquen tu exclusión.

Pero hay otro asunto que debo someter a tu consideración. Yo leo muchas cartas que no me estaban destinadas y cuyos autores y destinatarios ignoran que estoy enterado de ellas.

No hay censura para el hecho de que una mujer amada por alguien no pueda pagar amor con amor. En tal situación, sin embargo, una mujer sabe perfectamente qué caminos debe tomar para intensificar o mitigar el sufrimiento de su pretendiente. Me estoy refiriendo al poeta Catulo, cuyos dones no son para Roma de menor trascendencia que las de sus gobernantes, y siento que es una de mis responsabilidades el conservar la compostura de su mente.

Las amenazas constituyen un arma demasiado fácilmente al alcance de un hombre que ejerce el poder. Rara vez hago uso de ellas. Sin embargo, ocurren casos en los cuales quienes encarnan la autoridad se dan cuenta de que ni la persuasión de lo razonable ni la invocación a la piedad pueden alterar la conducta errada de un niño o de un malhechor. Cuando las amenazas no dan resultado, debe seguirlas el castigo.

Puedes comprender que la rectitud requiere que te alejes de la ciudad durante algún tiempo.

XXXV-A. CLODIA A CÉSAR.

La señora Clodia Púlquer ha recibido la carta del dictador no sin sorpresa. La señora Clodia Púlquer pide licencia al dictador para permanecer en Roma hasta el día siguiente a la recepción de Cleopatra, reina de Egipto; después, se retirará a su villa en el campo hasta diciembre.

XXXVI. CÉSAR A CLEOPATRA: UNA DE LAS CARTAS DIARIAS.

Segunda mitad de octubre

En lengua egipcia. Muchas de las palabras de esta carta son desconocidas hoy, y aquí se suplen mediante conjeturas. Probablemente están en el argot del que se empleaba en las tabernas del puerto de Alejandría y que César había aprendido durante las excursiones tumultuosas que hiciera por aquel inframundo durante su estancia en Egipto pocos años antes.

Di a Charmian que abra con cuidado este paquete.

Lo he robado. No había robado nada desde que tenía nueve años, y he vuelto a experimentar todas las sensaciones del revientacasas y el tironero. Veo que ahora voy a lanzarme a ese camino de prevaricación y fingimiento que es el papel del criminal. [Alguien ha sugerido que César tal vez robara del tocador de su mujer un frasco de perfume.]

Mas ¿qué no haría yo por la gran reina de Egipto? No sólo me he convertido en un ladrón: me he convertido en un idiota. No puedo pensar sino en ella. Cometo errores en mi trabajo. Olvido nombres, extravío papeles. Mis secretarios están consternados, les oigo murmurar a espaldas mías. Hago esperar a los visitantes, retraso tareas..., todo para poder sostener largas conversaciones con la inmortal Isis, con la diosa, con la bruja que me roba el seso. No hay embriaguez igual a la de recordar palabras murmuradas en la noche. Nada en el mundo puede compararse a la gran reina de Egipto.

[En latín.]

¿Dónde está mi sabia *Didja*, mi buena *Didja*, mi inteligentísima *Didja*? ¿Por qué es tan poco cuerda, tan obstinada, tan cruel consigo misma y conmigo?

Perla mía, mi loto, si nuestra pasta romana de trigo te sienta mal, *¿por qué la comes?*

Les sienta mal a todos los orientales. Le sentó mal a tu padre. Le sentaba mal a la reina Anesta. Nosotros, los romanos, somos rudos. Comemos cualquier cosa. Te ruego, te imploro que seas prudente. Anhelo que no estés sufriendo; pero yo sufro, sí sufro. Mi mensajero aguardará hasta que Charmian me envíe con él algún informe respecto a ti. ¡Oh, estrella y fénix, cuídate, sé prudente!

Cerraste las puertas a mi médico. ¿No podías permitir que te reconociera? ¿No podías haber hablado con él *un momento*? Me dices que vuestra ciencia médica egipcia tiene ya diez mil años y que nosotros los romanos somos unos niños. Sí, sí, pero –voy a hablarte con severidad– tus médicos llevan diez mil años con tonterías. Piensa, piensa un momento en la medicina. Los médicos son, en su mayoría, impostores. Cuando más viejo y más venerado es un médico, más debe fingir que lo sabe todo. Por supuesto, van empeorando con el paso del tiempo. Busca siempre un médico al que odian los mejores médicos. Busca siempre un médico joven y brillante antes de que se haya vuelto un necio. *Didja*, dime que verás a mi Sosthenes.

Estoy desamparado. Cuídate. Te quiero.

¡Oh, sí, obedezco a la reina de Egipto! Hago todo lo que me manda.

Mi coronilla ha estado color púrpura todo el día.

Visitante tras visitante iban mirándome con horror, pero ninguno me preguntó qué me sucedía. Para eso sirve ser dictador; nadie se atreve a hacerte preguntas indiscretas. Podría ir saltando a la pata coja desde aquí a Ostia y regresar de igual modo, y nadie hablaría de ello... delante de mí.

Por fin, una mujer de la limpieza vino a fregar el suelo. Y ella fue quien dijo:

«¡Oh, divino César!, ¿qué le pasa a tu cabeza?»

«Madrecita –respondí–, la mujer más grande del mundo, la mujer más hermosa del mundo, la mujer más sabia del mundo dice que la calvicie se cura frotándose la cabeza con un ungüento a base de miel, bayas de enebro y ajenjo. Me mandó que me lo aplicase, y yo obedezco todas sus órdenes.»

«Divino César –replicó–, yo no soy grande, ni hermosa ni sabia, pero sé una cosa: un hombre puede tener o pelo o sesos, pero no las dos cosas a un tiempo. Bastante hermoso eres como eres, César; y puesto que los dioses inmortales te dieron sentido común, no creo que tuvieran intención de darte también rizos.»

Estoy pensando en nombrar senadora a esa mujer.

Nunca me he sentido más desamparado, gran reina. Cambiaría todos mis poderes por éste, mas no puedo. No puedo mandar en el tiempo. Me encolerizan estas lluvias frías más de lo que ninguna otra cosa me ha encolerizado durante muchos años. Me he convertido en una especie de granjero; mis pasantes se miran unos a otros arqueando las cejas al ver que continuamente me acerco a la puerta para examinar el cielo. Durante la noche, me levanto y salgo al balcón; calculo la fuerza del viento; busco las estrellas. Te envío, con la presente, otra manta de piel; arrópate bien. Me dicen que estas lluvias crueles durarán aún dos días. Durante todo el invierno, tendremos de cuando en cuando días de sol. Un amigo mío tiene una villa en Salerno, protegida del norte. Irás a ella en enero y yo me reuniré contigo. Ten paciencia; entreténte con algo. Envíame unas letras.

XXXVII. CATULO A CLODIA.

20 de octubre

Alma de mi alma, cuando llegaron tus palabras esta mañana, lloré.

Nos has perdonado. Comprendes que no pretendimos ofenderte, no pretendimos hacerlo, Claudilla. Me pregunto qué pude decir para ofenderte tanto. Pero no pensemos más en ello. Nos has perdonado y está olvidado.

Mas, ¡oh, Claudilla, incomparable Claudilla!, prepárate a perdonarnos de nuevo. No sabemos cuándo podemos tropezar con tu desplacer. Ten la seguridad, ahora y por siempre, de que nunca, ¡oh, NUNCA!, tenemos intención de afligirte. Que esta declaración sirva para siempre jamás. ¿Qué sentido u ofensa has podido encontrar en...? Pero ¡basta! Está olvidado.

Mas, Claudilla, debo añadir que tú también debes procurar no herirme. Cuando dijiste delante de *él:* «Valerio nunca ha hecho un poema que tenga la misma perfección en todas sus partes...». Claudilla, ¿no sabes que precisamente ése es el terror de todo poeta? Unos pocos versos salen bien; los demás tenemos que buscarlos. ¿Sugieres que nunca he hecho un poema entero? ¡Y delante de *él*!

En el asunto de la recepción de la reina, naturalmente, te obedeceré. No tengo ningún interés especial en asistir. Muchos miembros de nuestro Club Emiliano de Juego de Damas y Natación acudirán todos juntos, y me han estado pidiendo que escriba una oda para la ocasión. Tengo escritas unas cuantas estrofas; pero no está saliendo demasiado bien y me gustaría abandonar la empresa. Todo lo que oigo de ella me inclina a creer que es insoportable, particularmente la inmodestia de su vestimenta.

No. No he estado enfermo.

Más tarde.

Estaba a punto de enviar esta carta cuando oí por casualidad que *te marchas al campo para unos cuantos meses.* ¿Por qué? ¿POR QUÉ? ¿Es verdad? Dioses inmortales, no puede ser verdad. Me lo hubieras dicho. ¿POR QUÉ? Nunca has salido de Roma en invierno. ¿Qué significa? No sé qué pensar. Nunca has estado fuera en invierno.

Si es cierto, Claudilla, harás que vengan a buscarme. Leeremos. Pasearemos a la orilla del mar. Me enseñarás a mirar las estrellas. Nadie ha hablado nunca de las estrellas como hablas tú. Siempre te rindo culto, pero entonces eres por completo una diosa. Sí, vete al campo, mi estrella más brillante, mi tesoro, y permite que me reúna allí contigo.

Pero cuanto más pienso en ello, más me invade la tristeza.

¿Qué significa todo esto?

Sé que no debo pedir nada. No debo hacer reclamación alguna. Pero un amor como el mío tiene que hablar; tiene que llorar un poco. Grande y terrible Claudia, atiéndeme esta vez. No te marches al campo…, quiero decir: si has de marcharte al campo, VE SOLA. No me atrevo a pedir de nuevo que vayas conmigo; pero, al menos, ve sola.

Sí, lo diré: he estado enfermo. Desde que el amor vino por primera vez a habitar entre los hombres, los amantes desdeñados han imaginado sentirse enfermos, pero en mi caso no han sido imaginaciones. ¿Es que quieres matarme? ¿Es eso lo que intentas? No deseo morir. Te juro que lucharé hasta el último aliento. No sé cuánto más podré resistir. Algo que es más fuerte que yo me está acechando. Está en el rincón de mi cuarto la noche entera, vigilándome mientras duermo. Despierto de pronto, y me parece sentirlo sobre mi cama.

Ahora te digo que si te vas al campo con él es seguro que me moriré. Me llamas alfeñique. No lo soy. Pudiera sostener una hora en el aire a tu amigo y luego arrojarlo contra una pared, y no cansarme. Sabes que no soy un alfeñique y que sólo una fuerza poderosa podría matarme.

No quiero que estas palabras suenen a enojo. Si es verdad que vas a tu villa, prométeme que irás sola. Y si no deseas que me reúna allí contigo, haré lo que tantas veces me has exigido que haga: iré a mi casa en el norte hasta que tú vuelvas a la ciudad.

Envíame unas palabras acerca de esto. Y, ¡oh Claudilla, Claudilla, pídeme que haga algo..., algo que pueda hacer! No me pidas que te olvide o que te sea indiferente. No me pidas que me traiga sin cuidado en qué empleas tu tiempo. Mas, si estamos separados, asígname una tarea, algo que sea un lazo diario contigo. Gran reina, más grande que todas las reinas de Egipto, sabia y bondadosa, erudita y graciosa, una palabra tuya puede curarme. Una sonrisa puede hacerme, hacernos, el poeta más feliz que nunca alabara a los dioses inmortales.

XXXVII-A. CLODIA A CATULO.

A vuelta de correo

Sí, es verdad, querido Cayo, me voy al campo y sola, enteramente sola. Es decir, sola con Sosígenes el astrónomo. La vida en la ciudad se ha hecho tediosa. Te escribiré a menudo. Pensaré en ti con afecto. Lamento saber que has estado enfermo. Creo que harás muy bien en marcharte a tu casa. Te envío regalos para que se los des a tu madre y a tus hermanas.

Me pides que te asigne una tarea. ¿Qué tarea puedo asignarte que tu genio no te haya murmurado ya al oído? Olvida todo lo que alguna vez haya dicho acerca de tus versos y recuerda sólo esto: Lucrecio y tú solos habéis hecho de Roma una nueva Grecia. En una ocasión dijiste que escribir tragedias no era tu trabajo. Otra vez afirmaste que podías ser capaz de escribir una «Elena». Cuantos versos escribes me proporcionan felicidad; si también tú escribieras una «Elena», podríamos representarla cuando yo regresara del campo. Saldré la mañana siguiente a la recepción de la reina y volveré unos días antes del festival [de la Buena Diosa].

Cuida lo más que puedas tu salud. No olvides a tu Ojos de Vaca.

XXXVIII. DIARIO-CARTA DE CÉSAR A LUCIO MAMILIO TURRINO, EN LA ISLA DE CAPRI.

1008. [Sobre la admiración de Cleopatra por el vino de Capri.]

1009. [Excusas por la demora en el envío del paquete.]

1010. [Sobre la poesía amorosa.] Todos somos vulnerables a las canciones de la gente del campo y de la plaza del mercado. Ha habido ocasiones en que una canción oída por encima de las tapias del huerto o cantada por mis soldados junto a sus hogueras en el campamento me ha atormentado días y días. «No digas no, no, no, chiquilla belga» o «Dime, Luna, ¿dónde está ahora Cloe?». Pero cuando los versos están escritos por una soberbia mano, ya no hay tormento, sino, ¡por Júpiter!..., engrandecimiento. Se me dobla el paso y tengo dos veces mi estatura.

Hoy, apenas puedo refrenarme y no arrojar a la cara de los que me visitan unas cuantas líneas. No es necesario citar para ello los versos de los griegos, pues... ¡por los dioses inmortales, ahora ya hacemos nuestras propias canciones en Roma!

Ille mi par esse deo videtur,
Ille, si fas est, superare divos,
Qui sedens adversus identidem te
Spectat et audit
Dulce ridentem…

Igual a un dios me parece aquel–
superior, si es posible superar a los dioses–,
que, sentado frente a ti,
te mira y te oye
reír dulcemente…

Éstas son palabras de Catulo, escritas en los que fueran para él tiempos más felices. Aprisionó su mediodía en un canto; ahora estoy yo en pleno mediodía, y él ha intensificado su resplandor para mí.

XXXIX. NOTAS DE CLODIA A MARCO ANTONIO.

A finales de octubre

La Corte estuvo hoy brillantísima. Las partes más viejas de la muralla romana han caído ante la invasora: Servilia, Fulvia Manso, Sempronia Metella.

Se notó tu ausencia. Su majestad se dignó hablar amablemente de ti, pero ahora ya la conozco y sé qué significa ese gesto tenso de su boca.

Di a mi querida Incomparable [Cytheris] que la reina ha estado haciendo preguntas sobre ella. Dice que el dictador le ha hablado de ella, la Incomparable, con gran admiración. […]

Desde que te marchaste, el Nilo ha estado rebasando sus orillas con mal contenida rabia. Me murmuró que hay un proverbio egipcio que dice: «Todas las heridas del jactancioso están en la espalda». Protesté y me llevó a un gabinetito donde me dio pasteles. Hablé de tu valor en Farsalia; de tu valor frente a Aristóbulo. No tengo duda de que también obraste con valentía en España, pero no sabía detalles, así es que me inventé una señaladísima hazaña ante Córdoba. Ahora, ya forma parte de la historia. Ella, bruscamente, demasiado bruscamente, cambió de tema.

27 de octubre

Todo está listo.

Egipto es ciertamente tuyo, si haces exactamente lo que yo te diga. Todo depende de cuándo.

Llega temprano a la recepción y hazle poco caso a ella.

El Amo de la Ciudadela a buen seguro se irá a su casa con su mujer y su tía.

Yo llegaré tarde. Le diré a ella que te propones mostrarle la más atrevida de las proezas que jamás conoció Roma, y pondré empeño en que no consienta, ¡oh, de ninguna de las maneras!, en ir a verla. Y, en realidad, ¿no es eso lo que será, la más atrevida de las proezas que jamás conoció Roma?

No olvides tu promesa, sin embargo. No tienes que enamorarte de ella. Si hay el menor peligro de que así suceda, me niego a ayudarte y retiro mi apuesta.

Destruye esta nota, o mejor devuélvesela al mensajero para que pueda destruirla yo.

XL. LA SEÑORA JULIA MARCIA A LUCIO MAMILIO TURRINO, EN LA ISLA DE CAPRI.

28 de octubre

¡Con qué alegría, querido muchacho, recibí tu carta y supe que podía escribirte! ¡Y que puedo visitarte! Permíteme que vaya poco después del año nuevo. Todos mis pensamientos se centran ahora por completo en las ceremonias [de la Buena Diosa]; luego tengo que volver a mi granja, poner en orden las cuentas del año, y supervisar las Saturnales en nuestra aldea de la colina. Hecho esto, iré hacia el sur, ¡y con qué alegría!

Dices que tienes tiempo para leer cartas largas, y yo, generalmente, tengo demasiado tiempo para escribirlas. Ésta no será una carta larga, confío en ello; no son sino unas palabras para acusar recibo de las tuyas y hablarte de los acontecimientos de anoche, que creo te interesarán. Me aseguras que tienes canales mediante los cuales te enteras de lo que, cara al exterior, acaece en Roma, así que procuraré limitar mi relato a las cosas que observo personalmente y que no es probable que hayan llegado a ti de otras fuentes.

Anoche tuvo lugar la recepción en la cual la reina de Egipto abrió su palacio a Roma. Otros te contarán sin duda la magnificencia de los equipamientos, los lagos, los espectáculos, los juegos, el tumulto, los manjares y la música.

He hecho una amistad nueva donde menos lo esperaba. Existen acaso razones por las cuales la reina recorrería largos caminos para congraciarse conmigo, pero creo, y no me dejo engañar fácilmente, que el interés que mutuamente nos inspiramos no fue fingido. Cada una era para la otra objeto de curiosidad, y ambas extraordinariamente diferentes; tales contrastes, con un tanto de desconfianza, pueden llevar a despreciar y a ridiculizar; con un tanto de buena voluntad, pueden desembocar en una amistad deleitosa.

Llegué en bote con mi sobrino y su mujer; la reina nos recibió en la puerta que reproduce la del templo de File, en el Nilo. Nuestro Tíber era egipcio por completo, y de una novedosa belleza; y otro tanto puede decirse de la reina. Hay quienes lo niegan; seguramente el prejuicio les hace bizcar los ojos. Su piel es del color del más fino mármol griego y tan suave como él. Los ojos oscuros, grandes y muy vivos. De ellos y de la voz baja, pero siempre cambiante, procede un ininterrumpido mensaje de felicidad, bienestar, diversión, inteligencia y seguridad. Nuestras beldades romanas se habían congregado en gran número, y me di cuenta de que Volumnia y Livia Dolabella y Clodia Púlquer estaban tiesas y a disgusto como si estuvieran amenazadas por una irritabilidad inminente.

La reina estaba vestida, según me dijeron, como la diosa Isis. Las joyas que llevaba y el bordado del traje eran azules y verdes. Nos condujo primero a través de los jardines, dirigiendo sus observaciones principalmente a Pompeya, que parecía paralizada por el miedo y, lamento decirlo, no encontraba nada que responder. El comportamiento de la reina es de una extrema sencillez, y sería capaz de desterrar el malestar de todo aquel a quien ella se dirigiera; así sucedió conmigo. Nos condujo hasta el trono y nos presentó a los nobles y a las damas de su corte. Luego se volvió para dar la bienvenida a las largas filas de invitados que habían estado esperando mientras atendía al dictador.

Mi primera intención había sido volver temprano a meterme en la cama, pero me quedé viendo las incontables diversiones con amigos de mi generación y probando las extraordinarias golosinas (para mayor espanto de Sempronia Metella, que me aseguró que estaban envenenadas). De pronto, sentí que una mano me rozaba el brazo. Era la reina, que me preguntó si quería sentarme con ella. Me condujo a una especie de cenador calentado con braseros, y haciéndome sentar a su lado en un diván me sonrió un momento en silencio.

«Noble señora –dijo–, es costumbre en mi país, cuando una mujer se encuentra con otra, hacerse ciertas preguntas...»

«Estoy encantada, gran reina –repuse–, de encontrarme en Egipto y observar las costumbres de ese país.»

«Nos preguntamos mutuamente –replicó– cuántos hijos tenemos y si los alumbramientos fueron difíciles.»

Ambas nos echamos a reír. «No es costumbre romana –dije, pensando en Sempronia Metella–, pero la encuentro muy razonable.» Y le conté mi historia como madre, y ella me contó la suya. Sacó de un pequeño bargueño que tenía a su lado algunas pinturas admirables de sus dos niños, y me las mostró. «Todo lo demás –murmuró– es como un espejismo de nuestros desiertos. Adoro a mis chiquillos. Desearía tener un centenar. ¿Qué hay en el mundo que pueda equipararse a una de estas cabezas queridas, de estas queridas cabezas fragantes? Pero soy reina –dijo, mirándome con lágrimas en los ojos–. Tengo que hacer viajes. Debo ocuparme de otros mil asuntos. ¿Tienes nietos?»

«No –dije–. Ninguno.»

«¿Comprendes lo que quiero decir?», preguntó.

«Sí, majestad. Lo comprendo.»

Y seguimos sentadas en silencio. Querido muchacho, ésta no es la conversación que esperaba tener con la Bruja del Nilo.

Nos interrumpió mi sobrino, que traía consigo a Marco Antonio y a la actriz Cytheris. Estuvieron a punto de retroceder al vernos a las dos sentadas llorando entre las ruidosas orquestas y las altas antorchas.

«Estábamos hablando de la vida y de la muerte –comentó la reina, poniéndose en pie y pasándose la mano por las mejillas–. Y por eso la mía es la más feliz de las fiestas.»

Parecía ignorar la presencia de mi sobrino favorito, y se dirigió a Cytheris: «Encantadora señora, me han dicho, y quien lo ha hecho no es ciertamente un juez mezquino, que nadie habla la lengua latina ni la griega más bellamente que tú».

Esta carta es ya demasiado larga. Volveré a escribir antes de ir a verte. Cumpliré explícitamente tu último encargo. Tu carta y la perspectiva de mi visita me han hecho muy feliz.

XLI. CYTHERIS, LA ACTRIZ, A LUCIO MAMILIO TURRINO, EN LA ISLA DE CAPRI.

28 de octubre

He estado pensando con feliz expectación, mi querido amigo, en la visita que te haré el próximo diciembre. Hablaremos y leeremos, y una vez más subiré a todas las alturas y bajaré a todas las simas. No habrá frío ni tormenta capaces de desalentarme.

Algo sucedió anoche que hace este viaje doblemente grato. Un largo y querido vínculo de mi vida llegó a su fin. Sonó una campana. Cesó una música. Eres la única persona que me oirá hablar nunca de ello. Tú, que has oído tanto de sus progresos, escucharás su término. La vida que he vivido con Marco Antonio durante quince años ha llegado a su fin.

Mucho antes de la llegada de la reina de Egipto, Marco Antonio se había dedicado a burlarse de su fama de fascinadora y astuta. Se jactaba ante mí de hasta qué punto había sido capaz de irritar al dictador jactándose de ser insensible a cualquiera de los hechizos de ramera que Cleopatra pudiera lanzar contra naturalezas menos firmemente arraigadas que la suya. Pocos han estado en mejor posición que yo para observar la increíble paciencia con que el dictador ha soportado el atolondramiento de su sobrino, paciencia que ha dado lugar a provocaciones de más graves consecuencias que esta de que te hablo..., aunque escasamente puedan haber sido más exasperantes.

Desde la llegada de la reina, Marco Antonio ha acudido a su Corte con frecuencia, y me han llegado informes de que ha estado importunándola con una irónica galantería. La reina, al parecer, no contrarrestaba tal impertinencia con un superior dominio de lo lúdico, como bien pudiera haberlo hecho; pero en varias ocasiones le rechazó con no disimulada ira. Y los comentarios empezaron a recorrer Roma.

Anoche fuimos juntos a la gran recepción de la reina. Mi amigo estaba de muy buen humor. Por el camino, me di cuenta por primera vez de que sus observaciones sobre ella revelaban subrepticiamente una genuina admiración y una especie de asombrado deleite. Supe entonces que, aun todavía de forma inconsciente, era víctima de la pasión.

Cuando te vea, te describiré la magnificencia del palacio, y la del trato que se nos ofreció. No sé cómo se llevan a cabo en Alejandría tales recepciones, pero sospecho que la reina se asombraba al ver qué mal nos conducimos los romanos en las grandes reuniones.

Como de costumbre, las mujeres se retiraron en grupos separados, aislándose de todos los demás, ya de pie, ya sentadas. En otras áreas de los jardines, los jóvenes, que habían bebido demasiado, comenzaron a alborotar y se enzarzaron en esas inevitables competiciones de fuerza y riesgo que constituyen su único pasatiempo. Como puedes figurarte, Marco Antonio estaba en primera fila. Empezaron por encender hoguera tras hoguera y, formando largas filas, correr por los jardines pugnando por saltar sobre ellas. He aprendido a volver la espalda a tales azares, mas pronto me di cuenta de que mi amigo estaba trepando a los árboles y saltando desde sus ramas a los tejados, seguido por aquellos a quienes había desafiado. Ocurrieron accidentes; cabezas y piernas se rompieron, pero aquellos borrachos alborotadores cantaban y subían cada vez más arriba. Los exquisitos desfiles que la reina había preparado quedaron relegados a ser contemplados por unas cuantas mujeres y unos cuantos abuelos.

Hacia la medianoche, los hombres comenzaron a cansarse de tales deportes; muchos yacían dormidos por la borrachera entre los arbustos, y las hogueras se iban apagando. Se estaba representando un *ballet* entre muchas antorchas de diferentes colores en una isla, y el lago artificial estaba lleno de muchachas nadando.

El dictador se me acercó cuando estaba mirando el espectáculo y me hizo el honor de sentarse a mi lado. A su mujer no le había gustado la velada, y le estaba acuciando para que se marchasen. Ahora estoy convencida de que cuanto sucedió había sido ideado por Clodia Púlquer, aunque había trabajado con material que tenía muy a mano. Clodia, lo mismo que Marco Antonio, había asistido a la Corte de la reina casi a diario. Con razón o sin ella, había llegado a considerarse amiga íntima de la reina y principal confidente suya en Roma. Tuve ocasión de presenciar la llegada de Clodia a la fiesta. Vino tarde, acompañada de su hermano y de unos cuantos galanes del Club Emiliano de Juego de Damas y Natación. La reina hacía ya tiempo que había abandonado su puesto oficial al pie del trono, e iba de un lado a otro entre los invitados. Durante la mayor parte de la noche, el dictador había permanecido al lado de su mujer, y únicamente se había dirigido a la reina con la más oficial de las deferencias; pero en aquel momento los dos avanzaban juntos hacia la avenida, de regreso tras haber presenciado una lucha entre leones y tigres que había tenido lugar en la empalizada de las fieras. Clodia vio ante sí una situación en la que nunca podría participar: una mujer que no envidiaba a nadie en el mundo; un dictador veinte años más joven; y una felicidad que se manifestaba en una risa desnuda de malevolencia para con nadie. Conozco a Clodia desde hace muchos años, y no me costó trabajo adivinar el dolor que le causaba tal espectáculo.

Cuando hubo terminado el *ballet* acuático, todos los acompañantes de César nos levantamos para ir en busca de la reina y pedir licencia para retirarnos. No estaba en el lago. No estaba en el palacio. A la izquierda de la avenida se había levantado un estrado. Al atardecer había servido como escenario para un drama musical basado en la historia de Egipto, pero ahora estaba solitario e intermitentemente alumbrado por las antorchas de la corte de honor que se hallaba cerca. Ahora no puedo recordar quién guió nuestros pasos en aquella dirección. La escena representaba un bosquecillo a orillas del Nilo, con palmeras, arbustos, cañas. Para decirlo en pocas palabras, sorprendimos a la reina forcejeando y protestando entre los brazos de un Marco Antonio muy ardoroso y muy ebrio. No hay duda de que ella estaba protestando; pero en la protesta hay grados, y pudo comprenderse que la protesta se había prolongado ya durante algún tiempo en una situación de la que no era difícil escapar. En la semioscuridad no pudimos estar muy seguros de lo que veíamos.

Se salvaron las apariencias. Charmian, la camarera de la

reina, apareció portando el brasero del que Cleopatra no puede prescindir para soportar nuestro clima. La reina riñó a Marco Antonio por su grosería. El dictador le riñó por su borrachera. Todo, al parecer, fue motivo de risa. No se dio explicación alguna de por qué se les había encontrado juntos en lugar tan solitario. Yo, a quien Marco Antonio no puede ocultar secreto alguno, sabía que estaba sintiendo lo que había sentido por mí quince años atrás y no había vuelto a experimentar en ninguno de sus devaneos. Lo que ello significaba para la reina no lo pude saber, excepto en lo que se reflejaba en el gran hombre que estaba a mi lado; ningún actor podía igualar a César, y sólo un actor puede adivinar que el golpe le había llegado al corazón. Nadie más, creo, observó esto. Pompeya se había quedado retrasada en el sendero.

Nos fuimos. En la litera, Marco Antonio apoyó la cabeza contra mi oreja llorando y repitiendo mi nombre cien veces. No puede haber despedida más clara.

Siempre supe que esta hora había de llegar tarde o temprano. El amante se había convertido en hijo. No simularé una ligereza de corazón que no siento; mas no exageraré un sufrimiento que, sin darme yo cuenta de ello, había ido transformándose en resignación. Vengo a Capri con una mayor capacidad para reconocer la amistad..., esa amistad que nunca pude compartir con Marco Antonio, porque la amistad florece entre mentes que son afines. Prodigiosos son sus recursos, pero soy mujer. Sólo a ti, cuya cordura y paciencia no tienen fin, puedo decir llorando por última vez que la amistad –¡hasta la tuya!– es y debe ser secundaria ante el amor que he perdido. Llenaba mis días con resplandor lo mismo que llenaba mis noches con incomparable dulzura. Durante quince años, no he tenido motivo para preguntarme por qué se vive o por qué se sufre. Ahora debo aprender a vivir sin las amantes miradas de aquellos ojos por los que he desvanecido mi vida en un sueño.

XLI-A. CLEOPATRA A CÉSAR.

Medianoche, 27 de octubre

Didja, Didja, créeme, créeme, *¿qué podía hacer yo?* Me llevó allí, fingiendo que él y sus compañeros iban a mostrarme la más atrevida proeza que jamás conoció Roma. Estaba ebrio y, al mismo tiempo, muy lúcido y astuto. No sé cómo pudo ocurrir. Me hallo en un laberinto. Estoy segura de que Clodia Púlquer ha tenido que ver en todo esto. Le había espoleado o retado a que lo hiciese. Le había enseñado el plan de antemano. De eso, estoy segura.

Didja, soy inocente. No dormiré hasta que me envíes unas palabras asegurándome que lo comprendes todo; que confías en mí y me amas. Estoy loca de horror y de pena.

Envíame, te lo suplico, unas palabras con este mensajero.

XLI-B. CÉSAR A CLEOPATRA.

Desde la casa de Cornelio Nepote, adonde tuvo que dirigirse el mensajero de Cleopatra en busca de César, y donde le encontró sentado junto al lecho de enfermo de Cayo Valerio Catulo.

Duerme, duerme bien.

Ahora eres tú la que dudas de mí. Conozco bien a mi sobrino. Comprendí inmediatamente lo que había sucedido. No dudes de la comprensión de tu *Didja*.

Duerme bien, gran reina.

LIBRO TERCERO

XLII. CÉSAR, SUPREMO PONTÍFICE, A LA SEÑORA PRESIDENTA DEL COLEGIO DE VÍRGENES VESTALES.

9 de agosto

Reverenda doncella:

Esta carta es confidencial.

La primavera pasada la señora Julia Marcia me repitió algunas palabras admirables que habías dejado caer durante una conversación que mantuviste con ella. No sospecha la importancia que tus palabras habían de llegar a tener para mí, y nada sabe de la carta que ahora estoy escribiéndote.

Recordaba que mencionaste cuánto lamentabas que hubiese algunos elementos groseros en los sublimes rituales de nuestra religión romana. Tales palabras me recordaron una expresión similar de mi madre, la señora Aurelia Julia. Puedes recordar que cuando fui elegido previamente para el oficio de supremo pontífice en el año [61], las ceremonias de la Buena Diosa tuvieron lugar en mi casa, y mi madre fue dama directora seglar. La señora Aurelia era mujer de piedad ejemplar y profundamente versada en las tradiciones religiosas de Roma.

Como supremo pontífice, le presté toda la ayuda posible en la celebración de los ritos en aquella ocasión, pero puedes estar segura de que no me dijo nada de lo que tiene lugar en ellos que no fuese lo que es apropiado que sepa un hombre de tan elevada dignidad. Sí me confesó, sin embargo, que deploraba enérgicamente algunos pasajes de antigua y bárbara rudeza que continuaban siendo inherentes al ritual, los cuales, añadió, no eran esenciales para la grandeza de la acción que emanaba de él. También puedes recordar que aquel año (sólo esto me fue permitido saber) tomó sobre sí la responsabilidad de sustituir con serpientes de arcilla las serpientes vivas, innovación que fue aceptada sin oposición y que, si no estoy equivocado, sigue vigente.

Sé, reverenda señora, que es costumbre que las vírgenes vestales se retiren de las ceremonias a medianoche, es decir, antes de que haya concluido el ceremonial. Creo no equivocarme al deducir de esto que tienen lugar después de esta hora ciertos actos simbólicos que pudieran ser repugnantes para la sensibilidad de las consagradas y castas. No he dejado de notar algún reflejo de tal repugnancia en las mujeres de mi casa a lo largo de toda mi vida. Sin embargo, también he reparado en el gozo que los ritos les proporcionaban, así como en la profunda devoción con que asistían a ellos. El gran Mario dijo de ellos: «Son como una columna que sostiene a Roma». Desearía que se dijese de ellas y del conjunto de nuestras ceremonias romanas lo que Píndaro dijo de los misterios de Eleusis, que «impiden al mundo caer en el caos».

Permíteme que te pida con urgencia, noble doncella, que medites sobre el asunto que he sometido a tu consideración. Si lo crees conveniente, puedes enviar esta carta a la señora Julia Marcia. Creo que está al alcance de ambas, ayudándoos mutuamente, realizar un señalado servicio a los altos intereses de nuestro pueblo. No sin temor reverencial se atrevería uno a alterar una palabra o un gesto en ejercicios tan antiguos y sagrados. Sin embargo, opino que es ley de la vida que toda cosa crezca y cambie, arrojando las cáscaras que protegieron sus orígenes y saliendo de ellas en formas más bellas y más nobles. Así es como lo han dispuesto los dioses inmortales.

XLII-A. CÉSAR A LA SEÑORA JULIA MARCIA, EN SU GRANJA DE LAS COLINAS ALBANAS.

11 de agosto

Adjunto copia de una carta que acabo de escribir a la presidenta del colegio de las Vírgenes Vestales. Deseo haber expresado correctamente la idea que tenías en mente.

Hay que esperar mucha resistencia a cualquier innovación en estas cuestiones. Las mujeres, para bien y para mal, son conservadoras apasionadas. Hace ya tiempo que los hombres abandonaron los elementos groseros de los rituales, los ritos de los hermanos Arval y otros. Acaso, debiera decir, los han destronado y marginado; permanecen como vestigios, separadas de las ceremonias, algunas inofensivas gansadas que tienen lugar antes y después de los principales ritos.

Recorro mortificado la lista de nuestras principales familias, en busca de varias mujeres con sentido común que pudieran ayudarte y apoyarte en esta obra necesaria. En la generación precedente no hubiera sido difícil nombrar a unas veinte. Ahora sólo veo las que han de intentar poner obstáculos en tu camino: Sempronia Metella y Fulvia Manso, por un conservadurismo irreflexivo; Servilia, por el resentimiento al no haber sido la impulsora del proyecto; Clodia Púlquer, por espíritu de contradicción. No me sorprendería que Pompeya también intentase levantar una voz contraria a nuestras intenciones.

Mi querida tía, ayer me permití algún placer no carente de importancia. Como sabes, estoy estableciendo algunas colonias en el mar Negro. Mi mapa me muestra un terreno admirablemente situado y cuya conformación me sugiere que puede proporcionar emplazamiento para dos ciudades adyacentes. Les daré tu nombre y el de tu gran marido: se llamarán Ciudad Mario y Julimarcia. Me dicen que el lugar es salubre y de gran belleza, y voy a enviar allá a las familias más altamente recomendadas de cuantas han solicitado el traslado.

XLII-B. DIARIO-CARTA DE CÉSAR A LUCIO MAMILIO TURRINO, EN LA ISLA DE CAPRI.

Hacia el 6 de septiembre

973. [Respecto a las reformas introducidas en los Misterios de la Buena Diosa.]

Según me informa una reciente carta anónima, una dictadura constituye un poderoso incentivo para la composición de cartas anónimas. No sé de ninguna otra época en que haya habido tantas en circulación. Continuamente llegan a mi puerta. Inspiradas por la pasión y gozando de la irresponsabilidad de su huérfana condición, tienen sin embargo una gran ventaja sobre la correspondencia legítima: exponen sus ideas hasta la última conclusión, sin dejarse nada en el saco.

He despertado un avispero intentando eliminar ciertas crudezas que sé, aunque no demasiado claramente, que están incorporadas a los Misterios de la Buena Diosa. Mis embozados corresponsales son, desde luego, mujeres. No sospechan que estoy en el fondo de este esfuerzo de reforma; apelan meramente a mí como supremo pontífice y último árbitro.

Lo que tiene lugar durante esas veinte horas debe de

causar impresión poderosa sobre las devotas, un efecto tan notable que la mayoría de las celebrantes, elevadas a un grado de éxtasis y súplica, apenas se dan cuenta de su obscenidad. La obscenidad es para ellas una intensificación de la verdad y de la eficacia mágica de los ritos.

Los Misterios, supongo, evitan la esterilidad y previenen los nacimientos monstruosos o catastróficos. Armonizan y, por decirlo así, santifican la vida de la mujer, acerca de la cual hasta los médicos más hábiles me dicen conocer tan poco. Al hacer esto, puedo comprender perfectamente que lleguen más lejos; afirman la vida misma, toda la humanidad y la creación. No es de extrañar que nuestras mujeres vuelvan a nosotros como seres de otro mundo y se muevan durante algún tiempo en torno a nosotros como radiantes extranjeras. Les han dicho que el curso de las estrellas está en sus manos, y que mantienen en su sitio hasta los cimientos mismos de Roma. Cuando, pasado algún tiempo, se nos entregan, es con orgullo no exento de desprecio, como si los hombres no fuésemos sino los instrumentos accidentales de su grandiosa tarea.

Lejos de mí robar a esas ceremonias ni un punto de su fuerza y su consuelo. Sólo pretendo aumentar su influencia. Sin embargo, he observado que tan buenos efectos no duran sino unos pocos días. Si nuestras mujeres fueran capaces de permanecer más tiempo en su elevado estado, con gusto concedería que rigen las estrellas en el cielo y mantienen los pavimentos de Roma. Supero a todo hombre con quien me he tropezado en admirar la esencia femenina; censuro sus flaquezas y me dejo exasperar por sus caprichos menos que cualquier otro hombre que haya conocido. ¡Pero qué privilegio he tenido! Sorprendido, me pregunto: «¿Qué opinión puede tener acerca de la feminidad el hombre que no ha gozado del privilegio de vivir en la proximidad de grandes mujeres?». ¡Qué arrogancia debe de adquirir por el mero hecho de ser hombre! ¡Qué fáciles honores debe de obtener sobrepasando brutalmente a las mujeres con quienes se asocia! Viajan mis ojos sobre muchos hombres cada día; no es difícil identificar a aquellos que son lo que son por haber estado en algún tiempo cerca de una mujer excepcional. He hecho más por la condición y la independencia de las mujeres que ningún gobernante que haya vivido jamás. En estas cuestiones, Pericles fue obtuso, y Alejandro, un mozalbete. Generalmente se me acusa de portarme con ellas con frivolidad. Es una necedad. Entre las mujeres a quienes he frecuentado, no he dejado, al alejarme, más que una enemiga; y ésta ya había decidido ser enemiga de todos los hombres antes de conocerme a mí. Estuve a punto de salvarla de odiarse a sí misma, y casi la salvé de su condenación, pero esto, únicamente un dios podría hacerlo.

No vacilo en imputar la brevedad de los buenos efectos del festival al hecho de que se exagera su tensión; las celebrantes alcanzan un grado de excitación que anula el entendimiento, y tal grado de exceso es resultante de los elementos obscenos. Tengo fundamento para creer que esos aspectos se evidencian más en la sesión final que empieza a medianoche. En esa hora, es costumbre que las vírgenes vestales, las mujeres solteras y las embarazadas se retiren a sus hogares, y ahora comprendo por qué mis amadas Cornelia y Aurelia acostumbraban a sentirse enfermas a medianoche, y se retiraban a sus habitaciones, incluso cuando recaía sobre ellas responsabilidades del ceremonial, y dejaban el gobierno en manos de Servilia, que en verdad debía de conducirse como una verdadera ménade.

Puedes decir que al intentar romper el equilibrio del bien y el mal en esta cuestión estoy trabajando en las tinieblas. Pero ¿cuándo he hecho otra cosa que trabajar en la oscuridad? Particularmente estos últimos meses, cada paso que doy se me antoja el de un hombre que camina con los ojos vendados. Espero que no haya ante él precipicio alguno. Escribo mi testamento y nombro mi heredero a Octavio... ¿Es ello un paso dado en la oscuridad? Nombro a Marco Bruto pretor de la ciudad y lo sitúo muy cerca de mí... ¿Es éste un paso seguro?

Acabo de releer estas líneas, dos días después de haberlas escrito. Me asombra que no he sacado de ellas la conclusión que es más evidente.

¿Quién es esa Buena Diosa?

A ningún hombre se le ha dicho nunca su nombre; a ninguna mujer se le permite pronunciarlo. Acaso ni ellas mismas lo saben.

¿Dónde está? ¿En Roma? ¿Presente en los alumbramientos de nuestras mujeres? ¿Evitando que nazcan niños-lobos? Presumiblemente, estaba en mi nacimiento y el médico la hizo huir al desgarrar el vientre de mi madre.

Porque es muy cierto que no existe, sino en la imaginación de sus devotas. Lo cual es también una existencia y, como hemos visto, una existencia útil.

Mas si nuestras mentes pueden hacer semejantes dioses y si de los dioses que hemos hecho emana tal fuerza, que no es sino una fuerza que reside en nosotros, ¿por qué no podemos servirnos de esa fuerza directamente? Esas mujeres no emplean sino una pequeña parte de sus fuerzas, porque ignoran que esas fuerzas son las suyas. Se consideran desamparadas, víctimas de fuerzas malévolas, y beneficiarias de esa diosa a la cual deben implorar y propiciar. No hay que asombrarse de que su exaltación decaiga, de que de nuevo desciendan a ese incesante ocuparse en detalles en que cada detalle tiene poder por igual para exaltarlas o para angustiarlas, a esa ininterrumpida actividad que tanto se parece a la desesperación... una desesperación que no es consciente de ser desesperante, o a una aplicación a sus deberes tan intensa que es capaz hasta de ahogar la desesperación.

Que cada mujer encuentre en sí misma su propia diosa; tal debiera ser el significado de esos ritos.

Cuando menos, los primeros pasos para conseguir tal fin consistirán en eliminar su obscenidad. Digamos al menos que la religión significa que cada parte del cuerpo está empapada en el entendimiento, no que todo entendimiento está dominada por el cuerpo y ahogada en él. Porque el principal atributo de los dioses, dentro o fuera de nosotros, es el entendimiento.

XLIII. CLEOPATRA, EN EGIPTO, A CÉSAR.

17 de agosto

Cleopatra, Isis eterna, hija del Sol, Elegida de Ptah, reina de Egipto, Cirenaica y Arabia, emperatriz del Alto y Bajo Nilo, reina de Etiopía, etc., etc. A Cayo Julio César dictador de la República romana y supremo pontífice.

Por la presente, la reina de Egipto envía su demanda para que se la incluya entre aquellas a quienes en Roma está permitido asistir a los ritos en celebración de la Buena Diosa.

XLIII-A. DIARIO-CARTA DE CÉSAR A LUCIO MAMILIO TURRINO, EN LA ISLA DE CAPRI.

975. Tú me proporcionaste una idea que ahora es para mí tan evidente que corro peligro de olvidar que me la

has dado: la importancia para la administración de promover una identificación de los dioses de otros países con los del nuestro. En algunas religiones, esto ha sido difícil; en otras, asombrosamente fácil. En la mayor parte del norte de la Galia, el dios de la encina y de las tormentas (ningún romano ha conseguido nunca pronunciar su nombre: Hodan, Quotan) se ha fundido hace ya tiempo con Júpiter; sonríe diariamente sobre los matrimonios de nuestros soldados y funcionarios con las hijas rubias como el oro de aquellos bosques. Los templos de mi ascendiente [Venus: la familia Julia trazó su descendencia desde Julus, hijo de Eneas, hijo de Afrodita] en Oriente son unos con los de Astarté y Ashtoreth. Si vivo lo suficiente o si mis sucesores ven también la importancia de esta unidad entre los cultos, todos los hombres y las mujeres del mundo se llamarán hermanos y hermanas, hijos de Júpiter.

Esta unificación mundial ha producido no hace mucho una consecuencia levemente ridícula, algunas de cuyas ilustraciones se incluyen en este paquete. Su Majestad Piramidal, la reina de Egipto, ha pedido que se la admita en los misterios de nuestra muy romana Buena Diosa. Siempre has sido aficionado tanto a la genealogía como a la teología, pero ni siquiera tú desearías explorar la inmensa documentación con la cual apoya su pretensión. Cleopatra no hace nada a medias; mi antecámara está llena con los fardos de tal documentación.

Su demanda se fundamenta en dos argumentos: ella desciende de la diosa Qu'eb, y también de la diosa Cibeles.

Un poco de todo esto basta para marearle a uno, pero resumiré para ti unas trescientas páginas, como si dijéramos, en sus propias palabras, aunque no tengo los textos a la vista:

«Los teólogos griegos autorizaron la identificación de Qu'eb y Cibeles hace más de doscientos años (véanse las doscientas páginas adjuntas). Con ocasión de la visita de la reina Dicoris de la Armenia Litoral a Roma en [89], el maestro de ritos reglamentó una "identidad de emanación" entre Cibeles y la Buena Diosa (véanse los paquetes adjuntos X y XI).

»El supremo pontífice recordará que cuando la reina de Egipto puso en Alejandría ante él las cartas de su ascendencia (bagatelas) –aunque en aquel tiempo aún no había hecho público su linaje egipcio (verdaderamente, aún no lo había hecho)– se disponía a anunciar sus derechos sobre Tiro y Sidón en virtud del casamiento de su bisabuelo (su bisabuelo no tenía más fuerza en pie que tumbado) con la reina Aholibah. Soy, por consiguiente, a través de las reinas Jezabel y Atalía, descendiente y archisacerdotisa hereditaria de Ashtoreth. Por medio de este parentesco, dado que la reina Jezabel era prima hermana de Dido, reina de Cartago (fíjate en la amenaza: mi abuelo agravió a su tía abuela), y etc., etc...»

Todo esto es verdad. Los potentados de Oriente son mutuamente primos varias veces. Le he escrito, que después de la correspondiente tramitación, será admitida a la primera parte de los ritos; que el permiso no se le concede merced a ninguna pretensión por su parte como descendiente de la Buena Diosa o de cualquier otra divinidad, sino meramente porque la diosa congratula de recibir, durante la primera parte de la velada, a toda mujer que desee inclinarse ante ella.

Deseo añadir que el galimatías precedente inclina a presentar un retrato injusto de la reina de Egipto. Da la casualidad de que refleja el único aspecto de su entendimiento en el que no es excepcionalmente práctica.

Debería añadir que a la reina se le ha olvidado incluir, entre los argumentos que sustentan su pretensión, un hecho en extremo curioso. Quizá no tenga noticia de él. Las consagradas a la Buena Diosa llevan durante los ritos un tocado que sin duda seguro no es griego ni romano y que es conocido entre ellas con el nombre de «turbante egipcio». Cómo ha llegado aquí, nadie se lo ha explicado nunca. Mas ¿quién puede explicar los símbolos, las influencias, las expresiones de esa mezcolanza universal de terror y gozo que es la religión?

XLIV. LA SEÑORA JULIA MARCIA, DESDE LA CASA DE CÉSAR, EN ROMA, A CLODIA.

29 de septiembre

Esta carta es confidencial.

Julia Marcia envía un afectuoso saludo a Clodia Púlquer, hija y nieta de sus muy queridos amigos.

Espero estar presente en tu comida mañana por la noche, para encontrarme allí por primera vez con tu hermano, para renovar una antigua amistad con Marco Tulio Cicerón y, para verte.

Regresé a la ciudad hace tres días para asistir a la reunión de directoras de una festividad religiosa venerada por su antigüedad y tenida en grata reverencia por sus consagradas. En dicha reunión me fueron presentadas ocho peticiones de que se te excluya del festival de este año.

Leí esas peticiones con disgusto y hasta con gran pena, pero no encuentro las acusaciones suficientemente graves o definitivas para justificar la medida que demandan. El que estas peticiones existan es, sin embargo, un asunto que ni yo ni las demás mujeres responsables de la devoción y armonía de los ritos podemos dejar de tener en consideración.

El procedimiento que voy a proponer es una especie de componenda. Estoy segura de poder conseguir que lo acepten, siempre y cuando no lleguen a nuestras manos otras peticiones que contengan pruebas incontrovertibles que aconsejen tu exclusión. Al proponer este arreglo, no quiero que se entienda que tomo a la ligera las muchas protestas que, con razón o sin ella, ha despertado tu conducta. Mi motivo es evitar un escándalo injustificable en una institución tan intensamente amada por aquellas que tan intensamente te amaron.

Te informo muy confidencialmente de que Cleopatra, reina de Egipto, llegará a Roma dentro de poco, y de que ha presentado una petición para que se le permita acceder a las ceremonias de que estamos hablando. Esta petición, acompañada por muchos argumentos, precedentes y analogías, se ha sometido a las directoras y al supremo pontífice. Se decidirá, probablemente, que la reina tenga licencia para asistir a los ritos antes de medianoche, cuando es costumbre que las vírgenes vestales, las solteras y las mujeres embarazadas, así como [sigue aquí un término técnico que significa «las que no pertenecen a las tribus en que estaban divididos los ciudadanos de Roma»], se retiren. Voy a proponer que se te nombre instructora de la reina de Egipto, y que, por consiguiente, te veas obligada a acompañarla a su palacio a medianoche. Tus enemigos quedarán satisfechos, estoy segura, sabiendo que no volverás a los ritos después de haberte retirado de ellos con tu huéspeda.

Reflexionarás sobre mi propuesta, Clodia, y espero que mañana por la noche encontrarás ocasión de manifestarme tu aceptación. La única alternativa sería que refutases las acusaciones que se te hacen y afrontases a tus acusadores en una sesión plenaria de nuestro comité. Si tratásemos de asuntos seculares, seguramente te aconsejaría que así lo hicieses; estas acusaciones y su defensa son, sin embargo, asuntos de decoro, dignidad y reputación. Discutirlas abiertamente es admitir que tales atributos están en tela de juicio.

El supremo pontífice no sabe nada de estas discusiones

y apenas necesito decir que haré todo lo posible para evitar que atraigan su atención, excepto en lo referente a la disposición final sobre la cual espero tu decisión.

XLIV-A. DIARIO-CARTA DE CÉSAR A LUCIO MAMILIO TURRINO, EN LA ISLA DE CAPRI.

Hacia el 8 de octubre

1002. [Acerca de Clodia y una pantomima de Pactino.] Con frecuencia me incomodan las cosas pequeñas más que las grandes. Me he visto obligado a prohibir la representación de una obra. Adjunto copia de la obra en cuestión, una pantomima de Pactino llamada *El premio a la virtud*. Probablemente te habrás enterado, aunque yo haya olvidado decírtelo, de que instituí la práctica de conceder veinte premios de diversas cantidades de dinero a muchachas de la clase trabajadora que tengan la reputación más alta, entre sus vecinos, por sus buenos modales, consideración y fidelidad a sus padres y maestros, etc. Creo que esto ha tenido un buen efecto. Y, dicho sea de paso, ha provocado una plaga de chistes y sátiras, como sucede con cualquier acción en la que yo esté implicado. Ha contribuido enormemente al regocijo de Roma; cada barrendero descubre en sí mismo a un sabio, y puedes figurarte que no se pone guantes para demostrarlo a mi costa.

Un resultado ha sido el éxito aplastante de la farsa en cuestión. Observarás que el cuarto episodio trata de Clodia y de su hermano. El público no fue tardo en darse cuenta de la alusión. Me informaron de que al final del cuadro, en todas las representaciones, la gente se ponía en pie aplaudiendo tumultuosamente entre burlas y desaforada alegría. Gentes que no se conocían se abrazaban entre gritos; daban saltos por todos lados y, en dos ocasiones, rompieron los pasamanos de los pasillos.

Después de ocho representaciones, ordené que se retirase la obra. Después de la segunda, Clodio Púlquer se presentó en mi despacho para protestar. Ordené que le dijeran que estaba ocupado en asuntos de África y que no podía recibirle. Quise que la pareja famosa probase un poco de su propia medicina durante algún tiempo. Por fin, reapareció suplicando con suficiente humildad, y accedí a su requerimiento.

Me molestó cerrar el teatro. La obra no tiene mucho mérito literario, pero hasta ahora nunca he coartado la libertad de expresión de los ciudadanos ni castigado ninguna opinión, por agresiva que haya sido. Además, me irrita pensar que muchos supondrán que he suprimido la obra porque muchos de sus dardos iban dirigidos contra mí.

El público de un teatro es la más moral de las congregaciones. El hecho de que todos esos romanos estén sentados hombro con hombro parece infundir en ellos una elevación de juicio que no se les ve ejercitar en ninguna otra parte. No vacilan en decidir si el comportamiento de los personajes de una obra dramática es bueno o es malo y les exigen una norma ética que están muy lejos de exigirse a sí mismos. Pandaro tiembla de virtuosa indignación entre el público ante el alcahuete que está en escena. Doce prostitutas, sentadas en la misma fila en un teatro son más recatadas que una virgen vestal. He notado a menudo que las actitudes morales y éticas del público de un teatro llevan treinta años de retraso; en masa, los hombres reflejan los puntos de vista que de niños recibieron de sus padres y preceptores. Y así, en esa farsa, el público era avivado hasta alcanzar un éxtasis de acusación plural contra nuestra Clodia. Cada espectador o espectadora se sentía irreprochablemente virtuoso.

Esa elevada emoción bien puede haber durado una hora. ¡Oh, si entre nosotros hubiera un Aristófanes! Podría poner en la picota a Clodia y a César, y luego hacer reír al público de su propia risa. ¡Oh, Aristófanes!

XLIV-B. DE *EL PREMIO A LA VIRTUD*, PANTOMIMA DE PACTINO.

Uno de los jueces del concurso, personaje que claramente parodia a César, está sentado en su despacho interrogando a los concursantes. Se le representa como un viejo astuto y libidinoso. Le ayuda un pasante.

La obra está en verso.

Éste es el cuarto episodio.

PASANTE. Una hermosa niña espera que su señoría se digne recibirla. [*En latín,* pulcher *–pronúnciese «púlquer»– quiere decir «hermosa».*]

JUEZ. ¿Cómo? ¿Y no hay ningún muchacho hermoso? *[Ésta es una de las innumerables imputaciones de pederastia que se hacían a César, en las cuales abunda la literatura.]*

PASANTE. Ésta es hermana de uno, señor.

JUEZ. Está bien. Adelante con ella. Sabes que no particularizo.

PASANTE. Señor, está llorando.

JUEZ. Claro que está llorando. Para eso es virtuosa, estúpido. Las mujeres virtuosas pasan llorando la primera mitad de su vida, y las mujeres sin virtud se pasan llorando la segunda. Por eso el Tíber no se seca nunca. Que entre.

(Entra una joven, vestida de andrajos.)

Acércate, niña. Parece que nunca voy a volver a ver con claridad excepto las villas en el Tívoli. *[César había confiscado las residencias de dos nobles del partido de Pompe-*

yo que habían gozado del favor del populacho romano.] De modo que quieres un premio a la virtud ¿no, queridita?

JOVEN. Sí, señoría. No encontrará chica más virtuosa en toda la ciudad.

JUEZ. (Acariciándola.) ¿Estás segura de no haberte equivocado de despacho, pichoncita mía? Hem..., vamos a ver, vamos a ver. Esta juventud tuya no es tu primera juventud, ¿verdad?

JOVEN. ¡Ay, no, señor! La primera juventud fue durante el consulado de Cornelio y Mummio. *[Es decir, 146 años antes de Cristo.]*

JUEZ. Te creo, te creo. Dime, rosita, ¿vive tu padre?

JOVEN. (Llorando.) ¡Ay, señor juez, no está bien sacar a relucir eso ahora en contra mía!

JUEZ. En ese caso, ¿puedes decirme si vive tu marido?

JOVEN. ¡Señor juez, no he venido aquí a que me insulten acusándome de esto y de aquello!

JUEZ. Calma, calma. Es que me pareció ver un copo de nieve en tu mano. *[Era creencia popular que los asesinos padecían de una placa escrofulosa en la piel de la palma de la mano.]* Dime, querida, ¿siempre cuidaste con los más tiernos cuidados a tu padre y a tu madre?

JOVEN. ¡Sí, señor, sí! Les ayudé hasta el último suspiro.

JUEZ. Hija afectuosa. ¿Y has sido buena con tus hermanitos?

JOVEN. Sí, señor. No les he negado nada.

JUEZ. Espero que no habrás traspasado los límites de la modestia. *[Modestia era una aldea con un templo en los alrededores de Roma.]*

JOVEN. ¡Ay, no, señor! ¡Nunca más allá de las puertas de la ciudad! Todo lo hacemos en casa.

JUEZ. ¡Un modelo! ¡Un modelo de virtud! Ahora dime, dulzurita, ¿por qué vas vestida con esos andrajos?

JOVEN. Bien puede preguntarlo, buen caballero. En Roma no circula moneda. Creo que Mammurra se la ha llevado toda a la Baja Galia. *[En uno de los cuadros anteriores, Mammurra, vestido de mujer prudente, recibía un premio a la virtud por tener limpia su casa «barriendo para adentro».]* Mi hermanito mayor no trae dinero a casa, desde luego, porque es pensionista del Narizotas. *[Es decir, César. La frugalidad de la vida doméstica de César había dado lugar a que se le considerase un tacaño.]* Mi segundo hermanito no trae dinero, porque todas sus posesiones se las ha echado al Tíber «el escarabajo». *[Hacía poco tiempo que César había rectificado el curso del Tíber arrancando pedazos de sus orillas bajo las colinas Vaticana y Janícula. Al populacho romano le había fascinado la operación, porque se había empleado en ella una nueva máquina excavadora. Esta máquina, inventada por César durante una de sus campañas militares, recibió el apodo de «el escarabajo». En la región sacrificada estaban instalados los locales de diversión de peor reputación de la ciudad.]*

JUEZ. ¿Y tú, mariposita? ¿No he oído decir que ganas mucha moneda menudita?

[Etcétera, etcétera.]

XLV. ABRA, DONCELLA DE POMPEYA, AL MAYORDOMO DE LAS TABERNAS DE COSSUCIO [UNO DE LOS AGENTES DEL SERVICIO SECRETO DE INFORMACIÓN DE CLEOPATRA].

17 de octubre

Como dices, primero, contestaré las preguntas una por una:

I. Trabajé para la señora Clodia Púlquer durante cinco años. Durante la guerra, salimos de Roma y vivimos en su casa en Baía. Seré libre dentro de dos años. Llevo trabajando aquí dos años. Tengo treinta y ocho años. No tengo hijos.

II. Este mes no se me permite salir de casa. Ni a ninguno de los criados. Se han dado cuenta de que alguien está robando cosas. Eso es lo que dicen, pero yo no creo que sea eso. Todos nos figuramos que es al secretario, ese de Creta, al que están vigilando.

III. A mi marido le permiten que venga a visitarme cada cinco días. Cuando se marcha, le registran. No dejan entrar a los vendedores. Vienen por la puerta del jardín y compramos allí.

IV. Sí, envío cartas a la señora Clodia Púlquer siempre que viene Hagia, la comadrona. [Se supone que la comadrona estaba atendiendo a alguna sirvienta en casa de César.] A ésa no la registran. Las cosas que escribo a la señora Clodia Púlquer son como éstas: cómo la reina de Egipto vino a visitar a mi señora; cuándo pasa mi amo la noche entera fuera de casa; a veces, cosas que el mayordomo dice que han estado hablando en la mesa; cuándo le da el ataque a mi amo y se cae al suelo. La señora Clodia no me paga en dinero. Ha puesto una taberna a mi marido en la Vía Apia junto a la tumba de Mops. Si mis cartas te parecen bien, mi marido y yo quisiéramos tener una vaca.

V. No, estoy segura. Nada definido. Pero creo que a mi amo no le agrado. Hace seis meses tuvieron una pelea grandísima por mí, y otra más grande hace unos pocos días. Pero mi señora no le dejaría que me despidiese; lloraría horrores. Nunca se cansa de hablar de joyas, trapos, peinados, etcétera, y no tiene a nadie más que a mí para hablar de eso. Eso es lo que pasa.

VI. De las cartas de mi ama. El año pasado mi amo dijo al portero que todas las cartas para mi señora había que ponerlas con las suyas. Cuando llegaban por el día, se quedaban en el cuarto del portero hasta que se las enviaban a mi amo a su oficina. Pero varias veces al día, mi ama iba al cuarto del portero y decía: «¿Hay cartas para mí?», y él se las daba. Armó una gran pelea y lloró, y ahora le llevan las cartas a ella. Pero el amo dijo que todas las cartas anónimas hay que destruirlas antes de leerlas. Llegan muchas. La mayoría. Algunas son emocionantes. Otras no.

Aquí empieza mi carta:

Mi amo es muy bueno con mi ama. Desde que él vuelve a casa de la oficina, pasa casi todo el tiempo con ella. Cuando tiene visitas de negocios las recibe en el cuarto de al lado y deja la puerta abierta y acorta las visitas todo lo posible. Cuando ella se va a la cama, él recibe a sus amigos una hora o dos porque no le gusta dormir mucho, bueno, no necesita dormir mucho. Esos amigos, como Hirtio, Mammurra y Oppio, beben mucho y se ríen muy fuerte, así que se van al taller que tiene el amo en el acantilado sobre el río. Como a mi ama le lleva casi dos horas prepararse para ir a la cama, muchas veces aún está despierta cuando él vuelve. Muchas veces, cuando se está preparando, él deja sus amigos y se sienta cerca de nosotras y habla con ella mientras yo la peino y todo eso. Ahora, lo que quiero decir es esto: ella casi siempre encuentra algo por lo que pelearse. Casi siempre llora. Muchas veces, él me manda salir del cuarto mientras ellos hablan. Ella se pelea por las leyes suntuarias, por el cachorro de leopardo que le regaló la reina de Egipto, porque no ha invitado a la señora Clodia Púlquer a venir a nuestra casa, por qué días vamos a ir a la villa del lago Nemi, por si van a ir al teatro o no.

Hace dos días hubo una pelea grandísima. Cuando mi ama salió del cuarto un momento, creo que mi amo revolvió rápidamente entre todos los frascos y potes de su tocador y encontró una carta anónima que le había llegado hacía muchas semanas. Creo que la leyó y la volvió a poner donde estaba. Cuando mi ama volvió, él hizo como que la volvía a encontrar. Así es como creo que pasó. La carta decía que Clodio Púlquer, el hombre que prendió fuego a la casa de Cicerón y que amenazó con matar a todos los senadores, ese hombre, quería con locura a mi ama, y que ella tenía que tener cuidado con ese hombre, porque no podía dominar su amor. Mi amo estaba muy tranquilo, pero bien sé que estaba hirviendo de rabia. Dijo que la carta estaba claramente escrita por Clodio Púlquer en persona, y que sólo un hombre que despreciase a una mujer y deseara burlarse de ella podría haber escrito una carta como aquélla. Mi ama dijo que odiaba a Clodio Púlquer, pero que estaba bien claro que él no había escrito la carta. Entonces me mandaron que saliese del cuarto. Cuando volví, mi ama había llorado, y empezó a llorar otra vez y no hacía más que decir que la vida era imposible, y que era insoportable.

Mi amo ordenó que me presentara allí y dijo que yo había traído la carta. Hice un juramento terrible que él me dictó, jurando que no sabía nada de la carta; pero me imagino que sabe la verdad. De todas formas, no creo que me despida.

¿Necesitas que escriba qué noches pasa el amo fuera de casa?

El copero dice que oyó al amo hablar con Balbo y con Bruto –Décimo Bruto, es decir, el que no es buen mozo– de trasladar Roma a Troya. Troya está en Egipto, me parece.

El secretario, el que es de Sicilia, dice que ha cambiado de opinión, y que no habrá guerra contra los partos. El secretario de Creta dijo: «Estás loco, claro que la habrá». Eso es todo lo que sé de eso.

Va a haber un edicto para que no entren carros en el centro de la ciudad después de las diez y que sólo puedan estarse una hora.

Olvidaba decir que, cuando mi señora iba en su litera al lago Nemi, Clodio Púlquer se acercó a nosotras montando a caballo y estuvo hablando con ella hasta que Affio vino y dijo que tenía orden de no dejar que nadie hablase con nosotras ni con ninguno de nuestros acompañantes. Affio es el capataz de la granja y se encarga de nuestros viajes. Estuvo con el amo en las guerras y no tiene más que un brazo.

Ahora ya termino.

Deseo decir que esto no me gusta, estoy incómoda. He pedido a la señora Clodia Púlquer que me vuelva a tomar en su casa, pero dice que tengo que seguir aquí. Sé un modo para marcharme. Si esta carta es lo que necesitas, me quedaré y escribiré unas cuantas más.

Nos gustaría que la vaca fuese de color leonado y con manchas.

XLVI. DIARIO-CARTA DE CÉSAR A LUCIO MAMILIO TURRINO, EN CAPRI.

[Hacia el 13 de octubre]

La reina de Egipto y yo hemos estado peleándonos. No se trata de las peleas habituales en los reservados de las damas, aunque frecuentemente las nuestras terminen de una forma que no puede calificarse de nueva.

Cleopatra declara que soy un dios. Se escandaliza al descubrir que no estoy convencido de ello desde hace mucho tiempo. Cleopatra está por completo convencida de que es una diosa, y el culto que su pueblo le tributa la confirma a diario en tal creencia. Me asegura que la divinidad que habita en ella la ha dotado de una perspicacia desacostumbrada para reconocer la divinidad. Mediante ese don está en situación de asegurarme que yo soy dios también.

Todo esto da pie a una conversación de tono altamente lisonjero, interrumpida por un gracioso jugueteo. Pellizco a la diosa, y la diosa chilla. Pongo una mano sobre los ojos de la diosa y, ¡por los dioses inmortales!, es incapaz de ver nada en absoluto. Para todas estas sofisterías tiene respuesta. Es, sin embargo, el único asunto sobre el cual la gran reina no es capaz de razonar, y sobre el que he aprendido a no permitir que nuestras conversaciones tomen un matiz serio. Tan sólo en este asunto es, tal vez, oriental.

Nada me parece más peligroso, no sólo para nosotros los gobernantes sino para aquellos que nos contemplan con distintos grados de adoración, que esta atribución de rasgos divinos. No es difícil comprender que muchas personas se sientan a veces como si algo les hubiera insuflado una fuerza desusada o les hubiera arrastrado por corrientes de rectitud inexplicable. Cuando era más joven, yo también acostumbraba a sentirlo. Ahora, al recordarlo, me estremezco de horror. Cuántas veces no me han dicho a la cara –generalmente los aduladores– que dije al miedoso barquero en la tormenta: «No temas; llevas a César». ¡Qué insensatez! No estaba más exento de los males de la vida que ningún otro hombre.

Pero eso no es todo. La historia de las naciones muestra cuán profundamente arraigada está nuestra propensión a imputar una condición más que humana a aquellos destacados por sus dotes o a aquellos meramente situados en una posición notable. Albergo escasas dudas de que los semidioses y aun los dioses de la antigüedad no sean sino antepasados sobre los cuales se han acumulado tales veneraciones. Todo ello ha sido fructífero; extiende la imaginación del muchacho que está creciendo, y proporciona sanciones para la buena crianza e instituciones públicas. Debemos crecer, sin embargo, por encima de ellas..., crecer y descartarlas. Cualquier hombre que haya existido no habrá sido más que un hombre, y sus hazañas deben considerarse extensiones de la condición humana, no interrupciones de ésta.

Sólo contigo puedo hablar de esto. Cada año que pasa aumenta a mi alrededor esta desconcertante deificación. Recuerdo avergonzado que hubo un tiempo en que, por razones administrativas, traté de avivarla. No hay mejor prueba de que soy un hombre, y muy falible, pues no existe flaqueza humana que iguale a la de tratar de inculcar la idea de que es uno un dios. Soñé una noche que Alejandro aparecía en la entrada de mi tienda con la espada en alto dispuesto a matarme. Le dije: «No eres dios». Y se desvaneció.

Cuanto más viejo me voy haciendo, querido Lucio, más me regocija ser hombre... mortal, equivocado y desvergonzado. Hoy, mi secretario me ha traído tímidamente unos cuantos documentos en los cuales había cometido varias clases de errores (en mi fuero interno, los llamo errores de Cleopatra: tan obsesionante es esa hechicera). Los he corregido uno tras otro, riendo. Mis secretarios fruncían el entrecejo. No podían comprender que a César le deleitasen sus propios errores. Los secretarios no resultan compañeros muy dados a la hilaridad.

Las palabras «divinidad» y «dios» han estado en uso entre nosotros desde hace tiempo. Han tenido mil significados, y para cada persona unos veinte.

La otra noche encontré a mi mujer emocionadísima implorando a los dioses que enviaran un día de sol para su viaje al lago Nemi. Mi tía Julia es una labradora y no cree que alteren el clima para su conveniencia, pero está segura de que velan sobre Roma y de que me han colocado aquí para gobernarla. Cicerón no cree que vacilaran en dejar que Roma se arruinase (no desearía compartir con ellos el honor de haber salvado al Estado de Catilina), pero no le cabe duda de que ellos sembraron el concepto de justicia en el corazón de los hombres. Catulo probablemente cree que los hombres han desarrollado una idea de justicia a fuerza de pelear unos con otros por la propiedad y por las fronteras y límites, pero está seguro de que el amor es la única manifestación de lo divino y que por el amor, hasta cuando es traicionado e insultado, aprendemos la naturaleza de nuestra existencia.

Cleopatra sostiene que el amor es la más agradable de las actividades, y que el apego que tiene a sus hijos es la emoción más arrolladora que ha experimentado nunca, pero que ni una ni otra cosa son divinas; la divinidad, para ella, reside en la fuerza de la propia voluntad y en la energía de la personalidad. Y ninguno de esos significados representa nada para mí, aunque varias veces en mi vida los haya sostenido todos. Al perder cada uno de ellos, me he ido llenando de aumentada fortaleza. Siento que si puedo librarme de los erróneos, me iré acercando al único correcto.

Pero soy un hombre que envejece. El tiempo apremia.

XLVI-A. DEL LIBRO DE ANOTACIONES DE CORNELIO NEPOTE.

El dictador ha hecho público un edicto prohibiendo que ninguna otra ciudad cambie el nombre que tiene por una variante del suyo. La razón de esto, pienso, es que ha descubierto que está siendo adorado literalmente más de lo que quisiera. Ha dejado de enviar regalos a municipios y cuarteles generales de regimientos; invariablemente los colocan en altares y se convierten en centros de peregrinación para la curación de enfermos y demás prácticas religiosas. No hay duda de que esto sucede, y no sólo en los puestos avanzados de la República en tierras bárbaras, ni en las montañas de Italia, sino aquí en la ciudad.

Se dice que continuamente sobornan a sus criados para que roben sus ropas, las recortaduras de sus uñas, los desechos de su afeitado e incluso su orina. Se dice que todo ello posee propiedades mágicas y que lo conservan para adorarlo.

En ocasiones, algún que otro fanático logra penetrar en su casa, y se le confunde con un asesino... A uno de esos rondadores, le sorprendieron daga en mano la otra noche cerca del lugar en que César dormía. Se celebró un juicio sumario en el mismo lugar y César en persona condujo el interrogatorio. El hombre era harto incoherente, pero no tenía miedo. Como el interrogatorio proseguía, se dejó caer en el suelo mirando extático al rostro del dictador y balbuceando que cuanto deseaba era «una gota de sangre de César con la cual santificarse». César, para consternación de los guardas y sirvientes que se habían congregado allí, le hizo varias preguntas, y acabó por sacarle toda la historia de su vida. Este agudo interés, que no muchos cónsules han sido capaces de despertar, elevó la veneración de aquel pobre hombre a un estado de delirio sumo, y acabó suplicando a César que lo matase con su propia mano.

Volviéndose a los que estaban presentes, se asegura que César dijo, sonriendo: «A menudo es difícil distinguir el odio del amor».

Comida con Sosthenes, el médico de César.

Hablaba del efecto que César produce en otros.

«¿De qué otro hombre se han dicho y se han creído cuentos semejantes?

»Hasta hace poco, decenas de personas enfermas eran

acarreadas por sus familias para que durmieran pegadas al muro que rodea su casa. Han sido apartadas de allí. Ahora, se las ve, fila tras fila, tumbadas a los pies y en torno a sus estatuas. En sus viajes, los labradores le ruegan que plante sus pies en sus cultivos menos productivos.

»¡Y las historias! Se las oye en las canciones de los soldados; se las ve en los versos y dibujos garabateados en los lugares públicos. Se dice que fue concebido y engendrado por su madre y un rayo; que nació por la boca o por una oreja de su madre; que vino al mundo sin órganos para procrear y que los que ahora posee se los injertaron de un extranjero misterioso que encontró entre las encinas del templo de Zeus, en Dodona, al cual mató para lograr tal propósito; o que proceden de una estatua de Zeus esculpida por Fidias. No hay anormalidad de la cual no se le haya acusado, y se cree que, lo mismo que Júpiter, tiene predilecciones dentro del reino animal. Muchísimos creen que es literalmente el padre de su país, y que ha dejado centenares de niños en España, Bretaña, Galia y África.

»Y la superstición y la creencia popular no se arredran ante la incoherencia, ya que se dice, por otra parte, que guarda tan austera continencia que los no castos sienten un dolor intolerable cuando pasa junto a ellos.

»¿Qué hombre, qué hombre ha encendido la imaginación de la gente con tan lozano corpus de leyendas? Y ahora que Cleopatra ha venido a la ciudad, ¿qué es lo que hay que oír? Cleopatra es el rico limo del Nilo... Ve a las tabernas, ve a los cuarteles... Las cabezas del pueblo romano sienten vértigo al pensar en tales abrazos. Estamos festejando las nupcias del sol invicto y la tierra fecunda.

»Soy médico. He atendido ese cuerpo en sus convulsiones y he vendado sus heridas. Sí, es mortal, pero los médicos aprendemos a escuchar los cuerpos de nuestros pacientes como los músicos escuchan las varias liras que se les ponen entre las manos. Es calvo, está envejecido y cubierto de heridas que ha recibido en tantas guerras; pero cada uno de sus pedazos está regido por la inteligencia. Sus poderes de recuperación son extraordinarios. Pero la enfermedad es desaliento. La enfermedad que César sufre denota un entusiasmo desbordante. Está en relación con el carácter de su entendimiento.

»El entendimiento de César, sí. Es el reverso del de la mayoría de los hombres. Se regocija en comprometerse. A todos nos llegan a diario un montón de desafíos; estamos obligados a decir sí o no, a tomar decisiones que han de provocar cadenas de consecuencias. Algunos de nosotros deliberamos; algunos nos negamos a tomar la decisión; algunos saltamos vertiginosamente a la decisión, apretando las mandíbulas y cerrando los ojos, lo cual es una especie de decisión de la desesperación. César se abraza a la decisión. Es como si sintiese que su mente opera tan sólo cuando se está entrelazando con consecuencias significativas. César no se acobarda ante la responsabilidad. Se echa más y más cantidad de ella sobre los hombros.

»Tal vez le faltan algunas formas de imaginación. Es muy cierto que presta muy escasa atención al pasado y que no intenta visualizar claramente el porvenir. No cultiva el remordimiento y no se deleita con aspiraciones.

»De cuando en cuando me permite que le someta a ciertas pruebas. Le pido que haga ejercicio violento y luego le hago descansar tendido mientras yo realizo varias observaciones, y cosas por el estilo. Durante una de esas inmovilidades forzosas me preguntó: "Si escapo al asesinato y llego a viejo, ¿qué flaqueza orgánica me dará la muerte?". Yo le contesté: "Señor, una apoplejía". Pareció alegrarse mucho. Yo sabía en qué estaba pensando. Hay dos cosas que teme: el dolor físico, al cual es casi anormalmente sensible, y la incorrección indecorosa.

»En otra ocasión me preguntó si había alguna presión o alguna acción mediante la cual pudiera un hombre quitarse la vida rápidamente y sin derramamiento de sangre. Le enseñé tres, y no me cabe duda de que, desde aquel día, me mira con afecto y gratitud singulares.

»Yo, a mi vez, he aprendido mucho de él. Acostumbraba a pensar que el comer, el dormir y la satisfacción del apetito sexual llegaban a dominarse mejor merced a la formación de hábitos. Ahora estoy de acuerdo con él en que se les sirve mejor respondiendo a ellos al primer reclamo. Siguiendo este método no sólo he alargado el tiempo de mi día, sino que he libertado mi espíritu.

»¡Ay, es un hombre extraordinario! Esas leyendas tienen, a su modo, una base justa. Pero con una diferencia. César no ama ni inspira amor. Difunde un calor o un resplandor uniforme de buena voluntad ordenada, una desapasionada energía que crea sin fiebre, y que se consume en la carencia de examen y de duda.

»Deja que te diga una cosa al oído: no podría amarlo, y siempre que me alejo de su presencia experimento una sensación de alivio.»

XLVI-B. DE UN INFORME DE LA POLICÍA SECRETA DE CÉSAR.

Asunto 496: Artemisa Baccina, comadrona, curandera y echadora de buenaventura, residente en el suburbio de la Cabra. Interrogada, confiesa haber estado presente en los ritos celebrados por la Confraternidad del Sol Enterrado. Dice que había en Roma diez o doce capítulos (véanse expedientes 371 y 391). Finalmente, después de intenso interrogatorio, dice que la Confraternidad estaba encabezada por Amasio Lenter (sujeto 297, ejecutado el 12 de agosto). Los ritos se inician con la tortura lenta y la muerte de un cerdo negro, etcétera, y terminan con la veneración de un frasco con sangre, la cual se afirma pertenece al dictador. La declarante será deportada a Sicilia, y allí se la someterá a vigilancia policial.

XLVI-C. DE NOTAS DEJADAS POR PLINIO EL JOVEN.

[Escritas cerca de un siglo después.]

Curioso. Mi jardinero me cuenta que la siguiente creencia goza de una amplia aceptación entre el pueblo llano. En mis plantaciones he interrogado a viñaderos, a revendedores y a otros, y encuentro confirmación de tal hecho.

Creen que el cuerpo de Julio César no fue quemado después del asesinato (aunque a nosotros no nos cabe duda de que así fue), sino que se apoderó de él una organización o culto misterioso que, tras seccionarlo en muchos pedazos, enterró un pedazo en cada uno de los barrios de Roma. Declaran que César conocía una antigua profecía que afirmaba que la supervivencia y la grandeza de Roma dependían de su asesinato y desmembramiento.

XLVII. ANUNCIO DE LA REINA DE EGIPTO.

26 de octubre

Cleopatra, reina de Egipto [etcétera, etcétera], lamenta que el reverendo colegio de las Vírgenes Vestales no pueda asistir a su recepción mañana por la tarde.

Se han hecho, en vista de ello, arreglos para recibir al reverendo colegio a las tres de la tarde del mismo día.

Con la conformidad del supremo pontífice y de la reverenda presidenta del colegio, a esa hora se ofrecerá una representación de

La gran aparición de Horus,
La belleza de Osiris,
El ataque al bote de Neshmet,
El señor de Abidos viene a su palacio.

Las partes de estas ceremonias que no son convenientes para la representación durante las primeras horas se representarán con toda solemnidad ante las consagradas huéspedas más tarde.

La reina de Egipto recibirá gentilmente a las reverendas doncellas en ese momento.

XLVIII. CÉSAR A CLEOPATRA.

29 de octubre

Toda Roma habla de la magnificencia de la recepción de la reina; los más exigentes departen repetidamente su regio porte, sus artes como ama de casa, su discreción, sobre el hechizo de su belleza.

Yo me permito hablar de mi amor y admiración que nunca menguan.

Mis visitas a la gran reina serán menos frecuentes en los días que siguen, pero le ruego que no dude de mi amor ni de mi incesante preocupación por el bienestar de su país.

Me complacería muchísimo recibir a la reina con más frecuencia en mi casa. He pedido a la actriz Cytheris que dé a mi mujer lecciones de declamación e interpretación, artes de que ella debiera hacer uso en los misterios de la Buena Diosa. Como también la gran reina ha de estar presente en tal reunión, creo que esas lecciones podrían interesarle mucho..., aunque nada más lejos de mi intención que sugerir que la reina tenga algo que aprender en cuanto a belleza de elocución o dignidad de porte.

Al terminar las lecciones estoy seguro de que Cytheris no ha de negarse a cualquier deseo que la reina quiera expresar de que declame pasajes de tragedias griegas y romanas, privilegio que a buen seguro envidiarán nuestros descendientes.

La señora Clodia Púlquer se retira a su villa en el campo durante algún tiempo. Creo que es conveniente que la gran reina sepa que hace tiempo indiqué a esta señora que efectuase el citado cambio de domicilio, aunque ella me pidió permiso para permanecer en la ciudad hasta el día siguiente a vuestra recepción. La razón de este apartamiento surge de un asunto que referiré a mi señora algún día si es que desea oírlo.

La felicidad que la visita de la reina me produce distrae en ocasiones mis pensamientos de mi trabajo. Si fuera más joven, esa felicidad se aunaría con el trabajo y proporcionaría nuevos incentivos para proseguirlo. Mis días, que se van alargando, me recuerdan, sin embargo, que no dispongo de aquel tiempo al parecer ilimitado para el proyecto y la ejecución de que otrora dispuse.

Permitidme combinar trabajo y felicidad yendo a visitar a la reina el [sábado] para mostrarle los planos que he trazado para los establecimientos coloniales en el norte de África. Si el tiempo es entonces favorable, me complacería llevar a la reina en bote a Ostia, e indicarle las medidas que he tomado para el control de la marea y la desaceleración de la corriente. En Ostia podremos ver los progresos que se han hecho en las obras del puerto, respecto a las cuales la reina ya me dio valiosísimo consejo.

Hay una cosa más que deseo decir a la gran reina. Espero que su permanencia en Italia se prolongue más de lo que en un principio había planeado. Para alentar esta decisión, ¿puedo sugerir que haga traer a sus niños de Alejandría? Pondré una de mis galeras recién construidas, que ya han dado pruebas de ser las más rápidas que surcan el mar, a la disposición de la reina para este encargo, y me dispondré a compartir su gozo a la llegada.

XLVIII-A. CLEOPATRA A CÉSAR.

A vuelta de correo

Un equívoco, mi querido César, ha surgido entre nosotros.

Comprendo que no hay protestas mías que puedan aclarar el error de apreciación sobre el cual te fundas. En mi sufrimiento, lo único que puedo esperar es que el tiempo y los acontecimientos te convenzan por fin de mi devoción y de mi lealtad.

Una cosa más debo decirte, sin embargo, y es que la situación en que me vi inmersa –con asombro no menor que el tuyo– estaba organizada por personas maliciosas. Marco Antonio me persuadió de que le acompañase a aquella parte de los jardines para ver lo que él llamaba «la más atrevida de las proezas que jamás conoció Roma». Me aseguró que había de emprenderla él junto con cinco o seis compañeros suyos. Como había llegado para mí el momento de dar otra vuelta por los jardines, accedí a su requerimiento, y me llevé conmigo a Charmian. Lo demás, ya lo sabes.

No descansaré hasta haber obtenido pruebas de la complicidad de otros en lo que entonces tuvo lugar. Sé que las pruebas no te convencerán de mi inocencia, a menos que también pueda convencerte de mi incansable preocupación por todo lo que a ti se refiere, tanto en tu interés como en tu felicidad. Sólo esta ambición me mueve a aceptar también tu invitación a que asista a las sesiones dirigidas por Cytheris en tu casa.

No deseo en este momento enviar a buscar a mis niños queridos, aunque te agradezco la ocasión que me ofreces.

Querido amigo, gran César, mi amante, lo que domina por encima de todo mi pensamiento es haberte hecho sufrir injustamente. Lloro de angustia ante esas fuerzas del destino que, merced a un designio infernal que los humanos no podemos contrarrestar, me han hecho instrumento de tu decepción. ¡Oh, no lo creas! No te permitas ser víctima de tan transparente mala fortuna. Recuerda mi amor. No empieces ahora a dudar del brillo de mis ojos y del goce de mi entrega. Aún soy joven; ignoro qué forma daría una mujer con más experiencia a sus protestas de inocencia. ¿Debo indignarme porque no me crees? ¿Debo mostrarme altiva y enojada? No lo sé; sólo puedo ser sincera, aunque sea a expensas del pudor. Nunca he amado, nunca volveré a amar como te he amado a ti. ¿Quién puede haber conocido lo que yo conocí..., un deleite inseparable de la gratitud, una pasión que no era menos por ser toda homenaje? Tal era el amor conforme a la diferencia de nuestras edades; no necesita temer comparación con ningún otro. ¡Ay, recuerda, recuerda! ¡Confía! No me separes con una cortina de la divinidad que llevas dentro. Cortina la más negra, ya que está hecha con tu creencia en mi traición. ¡Traidora yo! ¡Desamorada yo!

Estas palabras no son regias. Son sinceras. Me expreso de este modo por última vez hasta que me permitas resumirlas. Ahora adopto las que corresponden a una visitante oficial, porque la conformidad con tus deseos es regla de mi amor.

XLIX. ALINA, ESPOSA DE CORNELIO NEPOTE, A SU HERMANA POTUMIA, ESPOSA DE PUBLIO CECCINIO DE VERONA.

30 de octubre

Debes de haber leído todas las cartas que hemos enviado respecto a este asunto por el correo del dictador a ti y a la familia del poeta. Aquí van unos pocos detalles, del todo confidenciales. Mi marido esta afligidísimo como si hubiera perdido a un hijo. (¡Atrás, mal hado! ¡Nuestros muchachos están muy bien, gracias sean dadas a los dioses!) Yo quería a Cayo [Catulo], también, y le he querido desde que cuando éramos niños jugábamos juntos. Pero el cariño no puede cegarme los ojos, a ti puedo hablarte con franqueza, ante las lecciones de una vida tan deplorablemente equivocada. No me gustan sus amigos; por supuesto, no me gusta esa mujer malvada; no me gustan los versos que ha escrito durante estos últimos años; y nunca me parecerá bien ni alabaré al dictador, que ha estado en nuestra casa y fuera de ella durante estos días como si fuera un amigo íntimo de la familia.

A menudo habíamos pedido a Cayo que viniera a vivir con nosotros, pero ya conoces su brusca independencia. Así es que cuando una mañana apareció en nuestra puerta, seguido por el viejo Fusco, con su cama a cuestas, y nos pidió que le dejásemos vivir en la casita del jardín, comprendí que estaba verdaderamente enfermo. Mi marido informó de inmediato al dictador. El dictador se apresuró a enviar a su propio médico, un griego llamado Sosthenes, el joven más testarudo y engreído con quien me he tropezado jamás. No vacilo en decir que yo también soy una excelente médica. Creo que es un don que los dioses inmortales otorgan a todas las madres, pero el tal Sosthenes apartó implacable todos los remedios que han *probado* su eficacia desde tiempo inmemorial. Pero eso es una larga historia.

Ahora bien, Postumia, no cabe la menor duda de que *esa mujer* lo ha matado. Después de arrastrarlo durante tres años por todos los senderos del infierno, de pronto se hizo toda bondad, y así es como le mató. Nunca apareció por aquí, pero todos los días llegaban cartas suyas, obsequios de comida –¡y qué comida!–, manuscritos griegos y mensajes mandando preguntar por él dos veces al día. Todo esto hacía muy feliz a Cayo, pero hay muchas clases de felicidad. Y ésta era esa felicidad intrigada e incorpórea que, supongo, experimentan los maridos engañados cuando de pronto sus mujeres se muestran encantadoras con ellos. A medida que pasaban los días y ella no aparecía en persona, pudimos ver claramente que él iba renunciando a toda esperanza de recobrar la salud, y avanzaba a la deriva hacia la muerte. Hacia las tres y media de la tarde del día veintisiete, Fusco, el criado de Cayo –ya recordarás que acostumbraba a cuidar los botes en el lago de Garda–, vino a casa corriendo. Dijo que su amo estaba delirando y que se estaba vistiendo para ir a la recepción de la reina de Egipto. Corrí a la casa del jardín y lo encontré sin sentido en un charco de bilis que había vomitado.

Mi marido ordenó de inmediato que fueran en busca de Sosthenes, que acudió y estuvo sentado a la cabecera del enfermo hasta que murió, una hora antes del amanecer. No me permitieron entrar en el cuarto del enfermo, pero ¿a quién sino al dictador mismo se le ocurre presentarse a eso de las diez? Estaba espléndidamente ataviado y debía de haberse escapado de la recepción de la reina, que, después de todo, no estaba a menos de una milla de distancia. Toda la noche estuvimos oyendo las orquestas y viendo el cielo iluminado por sus fuegos artificiales. Oí a Fusco decir a mi marido que cuando el dictador entró en la habitación Cayo se levantó apoyándose en un codo y le gritó como un salvaje que se marchara. Le llamó «ladrón de la libertad», «monstruo de codicia», «asesino de la República» y otras muchas cosas, todas las cuales son, por supuesto, *absolutamente verdaderas.* Mi marido se reunió con ellos aproximadamente en ese instante –había salido en busca de nuestro bálsamo quemador–. Me dice que el dictador recibía en silencio toda aquella andanada, pero que estaba blanco como un espectro. Probablemente, hacía mucho tiempo que al dictador no se le ordenaba que saliese de una habitación, pero lo hizo.

Volvió dos horas después de medianoche, y se había despojado de sus elegantes vestiduras. Cayo estaba dormido. Al despertar pareció haberse reconciliado con su visitante. Mi marido dice que hasta sonrió y dijo: «Qué, ¿no hay galas, gran César?». Como bien sabes, mi marido reverencia a ese hombre. (Nos hemos puesto de acuerdo para no hablar de él en casa.) Cornelio dice que César estuvo desde ese instante maravilloso en sus silencios y en sus réplicas. Dijo que, sin duda alguna, César había estado presente a los pies de más lechos de muerte que nadie. Tú sabes todos esos cuentos de las Galias, de cuántos soldados heridos se negaban a morir hasta que su general hubiese hecho la ronda nocturna. ¡Ay, Postumia!, confieso que, aunque es un gobernante malvado, hay algo muy impresionante y nada forzado en su presencia. Mi marido dice que él mismo se quedó en un rincón del cuarto con Sosthenes y que pudo oír muy poco de lo que los otros dos estaban diciéndose. Al parecer, en un momento, Cayo, con las lágrimas corriéndole por la cara, casi se arrojó de la cama gritando que había malgastado su vida y su canto por los favores de una mala mujer. Yo no hubiera sabido qué responder a una cosa así, mas parece que el dictador sí pudo. Mi marido dice que hablaba en tono muy quedo, pero creyó comprender que César estaba elogiando a Clodia Púlquer como si fuera una diosa. Cayo no tenía dolores, pero estaba cada vez más débil. Yacía tendido, con los ojos mirando al techo, escuchando las palabras de César. De cuando en cuando, César callaba; pero cuando el silencio había durado demasiado tiempo para él, Cayo tocaba con los dedos la muñeca del dictador, como para decirle: «Sigue, sigue». Y todo lo que César hacía era hablar de Sófocles. Cayo murió en un coro de *Edipo en Colona*.

César le colocó las monedas sobre los ojos, abrazó a Cornelio y al médico desafortunado, y se fue a su casa, sin guardias, en la primera luz de la mañana.

Tal vez desees repetir algo de esto a su madre y su padre, aunque me parece que les causará más desconsuelo. No sería poca la responsabilidad que yo sintiese si alguno de mis hijos hubiese de sucumbir a un desvarío tal como el que aquí hemos presenciado. ¡Creo que puedo atreverme a decir que su *crianza* les habrá preservado de ello!

[*La carta continúa con el relato de la venta de unas propiedades.*]

XLIX-A. DIARIO-CARTA DE CÉSAR A LUCIO MAMILIO TURRINO EN LA ISLA DE CAPRI.

Noche del 27 al 28 de octubre

1013. [Sobre la muerte de Catulo.] Estoy velando junto al lecho de un amigo moribundo, el poeta Catulo. De cuando en cuando se queda dormido; entonces tomo la pluma, como siempre, tal vez para evitar la reflexión. (Aunque ya hubiera debido aprender que escribirte es invocar de las profundidades de mi mente aquellas preguntas que he rehuido a lo largo de toda mi vida.)

Acaba de abrir los ojos; ha pronunciado los nombres de seis de las Pléyades, y me pregunta el de la séptima.

Ya en tu juventud, Lucio, poseías percepción infalible para la Inevitable Circunstancia y la Inevitable Consecuencia. No gastabas tiempo en desear que las cosas fuesen de otro modo. De ti aprendí, aunque lentamente, que existen grandes campos de experiencia que nuestro anhelo no puede alterar y que nuestros temores no pueden parar de antemano. Me he aferrado durante largos años a una hueste de autoilusiones, a la creencia de que una ardiente intensidad del entendimiento puede lograr un mensaje de un ser amado indiferente, y que la aguda indignación puede detener los triunfos de un enemigo. El universo sigue su marcha poderosa y muy poco podemos hacer para modificarla. Recuerda cuánto me escandalizaba cuando dejabas caer tan a la ligera las palabras: «La esperanza nunca ha cambiado el tiempo que ha de hacer mañana». La adulación no cesa de asegurarme que «he hecho lo imposible» y que he «alterado el orden de la naturaleza». Recibo tales tributos con una grave inclinación de cabeza, pero no sin desear que estuviera presente el mejor de mis amigos para compartir conmigo el desprecio que merecen.

No sólo me inclino ante lo inevitable; me fortalezco con ello. Las cosas que los hombres llevan a cabo son más dignas de mención cuando se contemplan las limitaciones con que desarrollan su labor.

El tipo de lo Inevitable es la muerte. Recuerdo bien que en mi juventud creí que estaba ciertamente exento de su actuación. Por primera vez, cuando murió mi hija, y luego cuando te hirieron, supe que yo también era mortal. Y ahora considero malgastados e improductivos los años en que no me daba cuenta de que mi muerte era cierta, sí, hasta posible en el momento mismo. Ahora puedo reconocer con una mirada a aquellos que aún no han previsto su muerte. Sé que son unos niños. Piensan que evitando su contemplación aumentan el sabor de la vida. Lo contrario es la verdad: sólo aquellos que han contemplado su no ser son capaces de ensalzar la luz del sol. Nunca compartiré la doctrina de los estoicos que la contemplación de la muerte nos enseña la vanidad del humano empeño y lo insustancial de los goces de la vida. Cada año digo adiós a la primavera con más intensa pasión y cada día me siento más decidido a ponerle riendas al curso del Tíber, aun cuando mis sucesores puedan permitirle que se pierda sin sentido en el mar.

Ha abierto de nuevo los ojos. Hemos tenido un paroxismo de pena. ¡Clodia! A cada momento, mientras contemplo esto, comprendo con más claridad la arruinada grandeza de esa mujer.

¡Oh, hay leyes que obran en el mundo cuya importancia apenas podemos adivinar! ¡Cuántas veces hemos visto a una altiva grandeza poner en marcha un cortejo de males, cuántas a la maldad engendrar virtudes! Clodia no es una mujer corriente, y al chocar con su Catulo ha hecho brotar poemas que tampoco lo son. Mirando de cerca, decimos el *bien* y el *mal*, pero lo que el mundo aprovecha es la intensidad. Hay en esto una ley oculta, pero no estamos presentes el tiempo lo suficiente para alcanzar a ver más de dos eslabones de la cadena. De ahí brota el lamento por la brevedad de la vida.

Está dormido.

Ha pasado otra hora. Hemos hablado. No soy un extraño a los lechos de muerte. A los que están sufriendo se les habla de sí mismos; a los de claro entendimiento se les alaba el mundo que están abandonando. No hay dignidad en dejar un mundo despreciable, y los moribundos a menudo temen que su vida no haya sido digna de los esfuerzos que les ha costado. Nunca me faltan cosas que elogiar.

Durante esta última hora, he satisfecho una antigua deuda. Muchas veces, durante los diez años de mi campaña, me sorprendí repetidamente soñando despierto. Andaba de un lado para otro delante de mi tienda por la noche, improvisando un discurso. Me figuraba tener delante un auditorio selecto de hombres y mujeres, especialmente jóvenes, a quienes quería comunicar todo cuanto yo debía –al hombre y al muchacho, al soldado y al administrador, al amante, al padre, al hijo– a Sófocles. Deseaba, antes de morir, vaciar mi corazón –que tan pronto volvía a llenarse– de agradecimientos y de elogios.

¡Oh, sí, era un hombre, y su obra fue labor de hombre! Una vieja pregunta queda respondida. No es que los dioses se negaran a ayudarle, aunque es bien cierto que no le ayudaron. No acostumbran a hacerlo. Si no se hubieran mantenido ocultos, él no habría tenido que mirar con tanta intensidad para encontrarlos. También yo he caminado a través de las más altas cimas de los Alpes cuando no veía ni siquiera dónde ponía el pie, pero nunca con tanta compostura como él. A él le bastó vivir *como si los Alpes estuvieran allí.*

Y ahora, también Catulo ha muerto.

L. CÉSAR A CYTHERIS.

1 de noviembre

Bien puedes figurarte, graciosa señora, que un hombre en mi posición vacila antes de hacer un requerimiento a aquellos por quienes siente la estimación más alta, por temor a que tal requerimiento lleve consigo un peso que no pretende cargar sobre ellos.

Mi mujer ha estado aprendiendo los responsorios que le corresponden en ciertas ceremonias que han de tener lugar en diciembre. Me permiten instruirla en ellos, pero sólo dentro de los límites que admite su carácter secreto. ¿Puedo pedirte que dediques unas cuantas horas a instruirla en el recitado de dichos responsorios y en el porte que está en consonancia con su solemnidad?

Como la reina de Egipto ha de estar presente en una parte del ceremonial, agradecería particularmente que se le permitiese compartir las horas de instrucción que pudieras dedicar a mi mujer.

Con gran felicidad supe por azar el otro día que eres amiga muy querida de Lucio Mamilio Turrino y que a veces lo visitas en la isla de Capri. Desea que se hable de él lo menos posible, y hasta estas líneas confieren a esta carta carácter de secreto. No me complace solamente que goces de su amistad y él de la tuya, sino que gracias a ti (y espero que también gracias a mí) su genio logre –si puedo atreverme a decirlo– influir sobre el mundo, aun cuando no se nos permita usar su nombre.

Ya sería bastante notable que cualquier hombre hubiese pasado por la desesperada situación que fue la suya y pudiera soportar sus consecuencias y permanecer con el alma serena; pero que le haya tocado en suerte a él, que ya superaba a todos los hombres en sabiduría, así como en los atributos del alma a los que damos el nombre de belleza, es un motivo de asombro cuyos límites aún no he logrado alcanzar.

La isla de Capri está, para mí, rodeada de una atmósfera que no puedo calificar sino de temor reverencial. El no ser el único reflector de este genio es para mí no sólo motivo de felicidad, sino de alivio. Muchas cosas se quedan sin decir entre mi amigo y yo. Entre ellas se cuenta la regla de que yo no reciba cartas suyas y que sólo pueda visitarlo una vez al año. De cuando en cuando, me entristecen tales restricciones; pero con el paso del tiempo, llego a ver que también ellas están marcadas por esa cordura casi de otro mundo que él nunca deja de transmitir.

Ya que estamos hablando de grandes hombres, aquí incluyo copias de los últimos versos escritos por Cayo Valerio Catulo, que murió hace cinco noches.

LI. LA REINA DE EGIPTO: MEMORÁNDUM PARA SU SECRETARIO DE ESTADO.

6 de noviembre

La reina de Egipto ha recibido con satisfacción el informe que has sometido a su estudio. Su elogio se refiere particularmente a los informes del 29 de octubre y del 3 de noviembre, así como a los documentos adjuntos.

La reina ha tomado nota de tu opinión sobre los centros de descontento.

[Aquí siguen los comentarios de Cleopatra sobre doce individuos o grupos de quienes podía esperarse que organizaran atentados contra la estabilidad del Estado o la vida del dictador. Los conspiradores en potencia no incluyen a Casca, a Casio ni a Bruto. El material para esta sección se refleja en nuestro libro IV.]

Además, la reina llama tu atención sobre los asuntos siguientes:

1. Los informes de la fuente 14 [Abra] carecen de valor. Su simplicidad es fingida. No resultaría aumentar su valor con amenazas de denuncia y con otras presiones.

2. ¿Estás convencido de que has explorado todo lo que significa la desaparición del dictador durante mi recepción del 27? Acudir al lecho de enfermo de un grosero versificador enfermo no parece constituir una explicación satisfactoria.

3. Hay que hacer todo lo posible por introducir un agente en casa de Marco Antonio. La prueba que has recogido de su deslealtad al dictador en [46] te la devuelvo: hay que depositarla entre los documentos que estás salvaguardando contra cualquier posible robo o confiscación. Me quedo con el resto del material que recogiste en su casa.

4. La modista Mopsa. Consígueme lo antes posible una relación completa de su vida, parientes, relaciones, etc. También una lista de sus compromisos para este mes. Vendrá a mi casa el 17 a hacerme el traje para las ceremonias de la Buena Diosa.

5. Tu trabajo esta semana consistirá en elaborar un estudio en profundidad de la situación de la señora Clodia Púlquer y de su hermano. ¿Qué interpretaciones se dan de que ella se haya retirado al campo? ¿Cuándo vuelve a la ciudad? El informe de Sosígenes [el astrónomo egipcio] fue insatisfactorio. Deseo que le instruyas en qué debe observar.

Estoy de acuerdo contigo en que Clodio está intentando seducir a la mujer del dictador. Deseo que sigas esto con la mayor atención. No cabe duda de que intercambian comunicaciones a través de la fuente 14. Infórmame de cuantas sugerencias se te ocurran para sacar provecho de esta situación.

En reconocimiento de la diligencia y el arte que has demostrado en la difícil tarea que estás afrontando, me complazco en concederte a ti y a tus descendientes, por siempre, el oasis de Sesseben, junto con sus rentas e impuestos, sólo limitados por las reglas fijadas en los edictos 44 y 47 de mi reinado. [Las limitaciones impuestas sobre las levas que los funcionarios regionales o los terratenientes pudieran imponer a los labradores, y las limitaciones sobre la tasa por abrevar a los camellos en las fuentes y vías de agua.]

LII. POMPEYA A CLODIA.

12 de noviembre

Te echo siempre de menos, querida Ratoncita. Nadie puede comprender por qué te has marchado al campo ahora que suceden tantas cosas en la ciudad. Pregunté a mi marido qué interés podías tener en las matemáticas y dijo que eras muy entendida en esas cosas y que sabías cuanto hay que saber de las estrellas y de sus caminos. ¿A que no adivinas quién se pasa la vida en nuestra casa? Por lo menos viene un día sí y otro no y pasamos el tiempo del modo más inusitado... ¿Lo adivinas? ¡Cleopatra! Y no sólo Cleopatra, sino Cytheris, la actriz. Y mi marido es quien lo ha arreglado todo. ¿No te parece extraño?

Primero, Cytheris vino a enseñarme ya sabes qué. Luego Cleopatra empezó a venir a aprender algo de eso. Al terminar la lección, la reina pide a Cytheris que recite, y, ¡ay qué cosas!, se me hiela la sangre. Casandra que se vuelve loca, y Medea que planea el asesinato de sus hijitos, y luego todo el mundo se muere. Y luego, mi marido vuelve a casa temprano y charla, charla, charla sobre comedias griegas. Y se pone en pie, y él es Agamenón y Cytheris es Clitemnestra, y Cleopatra es Casandra, y Octavio y yo tenemos que ser el coro, y luego cenamos todos. ¡Ay, Claudilla querida, tendrías que estar aquí porque no tengo a nadie con quien reírme! Todos se toman tan en serio esa clase de cosas... Para mí es muy divertido cuando mi marido empieza a rugir y cuando Cleopatra se vuelve loca.

Realmente, la reina me gusta bastante. Claro que no se parece a ti ni a mí. Acostumbraba yo a creer que era fea, pero a veces es casi hermosa. En realidad, no estoy ni una chispita celosa. Mi marido la trata ni más ni menos como a su tía Julia.

Ayer, la reina de Egipto preguntó a mi marido cuándo ibas a volver. Dijo que esperaba que volvieses pronto porque eres su instructora para los ritos. Mi marido dijo que no sabía cuáles eran tus planes, pero que se figuraba que estarías aquí el primero de diciembre.

Queridísima, he visto a tu hermano; al más joven, quiero decir. Se acercó a mí a caballo cuando me dirigía hacia el lago Nemi. Se parece tanto a ti que siempre me asombro. La gente dice que es un hombre malo, y hasta lo dices tú, pero yo sé que no lo es. No debes tomar esa actitud con él. Claudilla, querida, todo el mundo sería malo si se le estuviese diciendo siempre que lo es.

Por esta carta debes pensar que soy muy feliz, pero no es así. Casi nunca salgo de casa, y nadie a quien desee ver entra nunca en ella. Fui a casa de la reina de Egipto una vez; fui a hacer una visita de alumbramiento a Porcia, la mujer de Bruto. A veces me siento y pienso que desearía estar muerta. Creo que, si una no vive mientras es joven, ¿cuándo va a vivir? Adoro a mi marido y él me adora, pero me gusta la *gente* y a él no.

Acabo de oír que mi visita a Porcia fue una pérdida de tiempo; me acaban de decir que ha tenido un aborto, así es que no necesitaba haber ido.

LIII. CYTHERIS A LUCIO MAMILIO TURRINO, EN LA ISLA DE CAPRI.

25 de noviembre

El aire de Roma, querido amigo mío, es inquieto y malhumorado; las lenguas se van tornando afiladas y satíricas, sin risa; se oyen diariamente cuentos de conductas y crímenes que no son tan apasionados como erráticos e ilógicos. Durante algún tiempo llegué a pensar que este malestar residía únicamente en mi interior, pero ahora ya todos lo van notando. Nuestro amo está más ocupado que nunca. Los edictos llueven sobre nosotros a diario. Se dictan reglas contra la usura, y todo el mundo debe limpiar la calle frente a su casa; se ha dispuesto un gran mapa del mundo incrustado en el pavimento delante de los juzgados, piqueteado con águilas de oro que marcan la situación de las nuevas ciudades. Los maridos jóvenes se quedan mirándolas, golpeándose la barbilla, intentando decidir dónde establecerán un nuevo hogar, si entre hielo y aguanieve o bajo un sol abrasador.

Me disponía a aceptar tu invitación de ir a Capri inmediatamente cuando este amo me pidió que fuese a su casa a instruir a su mujer y a su regia invitada en las ceremonias que tendrán lugar en diciembre. Llevamos ya ocho sesiones, que suelen concluir con lecturas de tragedias en las cuales tomamos todos parte, incluso el mismo César. Me encuentro moviéndome en una tragedia dentro de una tragedia.

Estoy empezando a entender ese misterio: el matrimonio de César. Veo que no está basado en una inclinación morbosa hacia las muchachas demasiado jóvenes, como han sostenido muchas lenguas difamadoras. César es un maestro; es una especie de furia que lo impulsa. Sólo puede amar cuando puede instruir; sólo pide a cambio que el discípulo progrese y se ilustre. A estas jóvenes sólo les pide lo que Pigmalión pidió al mármol. Creo que ha logrado tal recompensa en tres ocasiones, con Cornelia, su hija y la reina de Egipto, y que muchas veces se le han resistido. La resistencia que ahora encuentra es enorme y abrumadora. Pompeya no es una muchacha falta de inteligencia, pero el método que él emplea con ella es tan poco inteligente que asusta y lleva a la inanición la inteligencia de que ella pueda estar dotada. El amor como educación es una de las grandes fuerzas del mundo, pero cuelga de una suspensión delicada; logra su armonía como rara vez lo hace un amor de los sentidos. Si se frustra, causa estragos aún mayores porque, como todo amor, es una locura. Por otra parte, él la ama como a cosa delicada que está creciendo y como mujer (y la mirada de César posándose sobre una mujer no puede compararse a la de ningún otro hombre), y además la ama por la potencialidad que puede poseer de convertirse en una Aurelia, una Julia Marcia. En su mente, Roma es una mujer; se casó con Pompeya para esculpir en ella una de esas estatuas vivas de la gran matrona romana.

Cleopatra también le ha decepcionado. No podemos sino figurarnos qué embriagadoramente debió de colmar en un principio las expectativas como discípula amada. Aún lo es. Yo idolatro a este coloso, pero soy vieja; ya no soy educable. Pero comprendo el ardiente éxtasis con que la reina recibe cada palabra que desgranan los labios de César. Y, sin embargo, César descubrió que no podía enseñarle nada esencial, porque la esencia de lo que él puede enseñar es la moral, la responsabilidad, y Cleopatra no tiene el menor sentido de lo que es justo y de lo que no lo es. César no sabe que tiene esa pasión por enseñar; todo ello tiene para él la invisibilidad de las cosas que son evidentes por sí mismas. Por eso es un mal maestro. Da por sentado que todos los seres humanos son a un mismo tiempo maestros y voraces aprendices, que todo el mundo está vibrante de vida moral. Las mujeres son maestras más sutiles que los hombres.

Nunca deja de conmoverme la imagen que en ocasiones se nos ofrece de grandes hombres que intentan hacer un matrimonio donde no puede haberlo, y continúan despilfarrando una ternura derrotada con sus malcasadas mujeres. La paciencia que desarrollan es muy diferente de la paciencia que las mujeres exhiben hacia sus maridos; ésta está en el orden natural de las cosas y no debiera considerársela digna de singular elogio, como no lo es tampoco la honestidad de las honestas. Hemos visto a esos maridos agraviados acabar por recluirse en sí mismos; han aprendido la virtud fundamental de la soledad, que sus hermanos más felices no conocerán nunca.

Tal marido es César. Su otra novia es Roma. Para ambas es mal marido, mas lo es por exceso de amor conyugal.

Permíteme seguir un momento más.

Sólo hace muy poco he llegado a comprender algunas palabras que dejaste caer hace años: «La maldad bien pudiera ser la exploración de nuestra libertad...». (¿Lo he reproducido bien?) Y otras: «Pudiera ser también la búsqueda de un límite que poder respetar». Qué estúpida he sido al no haberlo digerido antes, mi querido príncipe; hubiera podido aprovecharlo al representar mi Medea y mi Clitemnestra. Sí, a la luz de ese pensamiento, ¿no podemos decir que mucho de lo que llamamos «maldad» es el verdadero principio de la virtud que anda explorando las leyes de su propia naturaleza? Tal es lo que Antígona, mi Antígona, tu Antígona, nuestra Antígona quiere decir cuando dice [en la obra de Sófocles, respondiendo a la afirmación de Creón de que su «buen» hermano no desearía que su hermano malvado recibiese honrosa sepultura]: «¿Quién puede decir si en el mundo subterráneo sus actos [malvados] no parecerán inocentes?». Sí, ahí yace la interpretación de los desórdenes de Clodia, y a no ser que César vigile mucho, Pompeya emprenderá el viaje en busca de un límite a su curiosidad. La naturaleza se los pone a nuestros sentidos; el fuego nos quema los dedos y la acción de nuestros corazones nos impide ir corriendo monte arriba; mas sólo los dioses han puesto el veto a las aventuras de nuestra mente. Si a ellos no se les antoja intervenir, estamos condenados a forjar nuestras propias leyes o a vagar asustados por los desiertos sin sendas de nuestra aterradora libertad buscando siquiera el seguro de una puerta cerrada, de un muro infranqueable.

Es chanza corriente entre los que escriben farsas que a las mujeres les gusta que sus maridos les peguen. Esto refleja, sin embargo, una verdad eterna: que es gran alivio saber que quienes aman nos aman lo bastante para tomarse la responsabilidad de señalar lo permisible. Los maridos se equivocan a menudo... pero en ambas direcciones. César es un tirano, como marido y como gobernante. No es que como otros tiranos sea avaro en conceder libertad a los demás; es que, gozando él de una inmensa libertad ha perdido el contacto con los modos de obrar de la libertad y con las formas en que se desenvuelve en los demás; siempre equivocado, concede demasiada o demasiado poca.

LIV. CLODIA A SU HERMANO.

Desde Nettuno.
Selecciones de cartas casi diarias durante el mes de noviembre.

No vengas, Mentecato. No quiero ver a nadie.

Soy completamente feliz tal y como estoy. Cicerón está en la puerta de al lado, quejándose y escribiendo esas dolientes insinceridades a las que llama filosofía. Nos hemos encontrado varias veces, pero ahora nos vemos reducidos a enviarnos mutuamente regalitos de fruta y pastelería. No ha logrado interesarme en la filosofía y yo no he podido interesarle a él en las matemáticas. Es un hombre muy ingenioso, pero, no sé por qué razón, nunca ha sido ingenioso conmigo. Le provoco aridez.

No hago nada en todo el día, y sería muy mala compañía para ti. Estudio números, y puedo olvidarme de todo lo demás durante días enteros. Hay propiedades en el estudio de lo infinito en las que nadie ha soñado. He asustado a Sosígenes con ellas. Dice que son peligrosas.

Estoy muy enojada contigo por haber suplicado al viejo Pico de Águila que retirase esa comedia. Toda clase de mortificaciones empiezan para nosotros cuando reparamos en cosas semejantes. ¿Cuándo vas a aprender que el gozo de los maliciosos se multiplica cuando saben que sus observaciones nos han herido?

Como dices, es molesto que le acusen a uno de cien mil crímenes que nunca se le ocurrió cometer. Ciertamente, abandoné a mis padres lo antes que pude, pero nunca levanté una mano para molestarles. No sólo no maté a mi pobre marido, sino que me arrodillaba ante él suplicándole que no se matase comiendo demasiado. Nunca me he sentido trémula de pasión por ti ni por Dodó; la verdad es que siempre he mirado con asombro a las ratas de agua muertas de hambre que se empeñaban en encontrarte atractivo.

En cuanto a este último asunto [¿la muerte de Catulo?], no quiero que vuelvas a hablarme de ello. Es todo tan complicado; nadie más llegará a comprenderlo nunca. No quiero ni que me lo mencionen.

Lo peor que tiene ser acusado de crímenes es que a uno le inquieta ser acreedor de tanta censura. Pero, desde luego, cuando se acusa hay que acusar de algo enorme. Algo capaz de oscurecer el sol.

Claro que me da rabia que la gente diga que él me ordenó que me retirase al campo. Aunque es una absoluta estupidez es más exasperante que todas las demás mentiras juntas. Pero no iré a la ciudad sólo para refutarla.

27 de noviembre

Ven a Nettuno, Publio. No puedo soportar esto más tiempo, pero aún no estoy preparada para ir a la ciudad. ¡Por el Cielo, ven y no traigas a nadie contigo!

Lo peor de la inactividad es que le incita a una a reflexionar acerca del paso del tiempo. Y esto me ha llevado a recordar, como si fuera ya una vieja. Anoche no pude dormir. Me levanté y quemé todos mis cuadernos de matemáticas y todas las cartas que he recibido durante diez años. Sosígenes danzaba a mi alrededor como una polilla vieja intentando detenerme.

Ponte en camino en cuanto recibas esta carta. Tengo una idea. Marco Antonio fracasó y no pudo completar «la más atrevida de las proezas que jamás conoció Roma». Bueno. Se me ha ocurrido otra.

Mopsa está aquí, haciéndome un traje nuevo y un turbante para los juegos Lala-lala.

28 de noviembre

Espero que esta carta ya no te encuentre y te hayas puesto ya en camino. Si no, sal inmediatamente.

Acabo de recibir una carta del dictador requiriéndome en Roma para encargarme de mi instrucción a la reina de Egipto. Me invita a comer para el segundo día del mes.

LV. CLEOPATRA A CÉSAR.

5 de diciembre

Te envío el siguiente informe, gran César, aunque sé de sobra que has de malinterpretar mis motivos. Hace un mes, te lo hubiese dicho de inmediato; ese pensamiento me decide ahora.

La señora Clodia Púlquer se ha mandado hacer dos vestidos y dos turbantes para las ceremonias de la noche del 11 de diciembre. Tiene intención de vestir a su hermano con uno de ellos y hacerle entrar de ese modo en tu casa. Tu mujer lo sabe, como lo demuestra una carta suya que obra en mi poder.

LV-A. CÉSAR A CLEOPATRA.

A vuelta de correo

Te doy las gracias, gran reina. Muchas cosas te debo. Lamento que el triste asunto sobre el cual me llamas la atención esté entre ellas.

LVI. ALINA, ESPOSA DE CORNELIO NEPOTE, A SU HERMANA POSTUMIA, MUJER DE PUBLIO CECCINIO, EN VERONA.

13 de diciembre

Unas palabras apresuradas, Postumia queridísima. Roma está patas arriba. Nunca hubo tanto alboroto. Han sido cerradas las oficinas públicas, y la mayor parte de los comerciantes ni siquiera abren las puertas de las tiendas. Ya habrás oído hablar de ello: Clodia Púlquer hizo entrar a su hermano vestido de devota en las ceremonias de la Buena Diosa. Yo estaba de pie a algunos pasos de él cuando fue descubierto. Dicen que la primera en reparar en ello fue Julia Marcia. Ya llevábamos una hora cantando y recitando los responsorios. Algunas mujeres se precipitaron sobre él y le arrancaron el turbante y las bandas. Nunca se han oído gritos semejantes. Algunas mujeres le golpeaban por todos lados lo más fuerte que podían; otras corrieron a cubrir los objetos sagrados. Por supuesto, no había ningún otro hombre a una distancia desde donde pudieran oírse los gritos; pero, al fin, llegaron algunos guardias y lo detuvieron, cubierto de sangre y gimoteando, para llevárselo.

Esto es el fin; de veras, no sé qué decir. Todo el mundo lo dice: esto es el fin. El pueblo ha llegado a decir: «Ahora, que César se lleve Roma a Bizancio». Dentro de un momento tendré que salir corriendo para ir a juicio. Cicerón hizo ayer un discurso terrible y prodigioso contra Clodio y Clodia. Han llamado a toda clase de gente para dar testimonio, y los rumores revolotean por todas partes. Hay quien cree que la reina de Egipto está implicada en el asunto, porque Clodia le servía de instructora; pero la reina estaba indispuesta y ni siquiera asistió a los ritos.

Lo más extraño de todo es el comportamiento de César. Como supremo pontífice, debería estar dirigiendo el interrogatorio. Pero, desde el primer momento, se negó a intervenir. No cabe duda de que su mujer es tan culpable como los otros dos. ¿No es terrible, terrible?

Mi marido acaba de entrar. Dice que la familia de Pompeya –veinte de ellos– fueron anoche a ver a César y a pedirle que hablase para defenderla. Al parecer, guardó silencio y les estuvo oyendo una hora entera. Entonces se levantó y dijo que no tenía intención de aparecer en el juicio; que era posible que Pompeya no tuviese nada que ver en el asunto, pero que para una mujer de su posición no era difícil conducir su vida de modo que nunca pudiera recaer sobre ella sospecha semejante; que la sospecha en sí ya hacía bastante daño, y que se iba a divorciar de ella al día siguiente, es decir, hoy.

Me voy corriendo al juicio, querida. Tal vez tenga que dar testimonio. ¡Qué sensación tan extraña ir corriendo por las calles de esta ciudad! Es como si la ciudad misma hubiera caído en desgracia y todos nos viéramos obligados a marcharnos de ella.

LIBRO CUARTO

LVII. SERVILIA, EN ROMA, A SU HIJO MARCO JUNIO BRUTO.

Esta carta alcanzó a Bruto en Marsella, cuando estaba a punto de regresar a Roma tras finalizar sus funciones como gobernador de la Galia Cisalpina.

8 de agosto

Vuelve, Marco; vuelve a la ciudad que tiene los ojos puestos en ti.

El héroe cuyo nombre llevas [Junio Bruto, que había expulsado a los tarquinos] vive en ti, por el espíritu ya que no por la sangre, y su tarea descansa sobre tus hombros.

Vuelve a la ciudad cuya salud es tu salud y cuya libertad es tu libertad. Los romanos vuelven a clamar el nombre de Bruto y todos tienen los ojos puestos en ti.

El hombre contra quien se dirige la rabia de Roma no es pequeño. El hombre que ahora estrangula a Roma es grande en todas las cosas, y más que en ninguna otra en el error. El asesino debe ser de igual talla que el asesinado, si Roma no ha de ser esclavizada dos veces. No hay más que un romano de tal altura, y todos los ojos están puestos en ti. La mano que haya de abatirlo ha de ser tan desapasionada como la justicia. La tarea del tiranicida es una tarea sagrada; generaciones que aún no han nacido la recordarán con lágrimas de agradecimiento.

Ven a mirarlo; ríndele los honores que le son debidos; míralo como un gran hijo mira a un gran padre, y, con el golpe no de un solo hombre, sino de diez mil millares, mátalo.

Pensando en el hijo que pronto ha de nacer para ti, levanta la mano y asesta el golpe.

LVII-A. BRUTO A SERVILIA.

Devolviéndole la carta.

Esta carta es tuya. El haberla leído no la hace mía.

Las palabras en que me incitas a asesinar a un amigo y bienhechor son lo bastante claras. Las palabras con que cuestionas mi parentesco no lo son.

A los veinte años, señora, todo hombre debe bastarse a sí mismo como padre. Su padre corporal es muy grande, pero de menor importancia. Quienes cuestionan ese parentesco, por tanto, deben hacerlo no sólo bajo juramento y bajo el más solemne de los juramentos, sino con la claridad más absoluta.

No lo has hecho. Por consiguiente, he perdido, en dos sentidos, algo del respeto que estoy obligado a tenerte.

LVII-B. CORNELIO NEPOTE: LIBRO DE ANOTACIONES.

Notas sobre la conversación con Cicerón.

Pensé que el momento era propicio para hacerle la pregunta que toda Roma está deseando formularle desde hace treinta años:

–Dime, amigo, ¿cuál es tu opinión? ¿Es Marco Junio Bruto hijo de César?

De súbito, se puso serio.

–Cornelio –repuso–, debemos andarnos con cuidado cuando empleamos la palabra «opinión». Con mucha evidencia, me arriesgo a decir que sé una cosa; con una evidencia más limitada, me aventuro a decir que tengo una opinión; con menos aún, me permito una conjetura. Supón, sin embargo, que me creo con derecho a una conjetura: ¿puedo compartirlo *contigo*, cuando indudablemente la pondrás en un libro? En un libro, las conjeturas, no sé por qué, de lejos parecen más grandes que los hechos. Los hechos pueden discutirse; una glosa puede anularlos; pero no es fácil desterrar una conjetura. Las historias que leemos son poco más que procesiones de conjeturas que pretenden ser hechos.

»¿Es Marco Junio Bruto hijo de César? Pregunta mejor si sé o tengo alguna opinión sobre si Bruto, César o Servilia creen que existe semejante parentesco.

»Bruto es uno de mis mejores amigos. César es... César es el hombre a quien he observado más atentamente treinta, cuarenta años seguidos. Servilia..., bueno, en tiempos se barajó la posibilidad de que me casara con ella. Obviemos este asunto.

»He visto a los dos primeros juntos muchas, muchas veces, y nunca he visto que pasara entre ellos ni la menor señal que pudiera interpretarse como reconocimiento de tal parentesco. César tiene por Bruto altísima consideración. Siente por él el cariño, ese cariño tácito, de un hombre viejo por otro hombre más joven de notable capacidad. Tal vez debiera decir cariño a regañadientes..., es decir, algo como temor o cuando menos un... Vamos a ver, Cornelio, ¿nosotros los viejos nos regocijamos siempre al saber que en las generaciones siguientes habrá historiadores y oradores brillantes? ¿No sentimos que nuestros sucesores tienen el deber de sernos inferiores? Además, César siempre ha mantenido las distancias con todos los hombres de independencia incorruptible..., de los doce que hay, de los seis que aún existen. No puede menos de decirse que César no está siempre a disgusto en la sociedad de los hombres de mérito..., o más bien de los hombres que poseen a un tiempo habilidad y elevado carácter. ¡Oh, no! ¡Oh, no! Los admira. Le agrada la habilidad si carece de escrúpulos, y le agrada el carácter elevado si no es práctico; pero no puede sufrir ambas cosas en un mismo hombre. Se ha rodeado de granujas; le gusta hablar con sinvergüenzas; le placen sus chistes –Oppio, Mammurra, Milo–, todos canallas. Cuando trabaja, lo hace con gente como Asinio Polión, honrado, leal y mediocre.

»La conducta de Bruto respecto a César no difiere en nada de la que observa con todos nosotros, los viejos. Bruto no siente cariño por nadie, nunca lo ha sentido, nunca lo sentirá..., excepto, desde luego, por su mujer, y, tal vez a causa de ella, un poco por su suegro. Conoces ese rostro impasible y bello, ese modo deliberado de hablar, esa cortesía austera. Si él creyese que César es o pudiera ser su padre..., ¡no, no puedo creerlo! Le he visto agradecer a César sus favores; le he visto disentir de César; es más; le he visto presentar su mujer a César. En César todo es actuación y nunca llegaremos a saber lo que piensa, pero Bruto no tiene nada de actor, y me atrevería a jurar que ni siquiera ha pensado nunca en semejante posibilidad.

»Queda nuestra conjetura respecto a lo que cree Servilia.

»Mas antes de llegar a esto, hay algo que añadir: hace treinta años muchos consideraban que la existencia de ese parentesco era algo incuestionable. Las fechas, si así puede decirse, sustentan esa paternidad. En aquel tiempo, César estaba consolidando su avance político merced a una sucesión calculada de adulterios dobles. Las mujeres tomaban por entonces parte de forma mucho más significativa en la vida de la República, y Servilia poseía una de las más brillantes cabezas políticas, entre hombres y mujeres, de toda la aristocracia. Podía gobernar la política de veinte multimillonarios estúpidos y vacilantes; no necesitaba sino decirles *qué habían de temer próximamente.* No juzgues a la Servilia de aquel tiempo por la Servilia de hoy. Hoy no es más que una mujer frenéticamente intrigante, que patalea entre principios absurdos y contradictorios e inunda la ciudad de cartas anónimas, pero transparentes. El clima de Roma ha empeorado para las mujeres. Ni siquiera juzgues a la Clodia de diez años atrás por la Clodia de hoy. Roma, veinte y treinta años atrás, era una arena de mujeres fuertes... Piensa en la madre de César, en la madre de Pompeyo, en la tía de César. No pensaban sino en política y no permitían que sus maridos, amantes, clientes e hijos pensasen en otra cosa. Ahora todo el mundo finge escandalizarse ante el hecho de que sus madres y sus abuelas repetidamente se casasen y se divorciasen sencillamente por razones de conveniencia política. Olvidan que no sucedía así únicamente porque las novias trajesen consigo riqueza y relaciones de familia..., pues era bien sabido que la novia era por sí misma un general político. Cuando la lucha entre Sila y Mario llegó a su punto culminante, el envenenamiento era tan frecuente que antes de ir a comer, incluso a casa de la propia hermana de uno, había que pensárselo dos veces.

»¡Puedes figurarte la habilidad que César necesitaba para entrar y salir a escondidas en los lechos de aquellas Clitemnestras batalladoras! Ésa es una historia que nunca se ha contado. El prodigio consiste en que cada una de sus sucesivas amantes sigue hasta la fecha rindiéndole pleitesía. ¡Cuántas veces, encontrándome en compañía de una u otra de nuestras maduras matronas, he dado un giro a la conversación para elogiar a este hombre sólo para descubrir que me escucha una muchacha medio desmayada y que apenas puede respirar, convencida como está de que ha sido la única inspiradora de aquella carrera tan llena de competidoras.

Aquí, Cicerón se echó a reír y volvió a atragantarse, y hubo que darle golpecitos en la espalda para animarle a proseguir.

–Y ahora, date cuenta –continuó–: César, que en el matrimonio sólo ha sido capaz de conseguir un vástago, fuera del matrimonio estuvo muy a punto de justificar su apodo de «Padre de la Patria». Indudablemente, ha hecho todos los esfuerzos posibles para ligar a todas esa madres influyentes con el lazo de un hijo. Además, se observó a menudo que cuando la mujer a quien dedicaba sus atenciones le anunciaba que estaba encinta..., ¿me atiendes?..., y cuando estaba convencido de que era en verdad el padre de aquella... de aquella esperanza, invariablemente se le retribuía con extrema generosidad; regalaba a la dama un obsequio, que nunca era humilde.

»Durante los años de que estamos hablando, no olvides que César no tenía dinero. Sí, durante los veinte años más críticos de su carrera, César fue... gastador sin renta y pródigo con el dinero ajeno.

[Aquí sigue la digresión de Cicerón sobre César y el dinero, que ya se ha ofrecido en el documento XII.]

»De todos modos, César rescató de la inactividad suficiente dinero de sus amigos para ofrecer a Volumnia la *Andrómaca* de Apeles (una temática muy indicada para una adúltera), la pintura más formidable del mundo, aunque no sea sino pálida reliquia de lo que una vez fue. ¿Puede dudarse de que las dos hijas gemelas de Volumnia son hijas de César? ¿No está ahí la *nariz...*, la nariz por partida doble? Y a Servilia le dio la perla sonrosada que luce tan religiosamente en cada fiesta de la fundación de la ciudad. Es la primera perla del mundo, y en su tiempo fue el objeto de que más se hablaba en Roma. El poco apetitoso pecho en que ahora reposa, amigo mío (desafiando todas las leyes suntuarias), fue en otro tiempo tan hermoso como ella. ¿Es la recompensa por haber concebido a Marco Junio Bruto? No lo sabremos, nunca lo sabremos.

LVIII. CÉSAR, EN ROMA, A BRUTO, EN MARSELLA.

17 de agosto

Por correo privado.

No tengo que decirte con qué satisfacción he recibido informes de muchas fuentes acerca de la manera ejemplar con que has ejercido tu alto oficio. Confío en que mi elogio sea una satisfacción para ti por dos razones: la menor es que viene de un amigo que se enorgullece y se complace en todo cuanto haces; la mayor es que también yo, soy un servidor del Estado romano, y sufro cuando se le ofende y me regocijo cuando se le sirve con nobleza. Por los dioses inmortales, desearía que de todas las provincias me llegasen noticias de tal justicia, de tal incansable preocupación por todos los súbditos de Roma, de tal energía en la ejecución de sus leyes. A miles de seres que despiertan de su sueño de barbarie les has hecho amar y honrar a Roma, y se la has hecho temer sólo hasta el punto en que todos debemos temerla con equidad.

Vuelve, muchacho querido, al país que te pide trabajos de cada vez mayor envergadura.

La carta que estoy escribiéndote está destinada exclusivamente a ti, y te insto a que la destruyas apenas la hayas leído. Tómate el tiempo que necesites para escribirme tu respuesta; mi correo esperará cuanto precises.

No creo que entre las responsabilidades de un gobernante esté, en una República, la de indicar o nombrar un sucesor. Del mismo modo, tampoco creo que el cabeza de una República deba estar investido con poderes dictatoriales. Sin embargo, soy un dictador, y estoy convencido de que los poderes que me he visto obligado a asumir son necesarios para el Estado. Y estoy convencido asimismo de que sólo el nombrar yo mi sucesor puede salvar a ese Estado de otra larga y agotadora guerra civil. Tú y yo hemos conversado largo y tendido respecto a la naturaleza del gobierno y al grado en que puede dejarse que se gobiernen a sí mismos en estos tiempos nuestros ciudadanos romanos. No siempre hemos estado de acuerdo respecto al grado en que son capaces de gobernarse. Te nombré para el puesto que ahora dejas para que pudieses aprender, a través del diario ejercicio de la administración, la enorme proporción en que los hombres que desempeñan las más humildes funciones dependen de los que están por encima de ellos. Ahora deseo que ocupes una posición semejante en la capital y que descubras por ti mismo una verdad similar respecto a nuestros ciudadanos en Italia.

Deseo que ocupes el puesto de pretor. Voy a nombrar a tu cuñado [Casio] para que ejerza contigo. Deseo que seas pretor de la ciudad; de los dos oficios es el más difícil, el que está más expuesto a la vista del público, y el que está más cerca de mí.

Como ya he dicho, creo que, dada la disposición de nuestros ciudadanos y la situación política en la península, es deber mío nombrar mi sucesor. Cierto es que un hombre en mi posición puede nombrar un sucesor, pero no puede confirmarlo. Hay una cosa en la que todos los hombres son igualmente ignorantes y ésa es el porvenir.

Un sucesor tiene que confirmarse a sí mismo. Hay modos, sin embargo, mediante los cuales, vivo y muerto, puedo aún prestar ayuda al hombre que me siga. Esa ayuda es introducirle en los métodos mediante los cuales se administra el mundo, y compartir con él la información y la experiencia que es imposible obtener en otra parte. Como pretor de la ciudad, estarán a tu disposición.

Me doy cuenta día tras día de que mi vida puede acortarse en cualquier momento. No quiero emplear contra mis enemigos salvaguardias que me proporcionasen una seguridad personal a costa de estorbarme los movimientos y de alarmarme la mente. Hay muchas horas durante el día en las que cualquier asesino podría destruirme con facilidad. El reconocimiento de esos peligros me lleva a pensar en mi sucesión. Aun cuando hubiese tenido hijos, no creo que la jefatura se transmita mediante la paternidad. La jefatura pertenece a los que aman el bien público y tienen aptitudes y formación para administrarlo. Te creo dotado de tal amor, y de tales aptitudes; la formación ha estado en mi poder asegurártela. La decisión de si quieres o no asumir el mando supremo está en tus manos.

Te ruego me transmitas tus impresiones acerca de este asunto.

LVIII-A. BRUTO A CÉSAR.

[Respuesta inmediata.]

Te agradezco el elogio. Te agradezco la ayuda que me prestaste durante todo el desempeño de mis funciones. Acepto el ser pretor de la ciudad y espero desempeñar el cargo de modo que puedas conservar la buena opinión que te ha llevado a confiármelo.

El oficio ulterior a que te refieres no quiero tomarlo en cuenta. Mis razones para rechazarlo están contenidas en tu misma carta. Permíteme citar tus propias palabras: no creo que en una República esté, entre las responsabilidades de un jefe, la de designar su sucesor. El puesto de César sólo puede llenarlo un César; si queda vacante, ese oficio y esa concentración de poder deben terminar necesariamente. Quieran los dioses inmortales preservarte para dirigir el Estado a la manera que sólo tú puedes hacerlo; cuando abandones el oficio, puedan ellos preservarnos de una guerra civil.

Mis razones últimas para negarme a aceptar tal oficio son estrictamente particulares. Con el paso de los años, me voy sintiendo más y más inclinado al estudio de la filosofía. Cuando haya servido a ti y al Estado durante algún tiempo como pretor de la ciudad, te pediré que me dejes libre para poder consagrarme por entero a tal estudio. En él espero dejar detrás de mí un monumento que no sea indigno de nuestro espíritu romano y de tu buena opinión.

LIX. CÉSAR A PORCIA, ESPOSA DE MARCO JUNIO BRUTO, EN ROMA.

18 de agosto

No puedo negarme el placer de comunicarte que hace algunos días llamé a tu marido a esta ciudad. Lo hice no sin pena, señora, porque los que aman a Roma bien pudieran desear que permaneciese para siempre en la Galia Cisalpina, continuando los notables servicios que allí le presta.

Permíteme repetirte las palabras que le he escrito recientemente:

«Por los dioses inmortales, desearía que de todas las provincias me llegasen noticias de tal justicia, de tal incansable preocupación por todos los súbditos de Roma, de tal energía en la ejecución de sus leyes.»

Permíteme decirte que no hay nada relacionado con tu casa que a mí no me afecte. Ni siquiera las diferencias de opinión han disminuido el profundo respeto que me inspiran quienes tienen vínculos más íntimos contigo [Porcia era hija de Catón el Joven.] Ha llegado hasta mí la noticia de que estás esperando un hijo. No sólo tú, señora, sino toda Roma espera a un niño de tan noble herencia. Me congratula pensar que el padre del niño estará presente en esa hora tan propicia.

LIX-A. PORCIA A CÉSAR.

19 de agosto

Porcia, mujer de Marco Junio Bruto, envía su agradecimiento a Cayo Julio César, dictador, por su bondadosa misiva, y por la parte que le corresponde en las muy halagüeñas noticias que contiene.

LIX-B. DIARIO-CARTA DE CÉSAR A LUCIO MAMILIO TURRINO.

Hacia el 21 de agosto

No hay hombre que esté libre de envidia. Abrigo tres impulsos envidiosos, si puede darse tal nombre a tres motivos de meditación admirativa. Te envidio a ti el alma; a Catulo, su canto; y a Bruto, su nueva mujer. De las dos primeras envidias ya te he hablado con profusión, aunque no por última vez.

La tercera no es una recién llegada a mis pensamientos. Ya había reparado en ella cuando estaba casada con mi vanidoso e incompetente amigo [M. Calpurnio] Bíbulo. Qué extraordinariamente bien le sienta a una mujer el silencio, no un silencio que sea ausencia y vaciedad –aunque ése es poco frecuente–, sino un silencio que es todo atención. Uno así agraciaba a mi Cornelia, a quien yo llamaba «mi silencio que habla»; y a mi Julia, largo tiempo silenciosa y callada hasta en mis sueños; así es Porcia, la hija de Catón.

Y, sin embargo, cuando se deciden a hablar, ¿qué elocuencia o qué ingenio pueden rivalizar con ellas? Podrían hablar de las cosas más menudas del gobierno de la casa, y Cicerón en pleno Senado no halagaría tanto el oído. Mis envidiosas meditaciones me enseñan el porqué. Lo trivial es inaguantable sólo en labios de aquellos que le dan importancia. A pesar de lo cual nuestras vidas están sumergidas en lo trivial; lo que tiene importancia llega a nosotros envuelto en los numerosísimos detalles de lo trivial; lo trivial tiene esta dignidad: existe y es omnipresente. Por su misma naturaleza, las mujeres son los custodios de una cantidad inmensa de tal insignificancia llena de tantas consecuencias. Para un hombre, el cuidado de los niños resulta más molesto que la cría de animales y más exasperante que acampar entre los mosquitos del desierto africano. Una mujer silenciosa es la que ha diferenciado en su intelecto entre el detalle que hay que olvidar a toda prisa y el detalle que merece que vuelva a prestársele atención.

Envidiar a otro hombre por su mujer generalmente no tiene ese carácter tan pacífico; pero así sucede en mi caso. Mientras vivió Bíbulo, visitaba a menudo su casa y le veía, y le envidiaba la vuelta por la tarde a aquella juiciosa tranquilidad. Cuando Bíbulo se murió, medité largo tiempo diversas opciones; pero cualquier movimiento me parecía fuera de lugar. Mucho lo meditó Bruto también, sin duda; fue censurado enormemente por divorciarse de Claudia [hija de Apio Claudio, prima lejana de Clodia] después de tan prolongado matrimonio; pero yo supe comprenderlo, y toda Roma puede percibir una felicidad que envidiaría hasta el más malhumorado estoico, y aprobar hasta el más vigilante dictador. [Este matrimonio reforzó el único partido de oposición entre los aristócratas que pudiera jactarse de contar con amplio sostén por parte de la opinión popular. Bruto se casó con su prima, puesto que su madre, Servilia, era hermana del padre de Porcia, Catón el Joven; Casio y Lépido estaban casados con dos medio hermanas de Bruto, hijas de Servilia en su primer matrimonio con el cónsul Sileno; ambas eran mujeres de pésima reputación.] ¿Puede compararse con tu madre y la mía y con mi tía?... No lo sé. Tal vez sus virtudes tengan esa inflexibilidad que echa a perder la de su marido y la de su padre, hombres sin alegría. No puede uno menos de deplorar una autoridad que se ha formado mediante la reacción contra un ambiente escandaloso; no se tarda en adoptar un tono de censura y autocomplacencia. Me causa algún placer recordar que mi amigo Bruto no siempre fue un filósofo tan marmóreo. Durante algún tiempo languideció junto a la Incomparable [Cytheris, la actriz], e hizo su fortuna por medios harto discutibles en Capadocia y Chipre. Yo, que era cónsul aquel año, le salvé a duras penas de un clamoroso proceso por concusión.

Sí, esos moralistas son virtuosos por reacción, y de ahí su rigidez. ¡Ojalá este «silencio que habla» pueda tener influencia benéfica sobre el noble y hermoso Bruto! [Esto último constituye un juego de palabras, porque *bruto* significa al mismo tiempo «bruto» y «feo».]

LX. LA CADENA DE LA CONSPIRACIÓN.

La siguiente carta en cadena se hizo circular a través de toda la península entre millares de personas durante las primeras semanas de septiembre del 45. Ésta, la primera, apareció en Roma el 1 de septiembre.

El Consejo de los Veinte, a todo romano digno de sus antepasados:

Prepárate a deshacerte de la tiranía bajo la cual gime nuestra República. Nuestros padres murieron para adquirir las libertades que nos está robando un solo hombre. Se ha formado un Consejo de los Veinte; ha prestado juramento ante los altares; los dioses han confirmado que su empeño es justo y tendrá éxito. Todo romano que reciba este boletín debe hacer de él cinco copias. Con todo secreto, ha de procurar que las tales copias lleguen a manos de cinco hombres, romanos de quienes se presuma que han de compartir esta opinión o de adoptarla; a su vez se les animará a que haga cada uno otras tantas copias.

Seguirán otros boletines. Sus disposiciones se irán definiendo de forma gradual.

¡Muera César! Por nuestro país y por nuestros dioses. Silencio y resolución.

El Consejo de los Veinte.

LX-A. ASINIO POLIÓN A CÉSAR.

Éste es el final del informe de Polión a César desde Nápoles del 18 de septiembre, ofrecido como documento XIV.

Mi general, te envío las trece copias de la carta en cadena que me fueron remitidas durante los últimos seis días –tres en mi alojamiento en Posilipo, diez aquí–. Mi general, observarás que cinco de ellas parecen haber sido escritas por la misma mano, aunque ha intentado disfrazarse. Quinto Cota recibió 16; Lucio Mela, 10.

Un mecanismo equivalente se ha puesto en movimiento en estos lugares para el pueblo que no sabe leer ni escribir. Se han puesto en circulación piedrecillas y caracolas en las que puede leerse «XX/C/M» [lo cual significa «Muerte»]. Mi asistente me asegura que producen más indignación que entusiasmo, y que provocan la circulación de otras piedras con la inscripción XX/M. Ambas inscripciones se ven también en los pavimentos, muros, etc.

No me arriesgo a someter sugestiones a mi general respecto a las medidas calculadas para contrarrestar esta actividad. Sea como sea, te ofrezco los resultados de una discusión sobre el asunto sostenida aquí en nuestras oficinas entre Cotta, Mela, Annio, Turbatio y yo.

1. El movimiento se inició en Roma. Su primera aparición fue hace quince días.

2. Se capturó a tres esclavos cuando entregaban las cartas. Se les sometió a tormento. Dos declararon que habían encontrado los papeles, dirigidos a nosotros, en lugares públicos (una vieja que vendía higos halló uno en su cesto) y luego los habían entregado con esperanza de recibir alguna recompensa. Toda la circulación depende de la costumbre de dar propina a los que traen algún mensaje. El tercer esclavo dijo que la carta dirigida a mí se la había entregado una mujer tapada con un velo, en la orilla del mar.

3. Los iniciadores de esta actividad no parecen pertenecer al grupo de Clodio Púlquer, porque carecen de astucia y paciencia; ni a los descontentos de Casio Casca, que sólo pensarían en términos de un grupo pequeño. El deseo de promover amplia adhesión, la relativa falta de incitación a la violencia, junto con las pretensiones de aprobación religiosa, sugieren un grupo estudioso y acaso de

más edad. No excluimos la posibilidad de que un Cicerón o un Catón puedan haber llegado a este tipo de medidas.

4. Es difícil ver cómo un movimiento de cartas en cadena podría transformarse de acción negativa en una acción positiva. Estamos de acuerdo, sin embargo, en que el tal movimiento pudiera conseguir resultados dañosos para el buen gobierno y esperamos todas las instrucciones que puedan darse para contrarrestarlo.

LX-B. SEGUNDO BOLETÍN.

Éste obtuvo aún mayor circulación en toda la península. Las copias empezaron a aparecer en Roma el 17 de septiembre.

El Consejo de los Veinte, a todo romano digno de sus antepasados: segundo boletín.

Se insta a todo romano que reciba el presente boletín a hacer de él cinco copias y, con todo secreto, procure hacerlas llegar a manos de los cinco hombres a quienes haya entregado las anteriores.

He aquí nuestras instrucciones:

Empezando el 16 de este mes de septiembre, cada romano, hasta donde sea posible, procurará que él y los de su casa hagan las compras en la ciudad, se presenten ante los tribunales y se entreguen a todas las actividades de la vida pública sólo en los días pares del mes.

Además, cuantos estén en Roma se dedicarán asiduamente y con ostentación a aclamar al dictador siempre que aparezca y a acompañar a su séquito en todas sus apariciones públicas. En la conversación se declararán con entusiasmo en favor de todos sus proyectos, en particular del traslado de la capital a Oriente, de una campaña militar en la India y de la restauración de la monarquía.

Nuestro próximo boletín contendrá medidas aún más definidas.

¡Muera César! Por nuestro país y por nuestros dioses. Silencio y resolución.

El Consejo de los Veinte.

LX-C. LIBRO DE ANOTACIONES DE CORNELIO NEPOTE.

Este registro está escrito después de la muerte de César.

Durante el otoño del 45, los principales temas de conversación eran las llamadas «cartas en cadena» y la visita de Cleopatra. De hecho, la iniciativa de las cartas en cadena la atribuyeron muchos a la reina de Egipto, porque pensaron que tenían cierto rasgo de retorcimiento oriental, que no se le hubiera ocurrido a un romano. El público observó con enorme interés el requerimiento de atender a los asuntos de la vida pública únicamente en los días pares. En un principio, se notó que las actividades se desarrollaban sobre todo en los días impares. Pero esa preponderancia se redujo gradualmente, y se hizo evidente lo contrario.

LXI. DIARIO-CARTA DE CÉSAR A LUCIO MAMILIO TURRINO.

Incluye una copia de los primeros boletines de los conspiradores.

Del 8 al 20 de septiembre

979. Alguien ha ideado un nuevo método de preparar al pueblo para una zozobra del Estado y para mi muerte por asesinato.

Incluyo una copia de esas notificaciones públicas. Están circulando a miles por toda Italia.

Apenas ha pasado un día durante este último año en que no haya recibido prueba detallada de uno u otro movimiento de conspiración. Me traen listas de nombres y relaciones de sus reuniones. Intercepto cartas. La mayoría de tales grupos están increíblemente poco cohesionados. Entre sus miembros siempre hay alguno que está deseando vender su información por dinero o por favor.

Cada nueva conspiración despierta en mí gran interés..., iba a decir «feliz interés», que pronto se transforma en decepción.

En primer lugar, estoy casi seguro de que tarde o temprano moriré a manos de un tiranicida. No he querido complicarme la vida con la protección constante de guardas armados, ni el ánimo con la práctica de vigilante ansiedad. Desearía fuese la daga de un patriota la que me derribase, pero estoy igualmente expuesto a las de un loco o un envidioso. Mientras tanto, por medio de encarcelamientos, destierros, admoniciones y exposición al público, he detenido las conspiraciones según iba teniendo noticia de ellas.

Como digo, las he seguido con interés. Siempre es posible que entre los que planean mi muerte encuentre al hombre que tiene razón en los asuntos en que yo me equivoco. Hay en el mundo muchos hombres mejores que yo, pero aún no he visto al hombre que pudiera ser mejor gobernante de nuestro Estado. Si existe, me figuro que ahora ha de estar planeando mi muerte. Roma, tal como le he dado forma, tal como he tenido que darle forma, no es lugar agradable para un hombre cuyo genio sea el genio de gobernar desde la cumbre. Si yo ahora no fuera César, sería el asesino de César. (Esta idea no se me había ocurrido hasta este momento, pero veo que es verdad;

es uno de los muchos descubrimientos que acuden a mi mente siempre que te escribo una carta.)

Pero existe una razón aún más profunda por la cual desearía saber algo acerca del hombre que ha de matarme, aun si ese conocimiento hubiera de ser mío sólo en el último instante de mi vida. Y eso me obliga a volver a la pregunta que como sabes me absorbe cada vez más: ¿hay un Entendimiento, en el universo o por encima del universo, que se dedica a vigilarnos?

A menudo me llaman «favorito del destino». Si los dioses existen, me colocaron donde estoy. Han situado a cada uno de los hombres donde está. Pero el hombre que ocupa mi asiento es uno de sus nombramientos más importantes..., como lo es, a su modo, el poeta Catulo; como lo eres tú; como lo fue Pompeyo. El hombre que me mate arrojaría tal vez alguna luz sobre la naturaleza de los dioses. Sobre su instrumento elegido. Pero mientras estoy escribiendo esto, la pluma se me cae de la mano. Probablemente, pereceré a manos de un loco. Los dioses se esconden hasta en la elección de su instrumento. Todos estamos a merced de una teja que cae. Nos quedamos con la visión de un Júpiter que va arrancando tejas para que caigan sobre un vendedor de limonada o sobre César. El jurado que condenó a muerte a Sócrates no estaba constituido por instrumentos augustos, como tampoco lo eran el águila y la tortuga que mataron a Esquilo. Es posible que mi último momento de conciencia lo llene la última de las muchas confirmaciones de que los asuntos de este mundo proceden con la misma falta de sentido con la que una corriente lleva hojas en su marea.

Hay otra faceta en el ardor con que investigo en cada nueva conspiración. ¿No sería un maravilloso descubrimiento encontrarme con que me odia a muerte un hombre cuyo odio es desinteresado? Ya es bastante raro encontrar un amor desinteresado; hasta ahora, en los que me odian no he descubierto nada más allá de los impulsos de la envidia, de la ambición del propio medrar, o del consuelo de la destrucción. Tal vez en el último instante se me permita contemplar la cara del hombre cuyo único pensamiento es Roma y cuya única idea es que yo soy el enemigo de Roma.

980-982. [Ya facilitado en el documento VIII.]

983. [Sobre el clima.]

984. [Sobre la divergencia creciente entre el latín hablado y el escrito y la decadencia de las terminaciones de caso y el subjuntivo de los verbos en el habla popular.]

985. [De nuevo sobre la primogenitura y la herencia de la propiedad.]

986. [Acompañando al segundo boletín de la conspiración.]

Adjunto la segunda nota hecha pública por el Comité de los Veinte. Aún no he sabido quiénes son los iniciadores de esta serie. Huele a alguna nueva clase de descontentos.

Desde la infancia, he prestado atención a la actitud que los hombres adoptan con quienes están colocados por encima de ellos y se encuentran en posición de restringir sus movimientos. ¡Cuánta deferencia y lealtad enmascarando tanto desprecio y odio! La deferencia y la lealtad proceden de la gratitud que un hombre experimenta hacia aquel que le alivia de las responsabilidades y los terrores de la gravosa decisión; el desprecio y el odio, de su resentimiento contra el hombre que limita su libertad. Durante parte del día y de la noche, el hombre más manso del mundo es, oscuramente, el asesino de los que pueden imponerle obediencia. En mi juventud, a veces me llenaba de consternación descubrir que, despierto o dormido, me sentía inclinado a desear la muerte de mi padre, de mis preceptores y mis gobernantes por los cuales sentía cariño verdadero aunque intermitente. Por esa razón acostumbraba a escuchar con cierto placer las canciones que mis soldados cantaban en torno a sus hogueras de campaña; por cada cuatro canciones que me ponían por las nubes junto a los dioses, había una quinta que me rebajaba a la idiotez, al vicio senil y a la decadencia. Estas últimas las cantaban con más brío, y los bosques resonaban con la alegría de mi muerte. No encontraba dentro de mí ira, sino sólo un poco de diversión y unos cuantos pasos acelerados hacia la ancianidad cuando descubrí que hasta Marco Antonio y Dolabella se habían unido durante algún tiempo a un grupo que estaba planeando mi muerte; durante algún tiempo, el amo a quien amaban se había fundido con todos los amos a quienes habían odiado. Sólo los perros no muerden nunca a sus amos.

Esta combinación de impulsos forma parte del movimiento del mundo y no es cosa de aprobarla o desaprobarla, porque, como todos los impulsos fundamentales, produce el bien y el mal. Y de ello extraigo la confirmación de mi convencimiento de que el movimiento central de la mente es el deseo de libertad sin trabas, y de que ese movimiento va invariablemente acompañado por su opuesto, un temor a las consecuencias de la libertad.

LXII. NOTAS DE CATULO ENCONTRADAS POR LA POLICÍA SECRETA DE CÉSAR.

Llegaron a manos del dictador el 27 de septiembre.

Estos borradores estaban escritos en el reverso de hojas que contenían fragmentos de poesías o en pizarras. En ambos casos habían sido borrados descuidadamente.

... Se ha formado un Comité de Diez...

... Este Comité de Veinte, después de haber prestado juramento ante los altares de los dioses...

... empezando el doce del próximo mes de septiembre...

... en los días impares del mes evitarán de toda...

... asistencia asidua a las apariciones en público del dictador... aclamaciones de profusa adulación...

LXII-A. CÉSAR A CATULO.

27 de septiembre

Se me ha llamado la atención sobre el hecho de que algunos amigos tuyos han puesto en circulación una serie de documentos destinados a derrocar el gobierno de la República.

Considero tales medidas pueriles y equivocadas más que criminales. Tus amigos deben de haber reparado en los pasos que ya he dado para hacerlas inofensivas y ridículas. Sin embargo, se me presiona para que castigue públicamente a sus perpetradores.

Me cuesta trabajo creer que hayas tenido que ver en tan inepta incursión en los asuntos públicos; pero hay prueba de que, cuando menos, estabas enterado de ella.

Por mi larga amistad con tu padre, estoy dispuesto a tratar con blandura a esos jóvenes equivocados. Pongo su suerte en tus manos. Si puedes informarme de que cesará su implicación en la circulación de esas cartas, daré el asunto por zanjado.

No quiero oír ningún alegato en defensa de su acción. Unas palabras afirmativas tuyas serán suficientes. Esas palabras puedes transmitírmelas pasado mañana cuando te encuentre, según me dicen, en la comida que ofrecen C. Publio Clodio y la señora Clodia Púlquer.

LXII-B. CATULO A CÉSAR.

28 de septiembre

Las cartas de que hablas las planeé yo solo, y sus primeras copias las envié solamente yo. No existe ningún Comité de los Veinte.

Los medios que he empleado para recordar a los romanos sus restringidas libertades bien pueden parecerle inapropiados a un dictador. Sus poderes son ilimitados, como lo son sus celos de toda libertad que no sea la suya. Sus poderes se extienden hasta el saqueo de los papeles privados de los ciudadanos.

La composición mía de esas cartas ya ha cesado, dado que también lo ha hecho su eficacia.

LXII-C. TERCER BOLETÍN DE CONSPIRACIÓN, ESCRITO POR JULIO CÉSAR.

Con «dado que también lo ha hecho su eficacia», *Catulo quería decir que el país estaba ya tan inundado de cartas escritas a imitación de las suyas que el movimiento se había disipado en el asombro y el desaliento del interés de los ciudadanos. Este tercer boletín, que apareció pocos días después del segundo, fue el que alcanzó mayor circulación.*

El Consejo de los Veinte a todo romano digno de sus antepasados: tercer boletín.

El Consejo de los Veinte cree que estas cartas han tenido la suficiente circulación. Cientos de miles han despertado al odio patriótico hacia el opresor y a la ardiente expectación de su muerte.

Mientras tanto, se os conmina a que preparéis al pueblo

a este fausto acontecimiento. Por lo tanto, no perdáis ocasión de ridiculizar las llamadas hazañas del tirano.

Rebajad sus conquistas. Recordad que el territorio fue conquistado por los generales que trabajaban sometidos a él y a los cuales negó todo mérito. Le llaman Invencible, mas es bien sabido que sufrió muchas costosas derrotas que se ocultaron al pueblo romano. Divulgad historias que hablen de su cobardía personal ante el enemigo.

Recordad las guerras civiles, recordad a Pompeyo. Recordad al pueblo la brillantez de sus circos.

La distribución de tierras: extendeos sobre la injusticia que se ha cometido con los grandes terratenientes. Insinuad que los veteranos no han recibido sino tierras pedregosas o pantanosas.

El Consejo de los Veinte ha hecho detallados planes para controlar el orden público y las finanzas. Los edictos seniles del dictador se revocarán de inmediato: las leyes suntuarias, la reforma del calendario, la nueva moneda, el sistema de diez cabezas para la distribución del grano, el insensato gasto de los fondos públicos en la irrigación y el control de las vías de agua. Reinará la prosperidad y la abundancia.

¡Muera César! Por nuestro país y por nuestros dioses. Silencio y resolución.

El Consejo de los Veinte.

LXIII. CAYO CASIO, EN PALESTINA, A SU SUEGRA, SERVILIA, EN ROMA.

3 de noviembre

Leyendo entre líneas, la carta siguiente versa sobre las ocasiones para asesinar a César y los medios de inducir a Bruto a secundar a la conspiración.

La compañía que está buscando el medio de honrar a nuestro amigo aumenta a diario. Hay muchos cuyos nombres no conocemos. Nuestros esfuerzos para saber quiénes eran los admiradores del mes pasado [pregunta: ¿quiénes atacaron a César el 27 de septiembre?] no han dado resultado.

Es difícil encontrar una ocasión en que pueda conferirse semejante honor, porque es preciso que, a un mismo tiempo, llegue por sorpresa a quien lo recibe y produzca la más intensa y agradable impresión sobre quienes lo presencian. Se hicieron planes a tal efecto para el final de la recepción de la reina de Egipto Nuestro huésped de honor desapareció misteriosamente de la reunión, y se pensó que había recibido alguna indicación de la ovación que iba a tributársele.

Cada vez me inclino más a pensar que habrá que retrasar este fausto acontecimiento hasta que al menos uno más de los colaboradores más cercanos de nuestro amigo esté incluido entre los que han de prodigarle ese honor. Tenemos una deuda muy grande contigo por tus esfuerzos en este sentido. La persona en quien estoy pensando ha evitado mi compañía, y hasta me envió excusas para no recibirme en su propia casa.

Comprendemos todo el peso, honrada señora, de tus argumentos instándonos a darnos prisa. También nos alarma la posibilidad de que otros se nos adelanten en esta loable empresa, y con resultados que no podrían por menos de ser desastrosos. Espero verte la próxima vez que vaya a la ciudad.

Larga vida y salud para el dictador.

LXIV. PORCIA, ESPOSA DE M. JUNIO BRUTO, A SU TÍA Y SUEGRA, SERVILIA.

26 de noviembre

Con respeto, pero con firmeza, señora, debo pedirte que dejes de visitar mi casa. Mi marido no me ha ocultado la repulsión que experimenta al recibirte y el alivio que siente cuando te marchas. No habrás dejado de notar que no va nunca a tu casa. De ahí puedes deducir que te recibe aquí sólo por un sentido de deber filial. Su agitado comportamiento y su turbado sueño después de tus visitas me llevan a tomar esta iniciativa. La hubiese tomado antes, porque siento que no está bien que a mí, su mujer, se me obligue a salir de la habitación durante cada una de vuestras entrevistas.

Me conoces desde hace muchos años. Sabes que no soy mujer amiga de disputas y que con anterioridad he reconocido deberte muchas cosas. El que mis hermanas se hayan visto ya obligadas a tomar esta resolución no la hace más fácil para mí. [Se refiere a sus cuñadas; al parecer, las mujeres de Casio y de Léntulo también habían cerrado las puertas a su madre.]

Mi marido no sabe que te escribo esta carta. No me importa que se lo hagas saber si así lo deseas.

Te doy las gracias por la carta en que me transmitías tus condolencias por mi gran pérdida [su aborto]. Habría agradecido más tus expresiones de afecto y estimación si por otra parte me hubieses demostrado que me tenías por miembro de este hogar hasta el punto de incluirme en tus agitadas conversaciones con mi marido.

LXIV-A. INSCRIPCIÓN.

Las siguientes palabras estaban inscritas en una tableta de oro que, entre otras tabletas conmemorativas semejantes, habían sido incrustadas en el muro detrás de los altares de los dioses lares de las familias Porcia y Junia, donde permanecieron hasta la destrucción de Roma.

Porcia, hija de Marco Porcio Catón, de Útica, casada con Marco Junio Bruto, el tiranicida, se daba cuenta de que su marido estaba ocultándole los planes que por entonces hacía para libertar al pueblo romano. Una noche se hundió una daga profundamente en una pierna. Durante muchas horas no se quejó ni dio señal alguna del gran dolor que la consumía. Por la mañana, mostró a su marido la herida, diciendo: «Si he guardado silencio en esto, ¿no se puede fiar de mí mi señor para guardar sus secretos?». Entonces su marido la abrazó llorando, y le comunicó todos los pensamientos que había guardado ocultos en su alma.

LXV. LA SEÑORA JULIA MARCIA, DESDE LA CASA DEL DICTADOR, EN ROMA, A LUCIO MAMILIO TURRINO, EN LA ISLA DE CAPRI.

20 de diciembre

Hemos pasado un tiempo muy angustioso, querido muchacho. Me perdonarás si no te doy muchos detalles. Ese terrible acontecimiento [la profanación de los ritos de la Buena Diosa] nos ha herido a todos. Salimos de la casa como pudimos. Nos mirábamos a la cara unas a otras como fantasmas. Estamos esperando algún castigo..., quiero decir, estamos deseando algún castigo. Mas, por supuesto, ya hemos sido castigadas. Como puedes suponer, el incidente ha despojado a Roma de toda su alegría en la fiesta de Saturno. [La Saturnal empezaba el 17 de diciembre.] Y mi administrador me escribe que una sombra se ha extendido sobre las aldeas de nuestras colinas. Lo siento especialmente por los niños y los esclavos, porque esta estación ha sido siempre para ellos la cumbre del año.

Las últimas noticias me causan no menor alarma que el escándalo mismo. La pérfida pareja ha sido absuelta. No cabe duda de que Clodio ha comprado a los jueces con sumas enormes. ¿Qué decir a esto? Nos vemos obligados a vivir en una ciudad en que a la opinión pública se la aplasta con dinero. Me dicen que la multitud se agolpa durante todo el día ante las casas de los jueces y escupe en las paredes y en las puertas. Hablé un momento con Cicerón esta mañana. Está abrumado de desesperación. Su discurso en el juicio ha sido el más grande que ha pronunciado nunca. Se lo dije, pero no hizo más que mover las manos en el aire, y las lágrimas le corrían por el rostro.

La negativa de mi sobrino a ocuparse del asunto es comprensible, aunque la lamento profundamente. Que no se decidiera a hacerlo como marido no le absolvía de hacerlo como supremo pontífice. Hay en todo esto un detalle que me creo obligada a decirte, pero muy confidencialmente. Mi sobrino sabía de antemano que ese hombre tremendo iba a presentarse en los ritos. Hubiera podido hacerle prender en la puerta, pero César deseaba que el caso saliese a la luz pública tal y como ocurrió.

¡Cuánto desearía que estuvieses aquí, mi querido Lucio! No es el mismo. Me rogó que me quedase con él una temporada. Siguiendo mi consejo nos hemos quedado en la Casa Pública. [Un supremo pontífice vivía generalmente en la Casa Pública situada en la Vía Sacra, que ponía a su disposición el Estado. César, a consecuencia de la intervención de su mujer en el escándalo, hubiera deseado retirarse a su casa en la Colina Palatina]. Se ha sumergido aún más profundamente en su trabajo. Ahora, parece cierto que tendremos guerra con los partos. Se va a perforar con un canal el istmo de Corinto. El Campo de Marte se va a trasladar a la región que está al pie de la colina Vaticana y el presente Campo albergará un vasto proyecto de construcción de viviendas. Van a abrirse bibliotecas para el pueblo, seis en varios distritos de la ciudad. De esto hablamos en las comidas, pero no son los asuntos que le pesan en el corazón. ¡Ay, si tuviera algún amigo con quien pudiera sentirse a gusto! No invita a sus compañeros de fiestas. De cuando en cuando, viene Décimo Bruto y el otro Bruto, pero las veladas no tienen éxito. Nuestro amigo sólo puede extender su amistad a quienes primero se la ofrezcan cordialmente. Como mi marido acostumbraba a decir de determinadas personas: «Osado en amor, tímido en amistad».

Déjame compartir contigo otro secreto. El aviso por adelantado de la sacrílega desfachatez de Clodio nos llegó –¿quién había de figurárselo? –de la reina de Egipto. Todo el mundo en la ciudad cree que se va a casar con ella. Tal posibilidad explicaría que hubiese descubierto el tremendo plan. Te doy mi completa seguridad de que en semejante rumor no hay verdad alguna. Algo ha sucedido entre ellos; no sé qué ha sido. Creo que ello tiene mucho que ver en su actual desaliento. Sé que sufre. Es creencia generalizada que las viejas tenemos una habilidad especial para adivinar las historias sentimentales que se están viviendo a nuestro lado. Yo carezco de tal don. Sólo puedo decir que ha surgido algún estúpido impedimento que ha interrumpido un trato felicísimo. Observo que mi sobrino nieto [Marco Antonio] ha emprendido un viaje a la costa oriental.

Es absurdo que César viva aquí solo. Hemos estado hablando de ello. La estación de las niñas bonitas ha pasado. ¿Quién podría ser mejor mujer para él que nuestra bondadosa Calpurnia, a quien todos conocemos desde hace tanto tiempo y que siempre se ha conducido con tanta serena dignidad en tantas circunstancias difíciles? Pienso que pronto sabrás que se ha venido a vivir a esta casa después de la más discreta de las bodas.

Los perros ladran. César acaba de volver a casa. Le oigo saludar a los sirvientes. Sólo quien le tiene profundo cariño sabe que el buen humor de su voz es fingido. Estoy asombrada de mí misma: he querido y he perdido a muchos durante mi vida, pero nunca me he sentido tan impotente ante el sufrimiento ajeno. No sé cuál es su fuente..., o entre sus muchas fuentes posibles, cuál es la principal.

Al día siguiente.

Escribo esto a toda prisa, querido Lucio. ¿Con quién puedo hablar sino contigo?

Están ocurriendo cosas extrañas. Él mismo no ha podido contenerse y me lo ha explicado, con fingida ligereza. Estaba hablando de las muchas conspiraciones que se descubren continuamente, planes para derrocar el Estado, y para asesinarlo. Estaba doblando y desdoblando unos papeles que tenía en las manos. «El año pasado era Marco Antonio –dijo–; ahora parece que Junio Bruto anda pensando en estas cosas.» Di un paso atrás, horrorizada. Se inclinó sobre mí y dijo con extraña sonrisa: «No puede esperar a que estos viejos huesos estén reposando».

¡Ay, si tú estuvieras aquí con nosotros!

LXVI. CLEOPATRA A LA SEÑORA JULIA MARCIA, EN SU GRANJA DE LAS COLINAS ALBANAS.

13 de enero

La afirmación de que te has recuperado por completo de tu indisposición me causa gran alegría. Confío en que los mensajeros que he enviado diariamente a tu puerta no se convirtieran en una molestia para los que te atendían.

He esperado tu recuperación para hacerte una pregunta urgente. Estoy rodeada por una muralla de enemigos; tengo suerte, sin embargo, puesto que eres no sólo la única persona a quien puedo recurrir, sino también la más capaz de aconsejarme.

Graciosa dama, yo vine a Roma para favorecer los intereses ulteriores del gran país sobre el cual gobierno. Vine como extranjera ignorante de las costumbres de los romanos y expuesta al peligro de cometer errores que pudieran echar por tierra toda mi misión. Para protegerme, organicé un sistema de observadores mediante el cual pudiera estar informada de mucho de lo que sucedía en la ciudad. Nunca he empleado la información que así he podido recibir en modo alguno que pudiera turbar los mejores intereses de los ciudadanos; en muchas ocasiones he sido capaz de servir al orden público.

Mediante diligencia y buena fortuna estoy en situación de seguir muy de cerca los planes de un grupo que se propone derrocar el Estado y asesinar al dictador. El grupo de que hablo no es el primero sobre el cual se me llamó la atención; pero es el más decidido. No es aconsejable que escriba los nombres de los conspiradores en esta carta.

Graciosísima señora, me resultaría muy difícil esta vez exponer cuanto sé ante el dictador. En primer lugar, bien podría molestarle el que, por segunda vez, una mujer y una extranjera le informase de un asunto que tan íntimamente le concierne. En segundo lugar, un triste y desafortunado incidente me arrebató su fe y su confianza. Mi solo consuelo es que él sabe que mi lealtad a su posición en la República romana es firme e inquebrantable.

El grupo de conspiradores a que me refiero proyectó

asesinar al dictador a su regreso a medianoche el 6 de enero tras inspeccionar las elecciones de los ediles. Su plan consistía en esperarlo y acecharlo bajo el puente que cruza el riachuelo junto al santuario de Tebetta. En esta ocasión, envié cartas anónimas a cuatro de los miembros advirtiéndoles de que César estaba al tanto de sus intenciones. Ahora han forjado el plan de asesinarle cuando salga de los juegos el 28 de enero. Puedes comprender que no sería prudente que volviese a escribir a los conspiradores, y he prometido a mi informante, que forma parte del grupo, que no lo haré.

Con la mayor urgencia te ruego que me des consejo en este asunto, noble señora. Comprendo que el recurso más evidente sería comunicar esta información al jefe de la policía secreta del dictador. Esto no puedo hacerlo, sin embargo. Estoy demasiado al tanto de la incompetencia de tal organismo. Presenta al dictador informes en que la falsedad enmascara la negligencia y el prejuicio privado se presenta como afirmación; informes en que se suprime información importante y se agrandan las menudencias.

Respóndeme algo.

LXVI-A. LA SEÑORA JULIA MARCIA A CLEOPATRA.

A vuelta de correo

Te agradezco, gran reina, tus cartas, y una vez más te doy las gracias por tus muchas muestras de interés durante mi enfermedad.

Respecto a la última carta: mi sobrino está al tanto, en términos generales, en lo que se refiere al grupo que mencionas. Se trata de la misma organización, y estoy segura de que sabe sus nombres, puesto que ha hablado de la emboscada en el puente. No dudo, a pesar de ello, de que tu información es más detallada que la suya y de mayor importancia. Causa de la constante ansiedad que me oprime ha sido, gran reina, el que no lleve la supresión de tales conspiraciones con la energía y atención que dedica a lo que pueda amenazar al Estado.

Me encargaré de que se entere de los planes que se hacen para atentar contra su vida el día 28. Cuando se presente el momento oportuno, yo misma le haré saber que está en deuda contigo por esta advertencia.

La estación que estamos atravesando ha estado tan llena de motivos de angustia y confusión que me parece que han transcurrido muchos años desde la hora feliz que pasé contigo. ¡Quieran los dioses inmortales restaurar pronto en Roma una medida de tranquilidad y apartar de nosotros su justa cólera!

LXVII. DIARIO-CARTA DE CÉSAR A LUCIO MAMILIO TURRINO, EN LA ISLA DE CAPRI.

Los registros siguientes parecen haber sido escritos durante los meses de enero y febrero.

1017. [Argumentos en pro y en contra de la construcción de un canal en el istmo de Corinto.]

1018. [Sobre la creciente demanda de lujos romanos en las ciudades de Galia.]

1019. [Petición de volúmenes para surtir las nuevas bibliotecas públicas.]

1020. [En una ocasión me preguntaste, riendo, si había experimentado el sueño del vacío. Te dije que sí, y lo he vuelto a soñar desde entonces.]

Acaso lo ocasiona una postura casual del cuerpo dormido o alguna indigestión o trastorno interior, pero el terror de la mente no es por ello menor. No es, como creí un tiempo, la imagen de la muerte y la risa de la calavera. Es el estado en que uno adivina el fin de todas las cosas. Esta nada, sin embargo, no se presenta a nosotros como un espacio y un silencio, sino como un mal total desenmascarado. Es, a un mismo tiempo, risa y amenaza. Convierte en ridículos todos los deleites y chamusca y encoge todo intento. Ese sueño es la contrapartida de esa otra visión que me llega en el paroxismo de mi enfermedad. Entonces me parece asir la bella armonía del mundo. Me invade una felicidad y una confianza inefables. Quisiera gritar a todos los vivos y a todos los muertos que no existe parte del universo que no esté tocada de bienaventuranza.

[El registro continúa en griego.]

Ambos estados surgen de vapores dentro del cuerpo, pero de ambos dice el entendimiento: «De aquí en adelante, esto lo sé». No pueden descartarse como ilusiones. A cada uno de ellos le trae nuestra memoria más de una radiante y más de una dolorosa corroboración. No podemos negar una sin negar la otra, ni yo quisiera –como un pacificador de aldea que concilia diferencias entre dos partes en litigio– conceder a cada una una medida menguada de su derecho.

Durante las últimas semanas, mi estado, no de sueño sino de vigilia, ha sido la contemplación de la futilidad y el colapso de toda creencia. ¡Oh, peor que eso!; mis muertos me llaman envueltos en sus mortajas, burlándose de mí, y generaciones que aún no han nacido chillan pidiendo que se les ahorre el burlesco desfile de una vida mortal. Mas, aun en mi última amargura, no puedo negarme el recuerdo de la bienaventuranza.

La vida, la vida tiene su misterio, del cual no nos atrevemos a decir la última palabra, que es buena o mala, que no tiene sentido o que tiene un orden. Que todas estas cosas se hayan dicho ya de ella, no hace sino evidenciar que ellas están dentro de nosotros. Esta «vida» en la cual nos movemos no tiene color y no da señal ninguna. Como tú dijiste una vez, el universo no se da cuenta de que nosotros estamos aquí.

Destierre yo, pues, de mi mente la pueril idea de que entre mis deberes está el hallar respuesta última respecto a la naturaleza de la vida. Desconfíe de todos mis impulsos interiores de decir en cualquier momento que es cruel o bondadosa, porque no es menos innoble, en una situación mísera, proclamar que la vida es un mal que considerarla un bien en una situación feliz. Que no me deje embaucar por el bienestar o el contento, sino que dé la bienvenida a toda experiencia que me recuerde los incontables gritos de execración o de deleite que se han arrancado a los hombres en todo tiempo.

¿De quién mejor que de ti pudiera haber aprendido esto? ¿Quién ha invocado con tal constancia los alcances extremos del sí y el no? ¿Quién sino Sófocles, considerado durante sus noventa años el hombre más feliz de Grecia, y a quien, a pesar de ello, no se le ocultó ningún negro secreto? La vida no tiene más significado que el que nosotros podemos conferirle. Ni sostiene al hombre ni le humilla. No podemos escapar de la agonía de la mente ni tampoco al gozo más alto, mas tales estados no tienen, por sí mismos, nada que decirnos; esos cielos y esos infiernos aguardan el sentido que nosotros les demos, como todas las cosas vivas aguardaron incultas y confusas los nombres que Deucalión y Pirra pronunciaron sobre ellas. Con este pensamiento me atrevo al fin a reunir en torno de mí esas benditas sombras de mi pasado a las cuales hasta hoy había considerado víctimas de la incoherencia de la vida. Me atrevo a pedir que de mi buena Calpurnia se alce un hijo que diga: «En lo Insignificante quiero imprimir un sentido y en lo Incognoscible quiero ser conocido».

La Roma sobre la cual he edificado mi vida no existe en sí misma, salvo como aglomeración de edificios más o menos grandes, de ciudadanos más o menos industriosos que los de otra ciudad. La inundación o la necedad, el fuego o la locura, pueden destruirla en cualquier momento. Yo mismo pienso que estoy atado a ella por herencia y crianza, pero tales lazos no tienen más significación que la barba que afeito de mi rostro. Fui llamado a defenderla por el Senado y los cónsules; también Vercingetórix defendió las Galias. No, Roma llegó a ser una ciudad para mí sólo cuando quise, como muchos lo hicieron antes que yo, darle un sentido, y Roma puede existir para mí sólo hasta donde le he dado forma según mi idea. Ahora veo que durante años creí puerilmente que amaba a Roma y que era mi deber amar a Roma porque era romano..., como si fuera posible o digno de respeto amar acumulaciones de piedras y multitudes de hombres y mujeres. No estamos en relación con nada hasta que lo hemos revestido de un significado, ni sabemos con certeza qué es ese significado hasta que hemos trabajado con esfuerzo para imprimirlo sobre el objeto.

1021. [Sobre la reedificación de Cartago y la construcción de un muelle en la bahía de Túnez.]

1022. Esta mañana me dijeron que una mujer estaba esperando para verme. Entró en mi oficina con la cara cubierta con un velo, y hasta que hube despedido a mis secretarios no se me permitió saber que se trataba de Clodia Púlquer.

Venía a prevenirme de que existía una conspiración para quitarme la vida, y a asegurarme que ni ella ni su hermano estaban implicados en ella. Luego empezó a darme los nombres de los agitadores y a especificarme los días que se barajaban para llevar a cabo el atentado.

¡Por los dioses inmortales, esos conspiradores cometieron el error de no tener en cuenta que gozo del favor de las mujeres! No pasa un solo día sin que una de esas encantadoras informantes me preste su ayuda.

Estuve a punto de decir a mi visitante que ya sabía todo aquello, pero me mordí la lengua. La vi como si fuera una mujer anciana, sentada junto a la lumbre y recordando que había salvado al Estado.

Hubo un hecho nuevo que sí fue capaz de comunicarme: estos hombres están pensando en asesinar también a Marco Antonio. Si esto es cierto, son aún más ineptos de lo que yo había imaginado.

De día en día voy demorando las medidas para asustar a esos tiranicidas, y no puedo decidir en mi mente qué debería hacer con ellos. Hasta ahora, mi método ha sido animar a cada molestia para que llegue al súmmum; el hecho en sí mismo y no el castigo es lo que instruye al público. No sé qué hacer.

Nuestros amigos han elegido un mal momento para levantar la mano contra mí. La ciudad ya se está llenando de mis veteranos [que se reenganchan para la guerra de los partos]. Me siguen por las calles dando gritos. Juntan las manos en forma de copa delante de la boca y alegremente gritan los nombres de las batallas que ganamos, como si se hubiera tratado de despreocupadas correrías. Los arrastré a todos los peligros y los conduje implacablemente. A los conspiradores de ahora los he abrumado a fuerza de bondades. A la mayor parte de ellos ya les he perdonado una vez. Volvieron a mí arrastrándose desde las faldas de Pompeyo y me besaron la mano agradeciéndome la vida. La gratitud se agría en el vientre del hombre pequeño y tiene que vomitarla. ¡Por las orillas del infierno, no sé qué hacer con ellos, y no me importa! Miran piadosamente las imágenes de Harmodio y Aristogitón [los clásicos tiranicidas de la historia griega]... Pero te estoy haciendo perder el tiempo.

LXVIII. INSCRIPCIONES EN LUGARES PÚBLICOS.

Tarjetas que llevaban las siguientes palabras se encontraron sujetas a la estatua de Junio Bruto el Viejo.

¡Oh, si ahora estuvieses con nosotros, Bruto!
¡Oh, si Bruto viviera!

[Las siguientes se encontraron apoyadas en la silla reservada a Bruto en cuanto pretor de la ciudad.]

¡Bruto! ¿Duermes?
¡Tú no eres Bruto!

LXVIII-A. LIBRO DE ANOTACIONES DE CORNELIO NEPOTE.

De diciembre en adelante, Nepote hizo todas sus anotaciones, incluso las que trataban de la primitiva historia de Roma, en clave.

Viernes. Visitante agitado. Dice que se le ha acercado Zancaslargas [¿Trebonio? ¿Décimo Bruto?]. Fue imposible discutir la locura fundamental del proyecto. Me limité a darle la paliza con mil y un argumentos y a poner la conspiración en ridículo. Le hice observar que no había un hombre entre los agitadores que no conociesen mi mujer y sus amigas; que toda conspiración que anduviese buscando su adhesión estaba destinada al fracaso porque todo el mundo sabía que era un hombre incapaz de mantener la boca cerrada; que su visita misma era evidencia de que no tenía la suficiente convicción en los fines de tal levantamiento como para tomar parte en él; que no tenía nada que aportar más que su riqueza y que una conspiración que requería riqueza era un fracaso por adelantado, porque el dinero nunca ha comprado el secreto, ni el valor, ni la fidelidad; que si la conspiración triunfase, en cinco días su fortuna se habría esfumado; que era más que probable que César estuviera enterado hasta de los últimos detalles y que era de esperar que de un momento a otro a los cabezas calientes les arrancaran de sus casas y les encerraran en las cuevas bajo el Aventino; y que el gran hombre a quien estaban intentando derribar probablemente no se dignaría ejecutarlos, pero los mandaría a las orillas del mar Negro, donde podrían pasarse las noches en vela recordando el bullicio del mediodía en la Vía Apia y el olor de las castañas asadas en las escalinatas del Capitolio. Sí, y el aspecto del hombre a quien se figuran que pueden reemplazar, cuando sube los escalones del estrado y se vuelve para dirigirse a los guardianes de Roma…

La ciudad recobra la respiración. El diecisiete [de febrero] ha pasado sin acontecimientos.

Todo acontecimiento público se interpreta ahora desde un único punto de vista. El pueblo vuelve a prestar la mayor atención a los augurios diarios. Cicerón ha vuelto a la ciudad. Se le ha visto hablar con rudeza a Zancaslargas y pasar por delante del Herrero sin saludarle.

Desde que César ha vuelto a casarse, la reina de Egipto se ha hecho de pronto muy popular. Se exhiben odas en honor suyo en los lugares públicos. Se ha anunciado su marcha, pero se presentan a su puerta delegaciones de ciudadanos a rogarle que prolongue su visita.

La marea de rumores se ha calmado. ¿Un nuevo jefe y una más estricta disciplina? ¿Influencia de los veteranos?

LXIX. DIARIO-CARTA DE CÉSAR A LUCIO MAMILIO TURRINO, EN LA ISLA DE CAPRI.

1023. ¡Por los dioses inmortales, estoy enojado y he de complacerme en mi enojo!

La acusación de que soy enemigo de la libertad no se alzó jamás contra mí mientras mandaba los ejércitos de Roma, aunque, ¡por Hércules!, limitaba sus movimientos hasta el punto de que no podían apartarse una milla de sus tiendas. Se levantaban por la mañana cuando yo lo ordenaba y se iban a dormir si yo lo decía; y ninguno protestaba. La palabra libertad está en todas las bocas, aunque en el sentido en que se usa nadie ha sido ni será nunca libre.

A los ojos de mis enemigos, estoy sentado encima de las libertades que he robado a los demás. Soy un tirano y me comparan con los mandamases y sátrapas de Oriente. No pueden decir que le haya robado dinero a ningún hombre, ni tierra, ni ocupación. Les he robado libertad. No les he robado el voto ni la opinión. No soy oriental y no he tenido al pueblo en la ignorancia de lo que debieran saber, ni les he mentido. Los sabios de Roma declaran que el pueblo está cansado de la información con que inundo el país. Cicerón me llama el Maestro de Escuela, pero no me ha acusado jamás de falsear mis lecciones. No están en la esclavitud de la ignorancia ni bajo la tiranía del engaño. Les he robado su libertad.

Pero no hay libertad sino en la responsabilidad. Y ésta no puedo robársela porque nunca la han tenido. No he cesado nunca de ofrecerles la oportunidad de asumirla, pero, al igual que mis predecesores lo aprendieron antes que yo, veía que no sabían cómo hacerse con ella. Me regocijo al comprobar hasta qué punto los puestos avanzados de Galia han tomado sobre sus hombros la pesada libertad que les he concedido. Roma es la que se ha corrompido. Los romanos han llegado a ser hábiles en los sutiles recursos para evadir el compromiso y el precio de la libertad política. Se han convertido en parásitos de esa libertad que yo ejercito alegremente –mi voluntad pronta a llegar a una decisión y a sostenerla– y que estoy pronto a compartir con todo hombre que asuma sus cargas. He estado vigilando a mis pretores [Casio y Bruto]. Cumplen sus deberes con diligencia de funcionarios; murmuran: «Libertad, libertad», mas ni una sola vez han levantado los ojos y la voz hacia una Roma más grande. Por el contrario, han puesto delante de mí fajos de sugerencias que, a un mismo tiempo, reforzarían su menguada dignidad propia y disminuirían la grandeza de la libertad que dicen desear.

Casio quiere que haga callar a los entusiastas que, día tras día, en los lugares públicos, me injurian y censuran mis edictos. Bruto quiere salvaguardar la pureza de nuestra sangre romana limitando el derecho de ciudadanía. ¡Por las inmersiones de Cástor y Pólux, su portero africano sabe de esto mucho más que él! ¡Eso es la negación de la libertad, porque sólo dando un salto a lo desconocido sabemos que somos libres! El signo inconfundible de los que han negado su propia libertad es la envidia; la envidia del ojo que no puede descansar hasta que ha atribuido motivos bajos a los que no reciben sino que hacen su libertad.

Pero he recordado que la mente es libre, y se me ha calmado el enojo. La mente se cansa fácilmente y fácilmente se asusta; pero no tienen límites las imágenes que crea. Y, contra esas imágenes, tropezamos. He observado a menudo que aunque los hombres dicen que hay un límite más allá del cual un hombre no puede correr o nadar, ni puede levantar una torre o cavar un pozo, nunca he oído que nadie diga que existe un límite para la sabiduría. El camino está abierto para poetas mejores que Homero, y para mejores gobernantes que César. No se conciben límites para el crimen y la locura. En esto también me regocijo, y lo llamo misterio. Esto también evita que aventure cualquier conclusión sumaria respecto de nuestra humana condición. Donde hay un Incognoscible, hay una promesa.

LXX. CÉSAR A BRUTO: MEMORÁNDUM.

7 de marzo

Escrito por un secretario.

Las siguientes fechas quedan establecidas desde hoy:

Me marcharé el diecisiete [para la guerra contra los partos].

Volveré a Roma el veintidós para pasar tres días, si parece conveniente, a fin de hablar al Senado sobre la reforma electoral.

Aposentamiento: el número [de veteranos y reclutas que se reenganchan] está sobrepasando mis cálculos. Los ocho templos [que se les había asignado como alojamientos, además de las posibilidades ofrecidas por los cuarteles] podrían no ser suficientes. Mañana nos mudaremos de la Casa Pública al Palatino. La Casa Pública podría alojar por lo menos a doscientos.

[César continúa escribiendo de su puño y letra.]

Calpurnia y yo esperamos que Porcia y tú comáis con nosotros, en la Colina, la tarde del quince, para mi despedida. Vamos a invitar a Cicerón, a los dos Marcos [Antonio y Lépido], y a Casio, Décimo, Trebonio y sus mujeres. La reina de Egipto se reunirá con nosotros después de comer.

Tan grande es el placer que tengo en tu compañía y en la de Porcia que desearía que en esta ocasión fueseis nuestros únicos invitados. Ya que otros han de estar presentes, déjame aprovechar esta ocasión para hacerte un requerimiento justificado por nuestra larga amistad y por los bondadosos ofrecimientos que me has hecho con frecuencia.

La separación de mi mujer querida será dura para mí, y lo será para ella. Me reuniré con ella durante corto tiempo el próximo otoño, en Dalmacia, o –sin hacerlo público– en Capri. Mientras tanto, no podría tener mayor consuelo que estar seguro de que Porcia y tú la trataréis con cariño. Con Porcia le ha unido íntima amistad desde la niñez; a ti te tiene la estimación que le merecen tu carácter y tu lealtad hacia mí. No hay otro hogar que pudiera frecuentar con más provecho, y no existe ninguno en que mis pensamientos la hayan precedido con mayor frecuencia.

LXX-A. BRUTO A CÉSAR.

8 de marzo

Lo que sigue es el borrador inacabado de una carta que no llegó a enviarse.

He tomado nota de los arreglos que me comunicas. Lamentándolo, debo decir que no podré estar entre tus invitados el quince. He ido poco a poco acostumbrándome a consagrar al estudio las escasas horas que me quedan al terminar el día.

Desde luego, durante tu ausencia, procuraré ser útil a Calpurnia Pisón en todo cuanto pueda. Sin embargo, sería conveniente que la encomendaras a la particular atención de otros, además de a la mía, otros que tomen más parte en la vida social y estén menos preocupados por los quehaceres públicos.

Tu carta habla, gran César, de mi lealtad hacia ti. Me complace que lo hayas dicho, porque ello pone para mí en claro que entiendes la palabra lealtad en el mismo sentido que yo. No habrás olvidado que tomé armas contra ti y recibí tu perdón, y que me permitiste en muchas ocasiones expresar opiniones contrarias a la tuya. De aquí saco en consecuencia que aceptas la lealtad de aquellos que antes que nada son leales a sí mismos, y que reconoces que tales lealtades pueden a menudo estar en conflicto.

Tu carta habla, gran César, de mi lealtad hacia ti. El que así lo hayas hecho es…

Lamentándolo, tengo que contestarte que la mala salud de mi mujer impedirá nuestra…

… antes de tu marcha, expresar algo de la gratitud que siento por ti. Esa deuda no puedo pagarla. Desde la más tierna infancia he recibido…

He tomado nota de las disposiciones que me comunicas.

LA INGRATITUD ES EL MÁS VIL DE TODOS LOS PENSAMIENTOS Y AC.

[Las frases que siguen están en latín primitivo. Parecen ser un juramento ante los tribunales de justicia.]

«¡Oh Júpiter, invisible y omnividente, que lees en los corazones de los hombres, sé ahora testigo de que lo que declaro es cierto, y si en ello hay alguna falta, séame...»

Tres yardas de lana, de medio peso, refinadas a la manera de Corinto; un estilete finamente labrado; tres mechas anchas de lámpara.

Mi mujer y yo, verdaderamente, con placer, que tan gran roble, no olvidando a aquel sobre el que ha de descansar la última mirada de esos grandes ojos, no sin sorpresa y sin posibilidad de olvidarlo nunca.

LXX-B. BRUTO A CÉSAR.

Carta enviada.

He tomado nota de las disposiciones que me comunicas. Porcia y yo iremos a tu casa con placer el quince.

Ten por seguro, gran César, que por ella misma y por ti, queremos a Calpurnia no menos que a nosotros mismos y que seremos felices si considera que nuestra casa es la suya.

LXXI. DIARIO-CARTA DE CÉSAR A LUCIO MAMILIO TURRINO, EN LA ISLA DE CAPRI.

1023. He tardado en escribirte. Los preparativos para mi marcha han colmado mis días.

Estoy impaciente por estar fuera de aquí. Mi ausencia no será regalo pequeño para la ciudad, que está tan cansada como yo por los continuos rumores de sedición. Es irónico, ¿verdad?, que en mi ausencia esos hombres no tengan fuerza para alterar el gobierno y que cuando yo haya pasado el mar Caspio no les quede otro recurso que volver a sus propias obligaciones.

Su número parece incluir unos cincuenta miembros

del Senado, y muchos de ellos ocupan los más altos cargos en la ciudad. He concedido a este hecho la grave consideración que merece y permanezco tranquilo.

Los atenienses dieron un voto de censura a Pericles. Arístides y Temístocles fueron desterrados por ellos.

Mientras tanto, cubro mis espaldas razonablemente y continúo mis ocupaciones.

Mi hijo [esto es, su sobrino Octavio, adoptado ya en su testamento escrito en septiembre, pero que aún no se había hecho público] vuelve a Roma después de mi marcha. Es un muchacho excelente. Me regocijo particularmente de lo que me escribe acerca de lo mucho que estima a Calpurnia. A ella le he dicho que la acompañará como un hermano mayor, no como un tío. Octavio ha atravesado su juventud en un año y ahora está ya adelantado en la edad adulta. Sus cartas no son menos sentenciosas que las de *La correspondencia de Telémaco* [un «modelo para escribir cartas» que se usaba corrientemente en las escuelas].

La gran reina de Egipto vuelve a su país habiendo aprendido más de nosotros que muchos que han pasado aquí la vida entera. Cómo va a hacer uso de ese conocimiento, cómo va a emplear su siempre asombroso *yo*, sería arduo de predecir. Hay un abismo entre los hombres y los animales; y siempre he pensado que es mucho menos profundo de lo que muchos suponen. Ella posee las dotes más raras del animal y las dotes más raras del ser humano; pero no tiene idea de esa cualidad que nos separa del caballo más rápido, del león más soberbio y de la serpiente más astuta; no sabe qué hacer con lo que tiene. Demasiado cuerda para complacerse en la vanidad; demasiado fuerte para contentarse con gobernar; demasiado grande para el matrimonio. Con una grandeza se encuentra en perfecta armonía, y en ese punto le he hecho una gran injusticia. Debería haberle permitido que trajese aquí a sus hijos. Aún no se ha dado cuenta de ello plenamente; es esa figura que todos los países han elevado al más alto honor y a la mayor reverencia: es la madre hecha diosa. De ahí esos maravillosos rasgos que he tardado tanto tiempo en explicarme: su falta de malicia, su carencia de ese malestar inquieto al que nos tienen tan cansadoramente acostumbrados las mujeres hermosas.

Te llevaré a mi preciosa Calpurnia el próximo otoño.

LXXII. CALPURNIA A SU HERMANA LUCÍA.

15 de marzo

Cada día, antes de su marcha, se hace más precioso. Me avergüenza no haber comprendido antes más claramente la fortaleza que requiere la vida de la mujer de un soldado.

Ayer por la tarde comimos con Lépido y Sextilia. Cicerón estaba allí, y la reunión fue muy alegre. Más tarde, mi marido dijo que nunca había sentido tanta amistad por Cicerón, ni había notado tanto la que Cicerón tenía por él; y eso, a pesar de que se hostigaban mutuamente con tal agudeza que Lépido ya no sabía adónde mirar. Mi marido hizo un relato de la revolución de Catilina como si hubiera sido una revolución de ratones contra un gato aburrido llamado Cicerón. Se levantó de la mesa y recorrió la habitación buscando en los rincones donde no había nada. Sextilia se rió tanto que le dolía el costado. Encuentro cada día un marido nuevo.

Nos marchamos pronto, antes de que oscureciera. Mi marido me preguntó si le permitía mostrarme algunos lugares a los que tenía cariño. Como puedes figurártelo, me asustaba ir por las calles, pero he aprendido a no acuciarle para que tome precauciones. Sé que se da perfecta cuenta del peligro y que se arriesga con pleno conocimiento de causa. Iba andando al lado de mi litera, seguido por unos pocos guardias. Llamé su atención sobre un etíope enorme que parecía irnos siguiendo también. Me explicó que había prometido a la reina de Egipto que nunca haría objeción alguna a la presencia de ese acompañante, que, desde entonces, aparece y desaparece misteriosamente; a veces se pasa toda la noche delante de nuestra casa, y a veces le sigue durante tres días seguidos. En verdad, es una figura aterradora, pero mi marido parece tenerle mucha afición y continuamente iba haciéndole observaciones.

Se levantó mucho viento, que pronto había de convertirse en tormenta. Bajamos la colina hasta el Foro, deteniéndonos, querida Lucía, aquí y allá para recordar algún momento de la historia o de su propia vida... ¡Cómo apoya las manos en las cosas que ama y cómo me mira a los ojos para estar seguro de que estoy compartiendo sus recuerdos! Entramos en más de una calleja oscura, y apoyó la mano en la casa en que estuvo viviendo diez años de su juventud. Estuvimos parados al pie del Capitolio. Hasta cuando estalló la tormenta, mientras la gente que pasaba volaba ante nosotros como hojas, él no quiso apresurar el paso. Me hizo beber agua de la fuente de Rea [que tenía fama de asegurar la fecundidad]. ¿Cómo puedo ser la más feliz de las mujeres y, al mismo tiempo, estar tan llena de presentimientos?

Nuestro viajecito no fue cuerdo. Ambos pasamos una noche angustiosa. Yo soñé que el frontón de la casa se había desprendido en la tormenta y había caído sobre el pavimento. Al despertar, lo encontré a mi lado, gimiendo. Despertó, me abrazó y pude oír el latir precipitado de su corazón.

¡Ay, que los dioses inmortales velen por nosotros!

Esta mañana no se siente bien. Estaba ya completamente vestido y dispuesto a salir para el Senado cuando cambió de opinión. Volvió a su escritorio durante un momento y allí se quedó dormido, cosa que a decir de sus secretarios no le ha ocurrido nunca.

Ahora se ha despertado y se ha marchado, después de todo. Tengo que darme prisa y prepararlo todo para los invitados esta tarde. Me da vergüenza esta carta... tan de mujer.

SUETONIO
Vidas de los Césares
LIBRO I

Probablemente escrito unos setenta y cinco años más tarde.

Cuando se sentó, los conspiradores se arremolinaron en torno a él, y Tillio Cimber, que se había puesto en cabeza, se le acercó como si fuera a hacerle una pregunta. Cuando César, con un ademán, intentó mantenerle a distancia, Cimber le agarró la toga por los hombros. Como César exclamase: «¡Entonces, esto es violencia!», uno de los Cascas, que estaba en pie a su lado, le hundió una daga precisamente debajo de la garganta. César sujetó el brazo de Casca y lo atravesó con su pluma; pero al intentar ponerse en pie lo detuvo otra puñalada. Al ver que estaba rodeado por todas partes de dagas desnudas, se envolvió la cabeza con las vestiduras, recogiendo al mismo tiempo los pliegues con la mano izquierda alrededor de los pies para que la parte inferior de su cuerpo quedase decorosamente cubierta en su caída.

De este modo, fue apuñalado después veintitrés veces. No dijo una palabra, sino únicamente gruñó al recibir el primer golpe, aunque ciertos escritores han dicho que cuando Marco Bruto se precipitó sobre él, dijo en griego: «¡Tú también, hijo mío!».

Todos los conspiradores se marcharon y lo dejaron tendido, muerto, durante algún tiempo. Por fin, tres esclavos comunes lo colocaron en una litera y lo llevaron a su casa, con un brazo colgando a un lado.

Antistio, el médico, dijo que de todas aquellas heridas sólo la segunda en el pecho debió de haber sido mortal.

Título de la edición original: *The Ides of March*
Traducción del inglés: María Martínez Sierra,
cedida por Edhasa
Revisión de la traducción: Ricard Cámara
Diseño: Winfried Bährle
Ilustración de la sobrecubierta: *Asesinato de César*,
óleo de Karl Theodor von Piloty, 1865. Foto AKG
Ilustración de la guardas: Cristina Ríos

Círculo de Lectores, S. A. (Sociedad Unipersonal)
Travessera de Gràcia, 47-49, 08021 Barcelona
www.circulolectores.com
1 3 5 7 9 9 9 1 2 8 6 4 2

Licencia editorial para Círculo de Lectores
por cortesía de Edhasa.
Está prohibida la venta de este libro a personas que no
pertenezcan a Círculo de Lectores.

© Thornton Wilder, 1948
© Edhasa, 1990
© del prólogo: Jacinto Antón, 1999

Depósito legal: B. 42831-1999
Fotocomposición: punt groc & associats, s. a., Barcelona
Impresión y encuadernación: Printer industria gráfica, s. a.
N. II, Cuatro caminos s/n, 08620 Sant Vicenç dels Horts
Barcelona, 1999. Impreso en España
ISBN 84-226-7854-3
N.° 17616